KB036352

이세계의 황비

외전

이 세계의 황비

임서림 장편소설

D&C
BOOKS

차 례

1. 세상에서 가장 로맨틱한 휴일

1. 세상에서 가장 로맨틱한 휴일

파랗고 너르게 펼쳐진 하늘이다. 누구라도 감탄할 만큼 더없이 아름다운 날.

일군의 마차들이 마람 온천별궁에 도착했다. 그 긴 행렬의 선두에 선 것은 황가의 삼두 독수리 문양이 선명한 흰 마차였다.

이미 크렌시아 제국의 황족들이 마람 온천별궁에 휴식을 위해 오리라는 것은 사전에 고지되어 있었다. 별궁을 관리하고 있는 놀랑 자작과 그 부인은 몇 날 며칠 밤을 새워 가며 황족들을 맞이할 준비를 했다.

온천 시설을 깨끗하게 정리하고, 욕실에 깔린 타일과 대리석을 새것처럼 청소했다. 정원에는 주변의 다른 영주들에게 빌려 오기까지 해서 그러모은 온갖 기화요초들을 심었다. 오늘 아침엔 마침내 은식기들까지 거울 대신 쓸 수 있을 정도로 말끔하게 닦아 냈다. 모든 준비를 완전히 마친 것이다. 남은 것은 완벽한 접대뿐.

오늘은 특별히 허드렛일을 하는 하녀에게까지 새 옷을 장만하여 입혔다. 모두가 긴장감으로 쓰러질 듯한 상황에서, 마침내 마차가 온천 별궁의 입구에 멈춰섰다.

놀랑 자작 부부를 위시한 모든 사용인들이 일사분란하게 무릎을 꿇었다.

"황제 폐하, 황후 폐하를 뵙습니다."

"황녀 전하를 뵙습니다."

수십의 목소리가 마치 한입에서 나온 듯 정갈했다. 마차의 문이 열리자, 모두가 긴장하여 고개를 숙인 채 눈을 굴렸다.

기사가 발 받침대를 마차 앞에 놓았고, 그 위로 여인이 발을 디디자 화려하게 수놓인 드레스 자락이 덮였다. 낭랑한 목소리가 울려퍼졌다.

"모두 고개를 드세요."

놀랑 자작 부인은 천천히 고개를 들어 올렸다. 대략 20대 초중반으로 보이는 여인은 누가 보아도 이국적인 생김새를 하고 있었다.

매끄러운 검은 머리카락, 밀색으로 빛나는 부드러운 피부빛. 그녀가 멀고 먼 다른 대륙에서 온 고귀한 혈통의 여인이라는 소문은 사실인 모양이다. 놀랑 자작부인은 빠르게 정신을 수습하고 자신의 소개를 했다.

"제국의 지고하신 황후 폐하를 뵙습니다. 마람 별궁의 시녀장 놀랑 자작부인 볼린다입니다."

연이어 자작 역시 인사를 올렸다.

"제국의 지고하신 황후 폐하를 뵙습니다. 볼린다의 남편이자, 별궁의 시종장을 맡고 있는 놀랑 자작 탈린입니다."

황후의 눈매가 부드럽게 휘었다.

"만나서 반가워요, 볼린다. 그리고 탈린."

"고귀한 말을 편히 하셔 주소서."

"이건 황궁에서도 나의 말버릇이에요. 그러니 그냥 그려려니 하고 받아들여 주세요."

아랫사람에게 존댓말을 하는 것만으로도 파격적이다. 그런데 이해해 달라는 것이 더욱 놀라웠다. 무려 양해를 구한 것이다. 두 부부는 몸 둘 바를 몰라 했다.

그때 문이 열린 마차 안쪽에서 칭얼거리는 아이의 목소리가 울렸다.

"이런, 리체가 깬 모양이군."

측근으로 보이는 다갈색 머리카락의 여인이 마차 안으로 들어갔다. 그러고는 품 안에 까만 머리카락의 소녀를 안고 내렸다.

"고마워요, 율리아."

"별말씀을요. 황녀 전하께서 막 잠에서 깨신 모양입니다."

시녀 율리아의 품에 안긴 1황녀 베아트리체가 작게 칭얼거리며 어머니에게 손을 내민다.

"흐앙, 엄마……마마마아—."

"그래요, 리체."

다가오는 생일이면 이제 세 살이 된다는 황녀에게 며칠이 걸린 마차 여행은 힘든 일이었으리라. 황후는 작게 웃으며 황녀를 안아 들었다.

어머니를 닮았는지 이국적인 검은 머리카락을 진주와 꽃을 함께 엮어 땋았고, 물기 어린 녹색 눈동자는 커다란 에메랄드 같았다. 거기다 흰색 레이스 드레스를 곱게 차려입어 마치 인형처럼 보인다.

한데 뭔가 이상했다. 그들 곁에 있어야 할 사람의 모습이 보이지 않았던 것이다. 놀랑 자작부인이 측근인 시녀에게 조심스레 물었다.

"저, 폐하께서는……."

그러자 율리아가 여상스러운 태도로 답했다.

"폐하께서는 급한 용무가 생기셔서 하루 늦게 오실 예정이십니다. 황후 폐하의 건강을 걱정하셔서 온천별궁 행을 결정하셨던 만큼, 황후께서 편히 쉬실 수 있기를 바라셨으니까요."

"그렇군요. 제가 괜한 것을 여쭈었습니다."

볼린다는 황후의 안색을 흘금 곁눈질로 살폈다. 어쩐지 조금 수심에 차 있는 듯 보였다. 그녀는 몰래 하녀들에게 황제를 위한 몫은 내오지 않도록 명하고는, 조심스레 황후와 황녀를 안내했다.

꽃무늬 구분선

시녀들을 모두 물린 비나는 얇은 가운 하나만 걸치고서 침실과 연결된 문을 열었다.

"우와!"

밖에는 등을 켜 놓은 아름다운 정원이 있었다. 어둠 속에 잠겨 있음에도 곳곳에 켜진 불빛 아래 흰 대리석 정자와 욕탕이 비쳐 아름다웠다.

비나는 탕까지 이어진 대리석 길을 천천히 걸었다. 대리석 위에 붉은 장미꽃잎이 두툼하게 깔려 있었다. 그 위에는 꽃잎이 다 비치는 흰 레이스가 덮여 있다. 밟기 아까울 정도로 호화로웠다.

"이런 건 좀 지나친 충성이고 아부인 것 같은데⋯⋯."

오랜만에 황제와 황후가 별궁을 방문한다니까 관리인들이 지나치게 어깨에 힘이 들어간 모양이다.

"그래도 이왕 있는 거, 즐기긴 해야지."

이미 꾸며 놓은 걸 치우라고 하기는 그렇다. 이후에는 하지 말라고 하더라도, 당장은 즐겨 주는 것이 마련해 준 이들에 대한 예의.

"음."

잠시 고민하던 비나는 슬리퍼를 옆에 곱게 벗어 두고, 맨발로 장미 꽃길을 밟았다. 맨발에 닿는 레이스와 장미 꽃잎의 감촉이 녹아내리는 것 같았다. 짓눌린 장미 꽃잎이 이지러지며 장미 향기가 진동한다.

"로맨틱하네."

정말로 그러했다. 하지만.

"근데 혼자 로맨틱해서야 무슨 소용이람⋯⋯."

비나는 깊이 한숨을 쉬었다. 그녀와 딸 리체를 먼저 보내며, 루크레티우스가 사과하던 목소리가 다시 귓전을 울린다.

'정말 미안해. 코르넬리우스가 갑자기 쓰러졌다니⋯⋯. 잠시 들렀다가 바로 뒤따라 출발하겠어.'

얼마 전에 노환을 이유로 재상 위를 반납한 코르넬리우스가 갑작스레 쓰러졌다는 것이다. 덕분에 함께 출발하려던 루크레티우스는 따로 갈 수밖에 없었다. 함께 남아서 기다려 볼까 하였으나 루크레티우스가 말렸다.

이번 여름은 유달리 더웠다. 지나치게 힘들어 하는 비나를 위해

무리해서 준비한 휴양이다. 출발이 늦어지면 그만큼 별궁에서 지낼 휴식 시간이 줄어드니, 두 사람을 먼저 보낸 것이다. 하지만 그렇다고 지금 혼자인 것이 섭섭하고 애석하지 않은 것은 아니었다.

한숨 소리가 밤공기 속으로 작게 스몄다.

따스한 김이 밤공기 속으로 아련하게 퍼진다.

마람 온천지대는 주변에 화산활동으로 생긴 산을 끼고 있다. 곳곳에서 용출하는 온천수 덕분에 각국의 귀족들이 세운 별장이 많았다. 그중에서도 가장 질이 좋은 온천수가 난다는 명당 중의 명당에 자리 잡은 것이 바로, 크렌시아 제국 황실의 별궁이었다.

마람 온천별궁은 잔병치레가 많았다는 셀레투스 황제가 자신의 병을 치료하기 위해 특별히 세운 곳이다. 이곳에서 아예 1년에 몇 달을 묵으며 국정을 보았던 때도 있었다 했다. 덕분에 온천별궁은 비나가 본 황실의 별궁들 중 유난히 규모가 컸다.

물론 그 이후에는 규모가 상당히 축소되었다. 온천수를 황궁으로 옮겨 보내기나 할 뿐 황족이 직접 발걸음하는 일은 드물었던 것이다. 황제와 황후가 직접 방문하는 것은, 대략 50년도 더 전에 있었던 일이라 한다.

"그래서 그렇게 다들 기합이 팍 들어가 있나 보네……."

비나는 중얼거리면서 뜨끈한 물속에 몸을 미끄러뜨렸다. 온도는 딱 좋게 뜨끈뜨끈했다. 온몸이 노곤노곤하게 녹아서 액체가 될 것 같다.

—찰박…….

"꼭 밀키스 색깔 같아……."

한국에서 먹던 달달한 우유소다 음료수를 떠올리게 하는 색깔이다. 비나는 혼자 키득거리며 온천수 속에서 몸을 녹였다.

온천수가 가득 채워진 대리석 큰 탕 옆에는 몸을 식힐 수 있는 작은 탕이 있었다. 각종 꽃잎이 무수히 띄워진 냉탕이었다. 냉탕 바로 옆에는 대리석 재질의 테이블과 의자가 있었고, 테이블 위에는 와인병과 크리스털 잔이 하나 놓여 있었다.

그렇다. 하나.

"……."

시녀들이 신경을 써서 아직 도착하지 않은 황제의 잔을 빼놓은 것이다. 하나만 오도카니 있는 잔이 꼭 자신의 처지 같았다. 비나는 탕에서 몸을 일으켰다.

—촤아악……!

희뿌연 온천수 속에서 비나의 나신이 빠져나와 달빛 아래 선명하게 드러났다. 어차피 여기는 누구도 오지 못하도록 되어 있는 곳. 그녀는 보무도 당당히 걸어서 테이블로 다가갔다. 와인은 이미 열려 있었고, 잔에 따르기만 하면 되었다. 짜증 날 정도로 로맨틱했다.

"흥!"

그 짜증 나는 것을 단숨에 마셔 없애 버리려던 찰나였다.

낯선 소리가 들렸다.

—바삭.

마른 나뭇가지와 이파리가 밟히는 소리.

'뭐지?!'

지금 그녀는 알몸이다. 비나는 경악하여 잔을 든 그대로 바로 옆에 있는 냉탕에 뛰어들었다.

—첨벙!

'차가워!'

달아오른 몸으로 갑자기 찬물에 뛰어들자 기절할 것처럼 차가웠다. 비나는 불투명한 물과 제 손으로 몸을 가리려 애쓰며 소리가 들린 곳을 노려보았다.

"누구냐?! 누가 감히 황족의 은밀한 장소에……!"

다음 순간, 비나의 검은 눈동자가 둥글게 커졌다.

"……?!"

경악으로 홉뜨였던 비나의 눈빛은 다음 순간 곧 태양빛 아래 놓인 버터처럼 녹아 버렸다.

"루크……!"

사랑스러운 아내의 얼굴이 기쁨으로 발그레 달아오르는 것을 보며, 루크레티우스는 조급한 걸음걸이로 비나의 가까이로 다가섰다. 그의 몰골은 꽤 볼만했다. 옷차림이야 수도에서 헤어졌을 때 그대로였으나, 그것이 문제였다.

이미 3일이 지났다. 그런데도 똑같은 옷을 입고 있는 것이다. 제국 황제에게 이건 보통 일이 아니었다. 게다가 어깨에는 먼지가 뽀얗게 앉아 있었고, 망토에는 나뭇잎까지 달랑달랑 매달려 있었다. 비나는 어이가 없어져서 물었다.

"나뭇잎이야 정원을 숨어들어 오느라 달고 왔다고 해도, 그 꼴은 어떻게 된 거야?"

그가 황궁 여기저기에서 예고도 없이 튀어나오는 것에는 이제 익숙해졌다고 생각했다. 그런데 설마하니 수도에서 멀리 떨어진 별궁에서까지 이럴 줄은 몰랐다.

분명히 이 장소는 몇 겹의 로열가드들에게 보호받고 있었다. 게다가 이곳은 황후가 온천에 입욕하는 장소. 개미 한 마리 들어갈 수 없도록 지키고 있을 것이 분명하다. 그런데 이렇게 크고 잘생긴 개미(?)가 침입해 버리다니.

밖이 조금도 소란스럽지 않은 걸로 봐서는, 정말 전혀 들키지 않고 숨어드는 데 성공한 모양이다. 재주도 좋다.

'이거 황족 경호 괜찮은 거 맞아?'

조금 걱정이 들기는 하지만, 일단은 미뤄 두기로 했다. 물론 한 번 더 핀잔은 주기로 하자. 그 정도는 해 줘도 된다.

"이렇게 몰래 숨어들지 말라고 했잖아. 기사들이나 시녀들이 나중에 알고 경기 일으키는 거 못 봤어? 불쌍하지도 않아?"

비나의 핀잔에 루크레티우스는 과장되게 어깨를 움츠린다. 눈매가 의도적으로 아래로 축 쳐졌다. 이제 비나는 저 표정을 잘 알았다. 이제는 나이도 30대에, 애도 있는 아빠면서 저러고 있었다. 주인의 자비를 구하는 가련한 강아지인 척.

"이거 슬픈걸."

"뭐가?"

"밤이슬도 마다않고 말을 달려, 아내를 뒤따른 남편을 조금은 가상히 여겨 줘도 좋잖아?"

비나는 피식 웃었다.

"그야 이 로맨틱한 밤에 나를 혼자 둘 뻔한 남편에게 이 정도 구박은 해 줘야 하지 않아?"

루크레티우스는 과장되게 어깨를 움츠리는 티를 냈다.

"죽을죄를 지었습니다…… 라고 하면 되려나?"

비나는 키득거리며 두 팔을 뻗었다.

"죄를 지었으면 당연히 벌을 받으셔야지."

루크레티우스는 순순히 목을 내밀었다.

"응?"

그러나 비나의 두 팔은 바로 그를 끌어안지 않았다. 요요한 달빛을 받아 빛나는 그녀의 손가락들이 살금살금 그의 망토를 고정한 브로치를 뽑아냈다.

―스륵.

무거운 망토가 흰 대리석 바닥 위로 쏟아졌다. 보얗게 앉아 있던 먼지가 훅 일었다.

"아우, 먼지."

"이 쌓인 먼지가 바로 내 사랑의 증거이니 향기롭게 받아들여 주지 않겠어?"

"여전히 입만 살았다니까."

비나의 목 안에서부터 자잘한 웃음소리가 울렸다. 그녀의 손은 다음으로 루크레티우스의 목까지 채워 올린 단추를 풀어 내렸다.

"매번 참 많기도 하다니까."

"당신이 이틀 전에 직접 채워 준 그대로야. 누구도 손을 대지 않았지."

자랑하는 듯한 말투. 젖은 손가락 끝이 그 말에 금장단추를 장난치듯 툭툭 건드린다.

"흐응, 정말이실까나."

"그렇다니까."

단추를 손끝으로 둥글리자 아슬하게 단춧구멍에 끼워져 있던 금단추가 툭 빠져나왔다. 여며져 있던 천 자락이 확 열린다.

"흐흥—."

비나의 얼굴에 농밀한 미소가 걸렸다.

"정말로 얌전히, 조신하게 있었네?"

"그렇다니까?"

비나의 젖은 손가락이 마치 확인하는 듯이 루크레티우스의 드러난 목선을 건드렸다. 거기에는, 바로 이틀 전 비나가 그의 목에 남긴 흔적이 남아 있었다.

비나는 고개를 뻗어 그 자국 위에 입술을 살그머니 댔다. 먼지 냄새와 땀 냄새가 짙게 배어 나온다. 그러나 그것이 그저, 사랑스러웠다.

늘 맡던 것보다 훨씬 짙은 날것의 냄새가 그가 자신의 남자라는 사실을 새삼 상기시킨다. 가슴이 간질간질해지고, 지금 자신이 어디에 있는지조차 흐려진다.

그녀의 대담한 접촉에 남자의 목구멍 안쪽에서부터 으르렁거리는 듯한 소리가 울렸다.

"하아, 비나……."

그는 더는 참지 못하고 격렬하게 손을 뻗었다. 시작은 거칠었으나 비나에게 닿는 순간 봄의 미풍처럼 부드러워졌다. 그는 그녀의 머리와 목을 부드럽게 받쳐 올리고서, 그녀의 입술을 삼켰다.

"응……."

그들은 지난 시간 동안, 이렇게 길게 떨어져 있어 본 적이 없었다. 늘, 매일매일 함께 잠들고 눈뜨고, 식사를 하고, 또 정원을 발맞추어 거닐고는 했다.

이미 살 맞대고 4년을 살아온 부부였고, 사이에 아이까지 하나 있었다. 서로 새삼스러울 것이 하나도 없건만, 그들은 여전히 서로가 새롭고 또 간절했다.

부드러운 달빛과 별빛만이 그들을 훔쳐보는 가운데 색색의 꽃들이 만발한 정원. 그 아름다운 풍경 속에 단둘뿐인 것이다. 누구도 오늘 밤 그들을 방해하지 않으리라.

달콤하고 격정적인 키스가 이어졌다. 비나는 루크레티우스의 입술과 혀가 자신을 속속들이 파헤쳐 잡아먹으려는 듯이 느껴졌다.

"으음……."

하지만 부족하다. 더욱 강하게 간절하게 자신을 원해 주기를 바랐다. 그리고 루크레티우스는 그녀의 바람에 부응했다.

그는 이미 잘 알고 있는 여인의 입술과 혀를, 마치 아사하기 직전에 과실을 입에 댄 양 탐했다. 놓아 버리면 당장 죽을 듯이.

루크레티우스의 혀끝이 마치 희롱하듯, 혹은 문을 열어 달라는 듯이 그녀의 입안을 쓸어내렸다. 부드러우나 집요한 움직임으로 치열을 일일이 훑고, 입천장을 크게 혀로 둥글린다.

"으응!"

찌릿한 감각이 물속에 잠긴 그녀의 등줄기를 타고 올랐다. 비나는 숨을 들이키며 손을 뻗어 그에게 매달렸다. 둘의 움직임에 물결이 찰랑찰랑 대리석 벽에 부딪히다가 마침내 잦아들 때가 되어서야 그는 그녀의 숨을 놓아주었다.

"후아……!"

숨이 막혀서 눈앞에 반짝거리는 것이 보일 지경이다. 루크레티우스는 두 입술 사이에 늘어진 은색 실을 슥 핥았다. 그러곤 혀를 내어 그녀의 입술까지 핥고는 그 흔적을 전부 가져갔다.

그가 만족스러운 얼굴로 미소 짓자, 비나는 붉어진 얼굴로 한 마디를 간신히 했다.

"정말이지……, 당신은 매번 날 숨 막히게 해 죽일 셈이야?"

"나는 공기까지 질투하는 샘 많은 사내라 말이지."

"……."

이제 어느 정도는 루크레티우스의 느끼한 멘트에 면역이 되었다고 생각했으나 착각이었다. 그러나 그는 멈추지 않았다.

"매일, 매순간, 당신이 숨을 쉴 때마다 당신의 입술이 늘 이 공기와 입 맞추고 있다는 사실을 떠올리면 세상에서 공기를 모조리 없애 버리고 싶어지거든."

비나의 몸이 소금 석상처럼 굳었다. 그녀는 잠시 멈췄다가 파르르, 제 어깨를 감싸며 외쳤다.

"진짜…… 대체 언제쯤 그런 닭살 돋는 소리를 그만둘 거야?"

비나는 팔에 소름이 돋았다며 꺅꺅거렸다. 그러거나 말거나 루크레티우스는 그 모습도 사랑스럽게 쳐다보았다. 그녀의 표현을 빌리자면, 녹인 버터에 꿀을 부어서 끓인 것 같다고 했다. 달고, 또 느끼하다고.

'그리고 그만큼 중독성 있겠지.'

루크레티우스는 그렇게 자신하며 웃었다. 하루에 몇 번이라도, 아니, 몇백 번이라도 모자랐다. 사랑을 강렬한 단어들로 꾸며서 그녀에게 쏟아부을 것이다. 그리하여 그 사랑의 단어들이 잠시라도 멈추면, 그녀가 자신이 이미 그에 중독되어 있음을 뒤늦게라도 눈치챌 수밖에 없도록. 그래서 그녀가 자신이 두고 온 고향과 가족에 대해서는 떠올릴 여유마저 없도록, 넘쳐흐르는 행복과 멈추지 않는 시간으로 그들을 지워 버리리라.

루크레티우스는 설사 이 사실을 비나의 가족들이 안다 해도 상관없다고 생각했다. 그들도 그의 생각에 동의할 수밖에 없으리라. 비나의 가족이 비나를 사랑한다면, 그녀가 자신과 함께하는 것이 가장 행복한 길이라고 인정할 수밖에 없을 테니까. 아니, 그렇게 만들 테니까.

그들은 '영원히 행복하게 살았답니다.' 라는 이야기의 엔딩 이후에 자리하고 있었다. 남은 것은 이 행복을 누리는 일뿐이다. 루크레티우스는 하늘 아래 한 점 부끄럼 없다는 듯 속삭였다.

"난 그저 당연한 사실을 말한 것뿐이야."

비나는 쓰게 웃고는 손을 뻗어 루크레티우스의 목을 나긋하게 그러안았다. 그러고는 깊은 욕탕의 바닥을 차고 몸을 위로 띄웠다.

—촤악!

그녀의 상반신이 희뿌연 온천수 위에 떠다니는 꽃잎 사이로 눈부시게 드러났다.

"어?!"

루크레티우스는 굳었다. 그는 사랑하는 여자의 나신에서 시선을 떼지 못했다.

그 틈을, 비나는 놓치지 않았다. 그녀의 두 손이 마치 갈고리처럼 휘더니, 루크레티우스의 목과 어깨를 잡아채듯 끌어안고서 그의 입술에 가볍게 입 맞추었다.

다음 순간엔 루크레티우스의 목과 어깨를 안은 채로 뒤로 넘어지듯 몸을 던졌다. 두 사람 분의 체중이 그대로 앞으로 쏠리면서, 둘은 욕탕 속으로 다이빙을 하고 말았다.

-첨벙!

요란한 물소리가 사방에 튀었다. 연달아 두 사람의 웃음소리도 부서지듯 퍼져 나갔다.

로맨틱한 두 사람의 밤은 이제 겨우 시작일 뿐이었다.

흰 대리석 바닥 위에는, 마치 해체된 사냥감의 가죽처럼 루크레티우스의 옷과 신발이 어지럽게 흐트러져 있었다.

내일 이곳을 치울 하녀나 시종들이 본다고 생각하면 조금 민망하다. 이런 생각을 하는 것도 비나뿐이긴 했지만.

사생활을 타인에게 보이는 것을 부끄럽게 여기는 감각은, 그에게 없었다. 그는 수많은 사람들의 시선 속에서 태어나고 자란 남자였으니까.

21세기의 한국에서 나고 자란 비나로서는 이해하기 힘든 감각이었다. 지금에 와서도 때때로 부끄러움을 느끼고는 했다. 예를 들어 두 사람이 함께 잠자리에 든 다음 날 아침, 침상을 정리해 주러 들어오는 하녀들을 볼 때라든가……. 지금도 비슷하다. 그들이 무슨 장난을 쳤는지, 내일 이 난장판을 치울 사람들은 충분히 짐작할 수 있으리라.

새삼 부끄러워서, 비나는 뜨끈한 온천수에 코까지 몸을 담갔다. 그러자 바로 옆에서 찰박거리는 소리가 들린다. 저 적나라한 껍질(?)을 벗어 놓은 남자가 머리카락의 선명한 금빛을 반짝이며, 계단을 걸어 내려와 탕으로 들어오고 있었다. 냉탕이긴 하지만 잠깐 들어갔다 나온 것뿐인데도 얼굴에서 아주 광이 났다.

'온천수 효과도 잘생긴 사람한테 더 좋은 모양이네.'

조금 심통이 난다.

바로 땅에서 솟아오르는 온천수를 쓰는 건 아니지만, 그래도 비나는 황궁에서도 꽤 자주 온천수를 써서 목욕을 했다.

한데 그렇게 열심히 온천에 4년간 꾸준히 절여진(?) 자신보다, 한번 담갔다가 나온 인간의 얼굴이 더 반짝반짝하지 않는가!

억울하다. 그렇게 분노하는 동시에, 비나의 시선은 충실하게 달빛 아래 드러난 남자의 멋진 몸을 좇고 있었다.

몸 곳곳에 남은 흉터들은 이제 놀라움이나 안쓰러움을 불러일으키진 않았다. 곱고 우아한 몸에 야성적인 면모를 더해 주는 장식일 뿐이었다. 이제 암살 시도는 없다고 보아도 좋았으니까.

그래도 루크레티우스는 생활의 일부가 된 단련을 게을리하지 않았다. 덕분에 그의 조각 같은 몸은 여전히 완벽했다.

새삼 골격마저 완벽한 남자라고 감탄하게 된다. 우아하게 조형된 골격, 희고 부드러운 피부, 거기에 탄탄하게 자리 잡은 근육까지 아름답고 잘생기다니……!

'저 인간 설마 융털까지 잘생긴 건 아니겠지?!'

비나는 그 와중에도, 꼭 어린 딸 리체를 이곳의 온천수로 관리해

쥐야겠다고 마음을 굳혔다. 다행히 아빠를 많이 닮아 싹수가 튼튼한 아이니, 관리만 잘하면 아버지를 뛰어넘을지도 모르지 않나!

비나의 사사롭기 짝이 없는 각오를 아는지 모르는지, 루크레티우스는 부드러운 미소를 띤 채 아내에게 다가왔다. 그의 손에는 조금 전 비나가 놀라서 빠트린 크리스털 잔이 들려 있었다. 그는 자연스럽게 잔을 비나에게 내밀었다.

"이럴 줄 알았으면 그냥 잔을 두 개 마련해 놓게 시킬걸."

루크레티우스는 피식 웃었다.

"내가 이렇게 빨리 올 줄 몰랐으니 어쩔 수 없지. 빨라도 내일 아침에 도착할 예정이었으니까."

"진짜로 잠도 안 자고 달린 거야?"

"음. 조금 과장해서?"

루크레티우스의 표정은 조금의 변화도 없이 그대로다. 그러나 귓가가 살짝 움찔했다.

비나는 이제 알았다. 저건 약한 거짓말을 할 때의 버릇이다. 그의 곁에서 4년이나 있다 보니 절로 알게 되었다. 아마 본인도 모르는 버릇일 것이다. 알았다면 교정했을 테니까. 이 사실을 혼자만 아는 건, 비나의 은밀한 즐거움이기도 했다.

루크레티우스의 변명은 흠잡을 데 없이 매끄러웠다.

"자기는 잤어. 제대로 숙사나 여관에도 들렀고. 졸면서 승마하다가 떨어지면 큰일이잖아?"

그녀는 직감했다.

'졸면서 말 타다가 떨어질 뻔했구나.'

그리고 그제야 위험성을 느끼고 로열가드들을 고생시키며 야숙을 한 거겠지. 이젠 그의 패턴이 손바닥을 들여다보는 듯 환했다.

그래도 이번에는 자신을 보기 위해 열심히 달려온 공을 생각해서, 모른 척 넘어가 주기로 했다.

"그래, 잘했어."

루크레티우스가 티 내지 않으며 안도하는 것을 보고, 비나는 남몰래 웃었다. 그 표정을 가리기 위해 루크레티우스가 건네준 잔을 기울였다. 목 넘김이 부드러운 고급 레드 와인이 술술 넘어갔다.

비나는 그대로 잔을 남편에게 건네주었다. 이렇게 잔 하나를 서로 건네줘 가며 마시는 것도 괜찮은 것 같았다.

"자아."

"고마워."

루크레티우스는 부드럽게 미소 지으며 그녀가 건네주는 잔을 받았다. 자연스럽게 잔에 든 와인을 입에 머금는 것을 보면, 그의 생각도 크게 다르지 않은 것 같았다.

그러나 다음 순간. 그의 커다란 손이 다시금 그녀의 머리를 감싸 안고 잡아당겼다. 말캉한 입술이 닿았다.

"읍……!"

놀람의 신음은 짧았다. 그가 그녀의 입술을 삼켜 버리고는, 머금고 있던 와인을 흘려 넣기 시작했다. 혀가 입안에서 뱀처럼 휘감기며 춤을 춘다. 그 움직임을 따라 벨벳처럼 부드러운 와인이 그녀의 입 안쪽을 애무했다. 그렇게 두 사람은 한 모금의 와인을 나누어 마셨다.

"으응……!"

이번에도 길게 이어진 키스는 와인 맛이 났다. 그래도 아까 비나가 숨차 하던 것을 기억하는지, 아까보다는 짧았다. 비나는 한숨처럼 다시 핀잔을 날렸다.

"매번 나를 숨 막히게 해 죽이려고 그러지."

루크레티우스는 마치 소년처럼 홍소했다.

"하핫, 그럴 리가."

그는 남은 와인을 비나에게 건넸다. 그녀는 이 인간이 또 와인 맛 키스로 숨 막히게 할까 봐 남은 술을 단번에 마셔 버렸다. 그러자 루크레티우스의 입술이 이번에는 당당하게 다가왔다.

"이익……!"

그는 아내에게서 남은 와인의 반을 가져갔다. 비나의 얼굴은 조금 전보다 훨씬 붉게 달아올랐다. 뜨거운 물에 몸을 담근 채 술까지 마셨지만, 그 이유 때문만은 아닌 것을 두 사람 모두 잘 알았다.

루크레티우스는 빈 잔을 대리석 바닥 위에 내려놓으며 한 마디를 던졌다.

"잔 두 개는 필요 없었군. 나는 이쪽이 더 마음에 들어."

참으로 얄밉기 짝이 없는 말이었다. 비나는 심통을 참지 못하고 그에게 뜨거운 온천수 세례를 퍼부어 주었다. 웃음소리와 물소리가, 달이 이울 때까지 한참 동안 끊이지 않았다.

미묘하게 에메랄드 빛이 감도는 우윳빛 물결 위로 후끈한 김이 피어올랐다. 비나는 나른하게 달큰한 한숨을 내쉬며 옆에 든든하게 앉은 남편의 어깨에 머리를 기댔다.

몸 전체가 노골노골 녹아 버릴 것만 같았다. 두 눈을 반쯤 감고 있자니, 이대로 잠들어 버릴 것 같다.

—촉.

루크레티우스는 다정하게 그녀의 이마에 키스를 뿌려 왔다.

"으음……."

그 쪼는 듯한 가벼운 키스는 점점이 꽃잎을 놓듯이 그녀의 얼굴과 몸 곳곳으로 이어졌다. 이마에서 뺨으로, 목으로, 그리고 어깨로. 상기된 그녀의 피부는 비단결처럼 부드러워서, 루크레티우스는 참지 못하고 곳곳에 제 입술을 눌렀다.

주변이 너무 조용한 덕분에, 민망한 소리가 비나의 귓전을 간질였다. 결국 그녀는 참지 못하고 핀잔을 줬다.

"그만해. 나 졸려……."

진짜였다. 뜨거운 탕에 너무 오래 들어와 있어서일까, 아니면 다른 이유일까. 원래대로라면 잠도 제대로 안 자고 달려온 루크레티우스 쪽이 더 지쳐야 맞는데, 정작 저쪽은 비나를 괴롭혀서 지치게 만들 정도로 쌩쌩했다.

루크레티우스는 키들대며 그녀의 귓불에 다시 가벼운 버드키스를 날렸다. 그의 뜨거운 숨이 귓바퀴를 감아 돈다. 비나는 이미 지칠 만큼 지쳤다고 생각했음에도, 다시 허리를 치고 올라오는 열기에 놀랐다.

"……!"

이를 눈치라도 챈 것처럼, 루크레티우스가 장난치듯 속삭인다.

"밤은 아직 길어. 남은 밤을 나 홀로 지새우게 할 생각은 아니겠지? 그건 너무 잔인해."

마치 어린아이처럼 칭얼대는 목소리였다. 비나는 키득대며 그의 코를 손끝으로 꾹 눌렀다.

"아, 하지만 진짜 졸려. 마차 여행이 생각보다 피곤했나 봐. 다리가 풀릴 정도야."

루크레티우스의 얼굴이 조금 굳었다.

"역시 리체를 낳고 떨어진 체력이 완전히 회복이 안 된 건가?"

단순히 졸린다고 한 것에 갑자기 심각하게 반응하는 루크레티우스의 모습에, 비나는 또 놀랐다.

벌써 3년 가까이 지난 일이건만, 그는 비나가 딸 베아트리체를 낳을 때 고생한 것을 아직도 신경 쓰고 있었다. 물론 좀 난산이기는 했지만, 저렇게 과하게 걱정할 정도는 아니었다.

출산 이후에도 황실의 온갖 정성스러운 산후조리를 받은 덕분에 회복도 빨랐었다. 지금에 와서는 아이를 낳기 전과 비교해도 체력 차이가 별로 없을 정도다.

비나는 최대한 단단한 미소를 얼굴에 띄웠다. 그가 안심할 수 있도록.

"*오버하지 마.* 그냥 뜨거운 물에 오래 들어와 있은 데다, 술기운이 올라서 그런 거야."

"하긴 탕에 너무 오래 있긴 했군. 게다가 술도 마셨으니."

"그래. 그러니까⋯⋯. 응?"

비나는 놀랐다. 갑자기 시야가 크게 흔들렸기 때문이다. 따스하고 든든한 체온이 그녀의 허리와 다리 쪽을 받친다. 발아래에 닿아 있던 바닥이 휭 하고 사라진다.

"꺅!"

잇따라 비명이 울렸다. 정신을 차리니, 루크레티우스가 그녀를 공주님처럼 안아 들고 있었다.

"마, 말을 먼저 해 줘!"

이미 얼굴이 충분히 빨갛게 달아올라 있었건만, 더 빨개진다. 루크레티우스는 그것을 사랑스럽다는 듯 지그시 바라보다가 다시 이마에 키스했다.

루크레티우스는 평소에 지속하는 단련의 성과를 힘으로도 증명했다. 욕탕 정원에서 침실까지 이어진 길을 내내 비나를 가볍게 안고 걸어간 것이다.

맨발 끝이 달랑달랑 흔들리며, 발가락 끝에 바람이 닿아 간지러웠다. 루크레티우스가 바닥을 내디딜 때마다 그 움직임이 맞닿은 몸으로 선명하게 느껴졌다. 물이 사방에 튄 탓에, 그는 상당히 조심스럽게 발걸음을 옮기고 있었다.

"헉!"

살짝 삐끗하는 순간에는, 비나의 가슴이 덜컥했다.

"조, 조심해!"

"……조심하고 있어."

아까 너무 신나게 놀았나 보다. 앞으로는 좀 자제해야겠다. 어린 딸이, 목욕탕에서 넘어졌다는 우스꽝스러운 이유로 부모를 잃는 건 너무하지 않은가.

딱딱하고 미끄러운 곳을 딛던 감각이 바뀐다. 이번에는 푹신한 무언가를 밟고 있었다. 아무래도 아까 그녀가 밟고 온 레이스를 덮은 장미꽃잎들을 밟는 중인 모양이었다.

"후. 지시대로 제대로 준비해 놨군."

비나의 까만 눈이 동그래진다.

"이거…… 당신이 시킨 거였어?"

"응. 나의 황후 폐하를 위해서 특별히 준비시켰지."

비나는 잠시 말을 잃었다. 잠시 후, 그들의 그림자가 다시금 깊이 겹쳐졌다.

아름답고 환한 달빛, 아득해질 정도로 짙은 장미 향기. 그리고 무엇보다, 잠도 줄여 가며 밤을 달려온 세상에 단 하나뿐인 사랑하는 남자가 있다.

세상에서 가장 완전하고 로맨틱한 밤이었다.

마람 별궁은 오랜만에 활기로 가득 찼다. 실로 몇십 년 만에 별궁의 주인이 발걸음했으니 당연하다.

황후가 잠든 별궁의 침실 문이 살금살금 열렸다. 열린 문틈으로 뽀얀 아이의 얼굴이 쏙 빠져나왔다.

"엄마…… 마마?"

문을 열고 들어온 아이는 현재 황실의 금지옥엽인 베아트리체 1 황녀였다. 어머니를 그대로 닮은 까만 머리카락이 아침 햇볕 아래 찰랑찰랑거린다. 시녀들이 소리 죽여 침실로 뒤따라 들어오며 손사래를 쳤다.

"전하! 황후 폐하께서는 주무십니다!"

"폐하께서 기침하신 뒤에……!"

황후가 아직 잠에서 깨기 전이다.

물론 황제는 워낙 황궁에서 신출귀몰했으므로 원칙이 지켜지지 않았지만, 그래서 더욱 황녀가 불쑥 들어가는 일은 막아야 하는데 실패해 버린 것이다.

'엄마마마를 뵐 거야!'

피곤했는지 이른 저녁에 잠들었던 황녀는 오늘 일찍 눈을 떴다. 그러고는 어머니를 보겠다며 시녀들을 닦달하여 곱게 차려입고 침실로 달려왔다.

그때, 강아지처럼 구르듯이 뛰어다니던 황녀가 녹색 눈을 동그랗게 떴다. 예상 못한 사람이, 예상보다 일찍 거기에 있었던 것이다.

황후의 침실 안에는 가벼운 가운을 걸친 황제가 서 있었다.

시녀들은 경악하여 머리를 조아렸다.

"폐, 폐하!"

"폐하를 뵙습니다!"

그들은 아직 천개가 내려진 황후의 침대를 보고 목소리를 최대한 낮추었다.

두 시녀는 낭패감에 어깨를 떨었다. 이럴 줄 알았다면 황녀를 어떻게든 막았을 것이다. 큰 경을 치는 것은 아닌가, 그들은 두려움을 느꼈다. 그러나 다행히도, 황제도 황녀도 시녀들에게 큰 관심이 없었다.

"아빠……마마!"

베아트리체는 이틀 동안 보지 못한 아버지에게 활짝 미소를 띠고서 도도도 달려왔다.

"어이쿠, 우리 공주님!"

루크레티우스는 어린 딸을 번쩍 안아 올렸다.

"아빠마마!"

"그래. 며칠 못 본 사이에 더 무거워지셨군."

"아빠마마다! 리체는 아빠마마가 뵙고 싶었어요!"

아이는 아비의 가슴팍에 분홍빛 뺨을 부비적거렸다. 사랑스런 딸의 애교에 황제의 얼굴에선 미소가 떠날 줄을 몰랐다. 한참 아버지와의 재회를 기뻐하던 아이가 그제야 자신이 이 방에 온 목적을 기억해 냈다.

"엄마마마! 엄마마마는요?!"

"아직 주무신단다."

"엄마마마한테도 인사할래요!"

루크레티우스는 아이를 안은 채로 창밖을 보았다. 햇볕이 환하게 내리쬔다. 대략 11시쯤.

하지만 어젯밤 비나는 상당히 피곤해 보였다. 좀 더 쉬게 해 주는 것이 좋지 않을까?

그런데 딸아이의 보챔이 꽤 심했다.

"엄마마마—!"

그 서슬 때문일까. 침대 안쪽에서 부스럭거리는 소리가 들렸다. 아무래도 깬 모양이었다. 그는 부드럽게 딸에게 마주 웃어 주었다.

"그래. 그럴까?"

가까이 다가서자, 비나는 이미 잠이 깨어 있었다. 두 사람을 발견한 그녀의 얼굴에 미소가 피어오른다.

"엄마……마……마!"

아이의 발음은 아직 어눌했다. 사적으로 가족들만 있을 때, 비나와 루크레티우스는 딸에게 자신을 아빠 엄마라고 부르도록 했다.

아직 어리지만 머리가 비상한 베아트리체는 상황에 따라 부모를 다른 호칭으로 불러야 한다는 것을 놀랄 정도로 빠르게 눈치챘다. 덕분에 비나는 알 수 있었다. 지금 침실에 아침 시중을 들기 위해 시녀들이 들어와 있다는 것을.

그런 비나의 뺨에, 베아트리체가 조그마한 입술을 들이댔다.

-촉!

비나는 참지 못하고 두 팔을 뻗어 딸을 안아 들었다.

한국에 있을 땐 드라마에서 아이를 따라 절로 혀짤배기가 되던 부모들을 잘 이해하지 못했다. 그러나 그녀는 뒤늦게 깨달음을 얻었다. 그것은 매우 당연한 섭리였던 것이다.

"우리 리체—! 잘 자쪄요—?"

제국의 현명하고 존경받는 황후의 입에서 세 살배기 저리 가라 할 혀짤배기소리가 울렸다. 아이의 까르륵거리는 구슬이 굴러가는 듯한 웃음소리가 더욱 크게 터진다.

"네에—!"

그녀의 품 안에 안긴 자그마한 몸에서는 달콤한 우유냄새가 났다. 세상에서 가장 행복한 모닝콜이었다.

황제 일가는 황후의 단장이 끝나자 정원으로 나섰다. 루크레티우스가 딸아이를 안아 들고, 비나는 그 곁에서 함께 거닌다. 고요하고 행복한 산책이었다.

시녀들은 황제 일가가 번거롭지 않도록 황후의 침전에서 가까운 정원에 식사 자리를 마련해 두었다.

예쁜 꽃나무 아래에, 시종들이 아침부터 가져다놓은 테이블과 의자 세 개가 자리하고 있었다. 황제가 예정보다 일찍 도착했다는 소식에 예상보다 일찍 식사를 만들게 된 요리장은 심혈을 기울여 메뉴를 보완했다.

"어머."

비나는 놀랐다.

"퐁듀라……. 요리장이 생각을 잘 했군."

식사 시간에 좀 늦었음에도, 요리에서는 여전히 김이 오르고 있었다.

작은 등잔 위에 놓인 주석 냄비 안에 든 것은 향기로운 녹은 치즈였고, 주변에는 그것에 찍어 먹을 수 있는 가벼운 음식들이 준비되어 있었다.

아직 녹음은 짙은 계절이나, 슬슬 야외에서 맞는 바람이 차게 느껴지기 시작한다. 정원에서 조찬을 함께하겠노라 한 황제 부부에게 시간이 지나도 따뜻한 음식을 올릴 수 있도록 고심한 요리장의 선택이었다.

비나와 루크레티우스는 감탄하며 테이블 앞에 앉았다.

시녀들이 각종 과일과 훈제 햄, 오늘 아침에 갓 구운 빵 조각 등을 뚜껑 달린 그릇에서 꺼내어 그들 앞에 놓는다.

황제 일가를 위해 마련된 세 개의 의자 중 하나에는 푹신한 쿠션이 몇 개 깔려 있었다. 아직 어린 황녀를 배려한 것이다.

"리체. 배고프지?"

비나는 우선 빵 조각 하나를 은제 꽂이에 꽂아 치즈 속에 퐁당 담 갔다가 꺼냈다. 부드러운 와인향이 섞인 녹은 치즈의 냄새가 코를 간질인다. 치즈를 살짝 입술에 대 본다.

"음. 조금 뜨겁네."

"엄마마마……!"

"응. 조금만 기다려요."

비나는 딸에게 부드럽게 웃어 보이고는, 녹은 치즈를 후후 불어 서 식혔다. 딱 알맞게 식자, 치즈와 빵을 아이에게 내민다.

"자, 아~."

그러자 베아트리체도 어머니의 말을 따라 아기새처럼 입을 벌렸다.

"아―!"

베아트리체는 어머니가 직접 건네주는 음식을 잘 받아먹었다. 작은 입이 오물거리며 안에 든 것을 씹는 것을 보고 있자니, 안 먹어 도 배가 부르다.

몇 입 베아트리체를 먹였을 때, 비나는 깨달았다. 그녀는 고개를 돌리고 남편에게 물었다.

"왜 안 드세요?"

그 물음에 루크레티우스는 부드럽게 웃어 보인다.

"그냥 보고 있는 것만으로도 배가 불러서 말이야."

"……."

결혼하고 아이까지 낳았어도, 저 인간의 느끼함은 여전했다. 이 퐁듀가 도리어 산뜻한 샐러드처럼 느껴질 정도로 느끼하다!

그리고 그녀는 잘 알고 있었다. 자신의 남편이 유달리 혀에 버터를 장착하는 경우는, 무언가 유치한 불만을 느껴서 제 기분을 숨기려 들 때라는 것을.

비나는 입꼬리를 끌어 올리며 목소리를 낮추었다. 주변에서 들리지 않을 정도로.

"혹시 내가 당신은 신경 안 쓰고 리체만 챙긴다고 삐진 거야?"

"……그럴 리가."

대답이 미묘하게 늦었다. 그녀의 말이 정곡을 찌른 모양이다.

"정말이지……, 이제 서른이 넘은 황제 폐하께서 갈수록 유치해지실까."

"……아, 아니라니까."

본인도 자신의 기분이 지나치게 유치하다는 것을 알긴 아는 모양이다. 하긴 그러니 저렇게 나름대로 얌전히 기다리고 있던 것이겠지.

"사랑하는 아내와 귀여운 딸의 즐거운 한때를 기쁘게 바라보고 있었던 것뿐이라고."

"네에, 그러시겠죠."

비나는 손에 들고 있던 햄 조각을 치즈에 푹 찍었다. 햄과 치즈를 꽂은 은제 꽂이가 그대로 루크레티우스의 입 앞으로 향했다. 비나는 마치 아이를 어르듯 했다.

"자, 아~."

그러자 루크레티우스는 군말 없이 입을 벌린다. 그리고 아빠새도 엄마새에게서 먹을 것을 받아먹었다. 그 옆에서는 아기새가 흐뭇하게 빵을 오물오물 씹고 있었다.

남편의 얼굴에 떠오르는 만족스러운 표정을 보고, 비나는 실소했다. 아닌 척하고 있기는 했지만, 그녀의 관심을 얻어 내고 나니 상당히 즐거운 모양이다.

"정말이지……, 나이가 더 드는데 왜 점점 어려지는 것 같은지 몰라."

그녀의 속삭임에 루크레티우스의 어깨가 움찔한다. 그는 짐짓 아무것도 듣지 못한 척 손을 뻗었다. 이번에는 그의 손이 움직였다. 은제 포크가 앞에 놓인 달콤한 과일 조각을 찍어서 풍듀 냄비 속으로 들어간다.

'이제야 자기 손으로 먹을 마음이 든 모양이군.'

그러니 그녀는 딸아이의 식사에 신경을 쓰면 될 모양이다. 원래대로라면 황실에서 황후가 자식의 식사를 일일이 챙기는 일은 거의 없지만, 비나는 아이가 제 궁을 받아 독립할 나이가 되기 전까지는 직접 챙기기를 원했다. 특히 지금처럼 사람들의 눈이 적은 곳에서 가족끼리 오붓하게 지내는 동안은 더욱 그랬다.

그때였다. 불쑥 치즈향이 그녀의 코 앞으로 다가왔다.

"어?"

루크레티우스가 내민 은제 포크가 그녀의 입 바로 앞으로 와 있었던 것이다. 과일과 치즈의 향이 기분 좋게 코끝을 간질인다.

"자, 아~."

그는 지금 조금 전 그녀가 자신과 아이에게 한 행동을 그대로 했다. 비나의 얼굴이 붉어진다..

"시, 시녀들도 다 보고 있는데……!"

그러나 루크레티우스는 요지부동이었다.

"내가 하루이틀 이랬어? 다들 면역이 됐을 거야."

"……."

틀린 말은 아니다. 비나는 애정표현을 할 때 그나마 주변의 시선을 의식했지만, 루크레티우스는 안중에도 없는 경우가 많았다. 그를 따라 요즘 들어서는 비나까지도 조금씩 둔해지고 있는 참이다.

"그, 그래도……."

망설이는 비나에게 루크레티우스의 쐐기가 날아와 박혔다.

"이 포크가 싫다면, 내가 입으로 직접 먹여 줄게."

"돼, 됐어! 그건 필요 없어!"

비나는 별수 없이 항복했다. 그녀의 입에 음식을 넣어 준 은제 포크의 끄트머리가 살짝 입술을 긁듯이 건드렸다.

조금도 아프지 않았다. 그보다는……, 노골적인 자극. 비나는 그를 흘겨보았다.

'지금은 대낮이라고!'

그러나 빙글빙글 여유 있게 웃고 있는 그녀의 남편은, 그녀의 시선이 주는 비난을 신경 쓰지 않고 있었다.

"자, 다시 아~."

결국 비나는 다시 입을 벌릴 수 밖에 없었다.

이번에는 비스킷에 녹은 치즈가 듬뿍 올라가 있는 것이었다. 딱 좋은 온도로 식은 음식들을 그녀의 혀 위에 올려 주고는, 루크레티우스가 뻗은 은제 포크는 이번에는 솜씨 좋게 그녀의 혀끝을 살짝 두드리고 입천장 위를 건드리고 나갔다.

그녀의 뺨이 확 붉어졌다.

'이건……, 키스할 때 버릇이잖아!'

그러나 대놓고 뭐라고 할 수가 없었다. 그는 그저 아이를 챙기느라 제대로 식사를 하지 못하는 아내에게 직접 음식을 먹여 주고 있는 것뿐이니까.

비나는 은제 포크를 손에 들었다.

"후후. 자, 아~ 하세요."

이번에 그녀의 손에 들린 포크는 그녀도 잘 알고 있는 궤도대로 그의 입안에서 움직였다.

그들의 입맞춤 때마다 그녀가 유달리 집착하던 곳을, 은제 포크 끝이 살짝 건드렸다. 그러자 루크레티우스의 어깨가 미미하지만 분명하게 떨렸다.

비나는 만족스럽게 웃었다.

"맛있으신가요?"

명백한 도발.

그러자 루크레티우스도 질 수 없다는 듯이 마주 웃는다.

"황후의 손길이 닿으니 천상의 맛이로군."

그리고 그는 다시 손에 든 포크를 퐁듀 냄비 속에 푹 담갔다.

"내 손길이 닿은 것이 당신에게 어떤 맛일지 궁금하군."

그녀가 대답을 하기도 전에 그의 포크가 그녀에게 내밀어졌다.

지금 두 사람은 꽤 배가 차 있었다. 그러나 멈출 수 없었다. 먼저 멈추는 쪽이 지는 셈이다. 유치하기 짝이 없다는 것은, 둘 다 알고 있다. 그러나 안다고 해도 멈출 수 있는 것은 아니다.

"자아, 폐하……."

"어떻소, 황후……."

주변에서 보기에는 그저 행복하고 금슬 좋은 황제 부부의 닭살 행각이다. 그러나 실상은 마치 결투처럼 반복되는 유치한 공방이

었다. 그것이 끝을 맺은 것은 어느 한쪽의 항복에 의해서가 아니었
다. 전혀 예상하지 못한 방향의 공격에 의해서였다.

베아트리체가 울음을 터뜨렸던 것이다.

"으앙!"

"리, 리체?"

"왜 그러느냐, 리체?!"

아이는 서럽게 외쳤다. 녹빛 눈에서 눈물 방울이 뚝뚝 떨어졌다.

"나도, 리체도 주세요!"

결국 이 작은 공방의 승리자는 어린 베아트리체였다.

소박하고 행복하지만, 제법 치열했던 식사가 끝났다. 요리장은
깨끗하게 비워진 그릇들을 보고 행복해할 수 있었다.

예상보다 과하게 배를 채워 버린 두 사람은 암묵적인 합의로 함
께 산책을 하기로 했다. 시녀와 시종들은 말이 들리지 않는 거리로
물러나 황제 부부의 뒤를 따랐다.

당연히 두 사람 사이에는 부모의 손을 잡은 오늘 아침의 승자가
당당히 자리하고 있었다. 겨우 세 살배기인 베아트리체의 걸음걸
이는 상당히 느렸고, 당연히 두 사람의 걸음은 아이에게 맞추어질
수밖에 없었다.

비나는 어젯밤에는 정신이 없어 미처 묻지 못한 화제를 겨우 꺼

낼 수 있었다.

"코르넬리우스 님의 용태는 어땠어?"

루크레티우스가 그들과 함께 출발하다 중간에 말머리를 돌릴 수밖에 없었던 이유다. 약 1년 전 재상 위에서 은퇴한 로넨시아 공작 코르넬리우스가 정계에 미치는 영향력은 방대하다. 그런데 원래도 고령이었던 그의 건강 상태가 급변한 것이다.

물론 제국은 현재 안정되어 있다. 폐태후 카틀레야의 난 이후, 그 잔당들이 소탕되는 과정에서 황제와 그를 지지하는 세력들의 권위와 힘은 확고하게 자리를 잡았다. 그 과정에서 황제를 따르던 이들의 세력 역시 강해졌다.

어찌 보면, 지나칠 정도로.

이제 반대파가 모조리 뽑혀 나간 상황에서, 친루크레티우스 파는 승리의 달콤한 결과물을 놓고 다시금 분열할 조짐을 보이고 있었다. 그 분열을 억누르고 있었던 사람이 바로 코르넬리우스다. 그의 연륜과 권력, 상징성 등이 막 권력을 손에 쥔 황제와 황제를 따르던 이들의 분열을 막고 있었던 것이다.

그런데, 그가 쓰러졌다. 나이가 나이이니만큼 회복을 기대하기는 힘들었다. 루크레티우스가 무리를 해 가면서 굳이 그를 만나고 온 이유 역시 같았다. 루크레티우스와 비나가 제도로 돌아갔을 때까지 그가 살아 있을 거라는 보장이 없었기 때문이다. 그리고 실제로 루크레티우스가 만나고 온 코르넬리우스의 상태가 그러했다.

"나를 만나고 곧 혼수상태에 빠졌어. 의사 말로는 다시 의식을 찾을 수 있을지 장담할 수 없다더군."

유달리 부는 바람이 서늘하게 느껴졌다.

"……얼마 남지 않은 건 분명한 것 같아. 애석한 일이지."

루크레티우스의 목소리에는 진심 어린 안타까움이 어려 있었다. 그가 친부를 제 손으로 죽인 사람임을 생각하면 놀라운 일이다. 선황이 그에게 제대로 된 아비가 아니었던 만큼, 그 빈자리를 채우려 노력해 준 것이 전 재상 코르넬리우스였다.

선황의 죽음은 그에게 부친을 잃는 일이 아니었으니, 코르넬리우스의 죽음은 아마도 진정한 의미에서 부친을 잃는 것이리라. 비나는 무엇보다 이를 걱정했다.

"……괜찮아?"

"걱정할 정도는 아니야. 조금…… 안타깝기는 하지만."

비나는 말없이 남은 손을 뻗어 그의 손을 마주 잡았다. 루크레티우스도 그녀의 손가락 사이로 깍지를 낀다.

"심각한 충격은 아냐. 이미 코르넬리우스는 고령이었고, 카틀레야 처형 이후에는 복수를 이룬 것 때문인지 상당히 지쳐 있었으니까."

그의 말은 사실이었다. 비나가 보기에 건드리기 힘들 정도로 오랜 세월을 버텨 온 견고한 벽처럼 보였던 코르넬리우스가, 카틀레야가 죽은 뒤에는 평범한 할아버지가 되어 버렸다.

"그래. 내게도 눈에 보일 정도였으니까. 크게 부풀었던 풍선이 바람이 빠져서 쪼그라든 것 같았어."

루크레티우스는 무겁게 고개를 끄덕였다.

"죽기 전에 카틀레야의 목이 잘리는 걸 보고 말겠다며 노구를 이끌고 버티고 있었으니까. 어찌 보면 당연한 일이군."

시간의 흐름은 가혹했다. 노인은 늙어서 죽고, 새 생명들은 태어난다. 카틀레야가 죽고 난 뒤, 베아트리체가 태어났다. 그리고 노

재상은 이제 죽음을 앞두고 있다.

비나는 가슴을 채우는 기이한 울렁거림을 느꼈다. 루크레티우스가 의아한 듯 물었다.

"표정이 이상하네. 그 정도로 코르넬리우스에게 의지했었나, 당신이?"

비나는 고개를 저었다.

"그냥……, 실감이 나서 그래."

"실감?"

"그래. 내가 정말로 이 세계의 시간의 흐름 속에서 살고 있구나, 하는 실감."

"……."

"당신을 선택하고, 리체를 낳았지. 그때 이미 절절히 느꼈는데, 이젠 또 느낌이 달라. 카틀레야 때와 달리 코르넬리우스의 죽음은 자연사니까. 이 세계의 자연스러운 흐름을 보게 된 기분이야."

비나는 부드럽게 웃었다.

"이제 나도 장차 그렇게 자연스러운 흐름의 일부가 되겠지."

"……비나."

아직도 가끔 루크레티우스는 그날의 악몽을 꾸곤 했다. 거대한 검은 달이 속절없이 검은 머리카락의 여인을 집어삼키는 꿈을.

그때마다 그는 식은땀에 젖은 몸으로 침대 옆자리를 필사적으로 뒤지고는 했다. 그녀가 자신의 곁에 있음을 확인하지 않고서는 숨도 제대로 쉴 수 없게 된다.

그렇게 그는 몇 번이나 악몽의 끝자락에서 깨어나, 아침이 될 때까지 그녀를 끌어안고 놓아주지 않았다. 그때마다 비나는 이유를 묻지 않고 다만 그의 등을 마주 안고 쓸어내려 주었다. 그 불안을 다 알고 있다는 것처럼.

그녀는 다정히 속삭였다.

"내가 정말로 이 세계에서 살고 또 죽겠구나, 하는 실감을 했어. 바로 당신의 곁에서."

그녀의 미소는 더없이 단단하고 또 무거웠다. 대해의 가운데에서 함선이 내리는 닻처럼 묵직한 미소. 그것이 막 다시 일어나려던 루크레티우스의 불안감을 지그시 눌러 주었다.

"그래."

루크레티우스는 마주 웃었다.

전이라면 아마도 여기서 '고맙다.'거나 '미안하다.'는 말을 입에 담았다가, 아내에게 등짝을 맞았을 것이다. 그러나 그는 꽤 학습이 빠른 남자다. 이 상황에서 가장 어울리는 대답을 잘 알았다.

"사랑해."

그녀의 선택은 오로지 그녀 자신을 위한 것이다. 그 선택이 자기 자신을 위한 것이라 생각하여 감사나 사죄를 하는 것은 오만이다. 비나는, 그의 태양은 더없이 화사하게 웃었다.

"나도."

그들은 자연스럽게 서로를 끌어안고 키스했다. 열정적으로 서로를 탐하기 보다는, 따스하게 서로의 존재를 확인하기 위한, 그런 키스였다.

일주일간의 휴가는 꿈과 같았다. 좋은 시간은 늘 그렇듯 너무나 빨리 지나가 버렸다.

―다그닥다그닥.

규칙적으로 마차가 흔들린다. 마람 별궁에서 출발해, 제도로 향하는 황실 마차가 길을 지난다. 방 하나 사이즈는 되는 이 널찍한 마차 안에는 단 세 명만이 타고 있었다.

루크레티우스와 비나, 그리고 루크레티우스의 품에 안겨 잠든 베아트리체.

단둘이 밀폐된 공간 안에서 자연스레 비밀스런 대화가 오간다.

"그래서……, 이제 일랑 백작이 로넨시아 공작 위를 잇겠네."

"그렇게 되겠지."

일랑 백작은 코르넬리우스의 차남이다. 장남 부부가 딸 하나만을 남기고 요절한 데다, 그 딸마저 폐태후 카틀레야 손에 암살당했다. 당연히 그의 작위는 차남에게 돌아가게 된다.

코르넬리우스의 아들이자 후계자이며, 일랑 백작임을 생각하면 비나 역시 그에 대해 잘 알아야 맞다. 그러나 그는 기이할 정도로 제 저택에서 두문불출하는 사람이었다. 심지어는 약 2년 전에 영지로 내려가더니 그대로 틀어박혔다. 그 아비인 코르넬리우스의 병세가 악화되고 나서야, 간신히 영지의 저택에서 나와 제도로 올라왔다고 들었다.

"일랑 백작 파비오는 제 아비나 형에 훨씬 미치지 못하는 인물이야."

"어떤 타입이야? 욕심이 많은 스타일?"

비나는 가장 일반적인 무능한 귀족을 떠올렸다. 죽은 선황과 같은 인물 말이다. 그러나 루크레티우스의 설명은 반대에 가까웠다.

"아니, 심약하고 우유부단해. 그리고 귀가 얇아서 주변 사람의 말에 잘 휘둘려. 위대한 아버지 아래의 아들들 중에 그러한 경우가 많지. 게다가 그의 형은 그 아비의 아들답다는 평을 듣던 인물이야. 참 아깝기 짝이 없지."

"그러면……, 열등감에 사로잡혀 있을 가능성이 높겠네."

"그렇지. 우울증을 앓고 있다는 소문도 있더군. 상당히 신빙성이 높아."

비나는 바구니에 담겨 있는 쿠키를 다섯 개째 집어 들며 말했다.

"그러면 일랑 백작은 안심해도 되려나."

"어느 정도는? 하지만 휘둘리기 쉬운 인물이니만큼 주의는 해야겠지."

비나의 입안에서 바삭, 하고 초콜릿칩이 든 쿠키가 부서졌다. 마람 별궁의 요리장이 특별히 구워서 함께 보내 준 것이다. 비나는 별궁에 있는 동안, 요리장의 디저트에 완전히 빠져 버렸다. 진지하게 별궁의 요리장을 황궁으로 불러들일지 말지를 고민 중이었다.

잠시 쿠키에 심취했던 비나는 다른 사실 하나를 지적했다.

"하지만 일랑 백작부인은 달라."

"정곡을 찌르는 지적이군."

일랑 백작부인, 곧 로넨시아 공작부인이 될 그 여인은 남편과는 정반대의 성품과 역량을 가지고 있었다.

"듣기로는 시어머니인 공작부인이 세상을 떠난 지 오래이기도 해서 사실상 집안의 실세로 군림하고 있다고 하더군."

"이제 명실상부한 진짜 공작부인이 되면, 더 기세등등해지겠네."

게다가 어느 정도 교분을 가진 비나는 확신하고 있었다.

"그녀는 야심이 상당한 사람이야."

"뭐, 당신이 그렇게 말한다면 확실하겠지. 게다가 내가 확인한 첩보들도 당신의 판단에 힘을 실어 주는 것들이니."

루크레티우스는 비나의 입가에 묻은 쿠키 가루를 슥 훑어 주며 부드럽게 웃었다.

"일랑 백작부인의 딸이 살아 있었다면, 어떻게든 황궁으로 밀어 넣으려 했겠군."

그때 비나는 한 가지 사건을 떠올렸다. 벌써 몇 년이나 지난 과거의 한 사건을. 대연회 자리에서 비나는 루크레티우스에게 율리아를 붙여 주려 했었다. 그때는 아직 고향으로 돌아갈 희망을 놓지 못하고 있었고, 또 루크레티우스에 대한 마음을 제대로 자각하지 못한 상태였다.

그렇다고는 해도 루크레티우스와 율리아, 두 당사자들의 심정은 조금도 생각하지 않고 불도저처럼 들이밀었던, 이제 와서 생각하면 참으로 부끄러운 과거의 일이지만 말이다.

그 부끄러운 과거의 한 장면 가장자리에도 그녀가 있었다.

일랑 백작부인, 노마 데 로넨시아.

율리아의 이모이며, 곧 로넨시아 공작부인이 되어 사교계 귀부인들 중에는 가장 높아질 여인.

'폐하께서 여기 이 율리아와 춤을 추기를 원하신답니다.'

그때 비나의 거짓 폭탄선언을 듣고, 일랑 백작부인은 분명히 반색을 했었다. 그 장면을 떠올리며 비나는 중얼거렸다.

"백작부인에게 딸은 없지만……, 미혼의 조카는 있지."

그것도 본가와 인연을 끊은 조카다. 이미 황궁에 들어와 있기까지 한. 루크레티우스는 마차의 창 너머 파랗게 펼쳐진 하늘을 보며 나직이 중얼거렸다.

"큰 바람이 불겠군."

2. 폭풍 전야

2. 폭풍 전야

제도에 도착한 황제 부부를 맞이한 것은 비보였다. 모두가 이미
예상하고 있었던 소식이기도 했다.

로넨시아 공작저에는 검은 깃발이 내걸려 상중喪中임을 알렸다.
루크레티우스는 비통해하며 애도의 마음을 표시했다.

"코르넬리우스와 같은 나라의 기둥이라 할 노신老臣을 잃다니, 애
통함을 금할 수가 없다."

황제의 명령을 받은 궁내부장이 장례식에 직접 참여하여 황제의
애도를 표했다. 본래 황제와 황후 그리고 황자녀들은 국혼이나 국
상 외에 타인의 결혼식이나 장례식에 참여할 수 없는 것이 법도였
다. 그러므로 황제가 궁내부장을 보내어 조문하는 것은 신하에게
할 수 있는 최대한의 예의였다.

일랑 백작, 아니 이제 아버지의 뒤를 이어 로넨시아 공작이 된
사내가 창백하고 마른 얼굴로 궁내부장을 맞이하여 황제의 은혜에

감사했다.

그 바로 옆에 선 이는 상복을 입고 애도의 검은 베일을 늘어뜨린 그의 부인, 로넨시아 공작부인 노마 데 로넨시아였다.

제국의 이름은 크렌시아. 그리고 그 황가의 성 역시 크렌시아. 그러나 이는 크렌시아가家가 황가이기에 가능한 일이다.

작위 명名과 가문의 성姓이 일치하는 경우는 제국 내에서 매우 드물었다. 작위의 이름은 곧 그가 받은 영지의 이름을 의미하기 때문이다. 그 드문 예의 대표격이 바로 로넨시아 공작가 로넨시아 가문이다. 이는 그 가문이 제국의 성립 이전 일국—國을 통치하는 왕가였음을 의미한다.

즉, 로넨시아 가문은 과거 로넨시아 왕국을 통치하던 가문이었다. 크렌시아가 제국으로 발돋움하기 이전, 크렌시아 왕국이었고, 그 왕가로서 크렌시아 가문이 존재했던 것과 같다.

제국의 성립 과정에서, 혼인동맹을 통해 흡수되거나, 혹은 그 신하로서 공을 세우고 제국에 편입된 몇몇 가문은 그 영지에 옛 왕국의 이름을 남기는 것을 허락받았다. 그것이 허락된 가문은 총 다섯. 그중 지금까지 남아 있는 가문은 단 세 가문뿐이다. 그 선두에 선 것이 바로 로넨시아 공작가다.

로넨시아 공작가는 새로운 주인을 맞아, 이제 새로운 길로 나아가려 하고 있었다. 그리고 그 선두에 선 이는 바로 가문의 실세이자 안주인인 로넨시아 공작부인이었다.

"황제 폐하와 황후 폐하의 은혜에 몸둘 바를 몰랐나이다."

아직 상복을 벗지 못한 공작부인은 장례식이 끝나고 일주일 뒤, 예정보다 빠르게 사교계 활동에 나섰다. 시아버지의 장례에 조문을 보내 준 것에 대해, 황후를 알현하여 감사의 마음을 표하려 한 것이다. 비나는 부드럽게 웃으며 그녀를 맞았다.

"별말씀을요. 제국의 중신이셨던 분께 당연한 예의를 표한 것뿐인 걸요."

"아니요. 제 남편도 두 분 폐하의 은혜에 깊이 감읍하고 있답니다."

비나는 부드럽게 웃으며 다과를 권했다. 공작부인은 마주 웃으며 감사히 티타임을 함께했다.

황후와 공작부인, 제도 사교계에 있어 가장 고귀한 두 여인의 만남이었다. 공작부인은 황비 시절 비나를 돕는 가장 큰 세력 중 하나가 되어 주기도 했었다. 즉 그들은, 공식적으로는 매우 호의적인 관계였다.

우호적인 환담이 길게 이어지다 황녀의 소식에 닿았다.

"그러고 보니 황녀 전하께서 별궁에 다녀오신 뒤에 감기를 앓고 계신다지요?"

비나의 표정에 살짝 그림자가 졌다. 아무리 금방 나을 감기라 해도 하나뿐인 자식이 아픈 상황이니, 비나의 마음은 무거울 수밖에 없었다.

"아직 어린데 마차 여행이 좀 고됐던 모양이에요. 이제 많이 나았답니다. 로우손 말이 이제 이삼일이면 털고 일어날 거라 하더군요."

"참으로 다행입니다. 하긴, 두 분 폐하를 닮으셨다면 강건하실 겁니다."

"걱정해 줘서 고마워요, 공작부인."

잠시 뜸을 들이던 공작부인은 부드럽게 물어 왔다.

"그러고 보니 벌써 황녀 전하의 연치가 곧 3세이시죠."

"벌써 그렇게 됐군요."

"혹시……, 좋은 소식은 아직 없으신지요. 이제 황녀 전하께 아우님을 보여 드릴 때도 되신 듯합니다."

비나의 미소에 약간의 실금이 갔다.

"……인력으로 되는 일이 아니니 기다리고 있답니다."

실제로는 루크레티우스가 둘째를 가지는 것을 두려워하고 있었다. 베아트리체를 가지고 또 낳을 때, 비나가 원체 고생한 것이 그에게 트라우마에 가깝게 남아 있었기 때문이다.

도리어 비나는 베아트리체가 외로울 것을 걱정해서, 한 명 정도는 더 낳고 싶다는 생각을 가지고 있었다. 황실의 후사 문제를 생각해서도 그러했다.

그때였다. 공작부인이 바로 그 부분을 찌르고 들어왔다.

"릴리아나 황녀께서 2년 전에 아드님을 낳으셨죠."

"쿨린은 참 귀여운 아이죠."

말을 돌리려는 비나의 노력은 수포로 돌아갔다. 공작부인은 목소리를 낮추어, 그러나 힘을 주어 말을 이었다.

"물론 황녀 전하께서 태어나신 뒤로, 릴리아나 황녀 전하의 계승권은 소멸하였지요. 하나, 베아트리체 전하께선 아직 어리시고, 한 분만으로는 황실의 후사가 불안정합니다. 황녀 전하께서 장성하셔도, 틀림없이 릴리아나 전하의 아드님을 두고 안 좋은 말들이 나올 겁니다."

맞는 이야기이긴 했다. 루크레티우스와 비나 두 사람도 잘 알고, 또 느끼고 있는 부분이었으니까.

황녀의 계승권은 인정되었어도 아직 여제女帝의 등극은 전례가 없다. 적통 황녀인가, 혹은 황녀의 아들인가를 놓고도 문제가 생길 여지는 충분했다.

클로디스도 염려하고, 특히 릴리아나는 거의 공포에 질려 있는 일이니까. 실제로 아들을 낳은 뒤, 릴리아나는 집 밖으로 거의 발걸음을 하지 않았다.

아이를 가진 것을 알고도 제 어머니에 대한 기억 때문에 두려워하던 그 가여운 황녀는, 첫 아들을 낳고도 이 아이가 행여나 황위 계승에 휘말리지 않을까 걱정하며 눈물부터 흘렸다.

'차라리 딸아이였다면 안심할 수 있을 텐데요.'

비나는 그리 말하며 울먹이는 릴리아나를 안정시키기 위해 꽤나 애를 먹어야 했다.

다른 아이를 더 얻든 아니면 베아트리체 한 명만 두고 끝나든, 비나도 루크레티우스도 쿨린까지 황위 계승에 말려들게 할 생각은 결코 없었다. 심약한 릴리아나를 걱정해서—라고 말하는 것은 사실 말도 안 되는 일이리라. 그들은 자식의 권리를 포기할 정도로 성격 좋은 인간들이 되지 못하기 때문이다.

'아들이든 딸이든 내 자식의 권리를 빼앗기게 둘 줄 알고!'

이것이 매우 솔직한 그들의 심사다. 그렇다고 이를 대놓고 드러낼 생각은 없었으므로, 비나는 애매하게 웃으며 그 말을 받았다.

"부인의 충심 어린 조언은 정말로 뼈가 되고 살이 되는군요."

지금 공작부인이 이 말을 꺼낸 의도가 무엇인지, 비나는 그쪽이 더 신경 쓰였다. 정말로 충심의 발로일 수도 있으리라. 혹은 다른 의도일 수도 있겠지. 상대가 어떤 스탠스를 정했는지를 알아야, 이쪽도 대응을 할 텐데 말이다.

'물론, 어느 쪽이든 결과는 같겠지만…….'

비나는 찻잔 아래로 위험스러운 미소를 숨겼다.

그런 그녀의 생각을 아는지 모르는지, 공작부인의 일단 겉보기에 충심 어린 조언은 길게 이어졌다.

"무엇보다 황후 폐하께서 황자 전하를 생산하시는 것이 가장 시급하겠지요. 저도 곧 좋은 소식이 있을 거라 믿고 있습니다. 그러나……."

이런 경우 높은 확률로, '그러나'라는 단어 뒤에 이어지는 말이 바로 본심인 법. 비나는 귀를 기울였다.

"황후 폐하 한 분만으로 황실의 후사가 튼튼하기를 기대하긴 힘듭니다."

'역시나…….'

예상한 대로였다.

"각 왕국과 공국에서 공녀를 바치는 문제도 있으니, 어차피 길어도 3, 4년 내에는 후궁이 가득 찰 겁니다."

지나치게 상상한 그대로라 조금 김이 빠질 정도였다.

사실 말 자체는 옳았다. 비나가 배운 황실의 법도나 전례를 보면, 황제와 황후의 결혼생활이 안정된 뒤에 차례로 각국에서 보낸 공녀들이 황비나 후궁의 직첩을 받고 후궁에 거처를 내려받는 것이 보통이다. 다들 곧 후궁 간택이 있으리라 예상하고 있으니, 공작부인의 입에서도 저런 말이 나오는 것이다. 지금까지 그래 왔으므로.

그러나 그들은 모르고 있었다. 그들이 맞은 황후는 지금까지와는 전혀 다른 사람이라는 것을!

비나는 현모양처의 흉내를 냈다. 그러니까, 일단은.

"저 역시 이미 폐하께 말씀을 올렸답니다."

"오오, 역시⋯⋯."

"그러나 폐하께서 내키지 않아 하시더군요."

"황실의 전례로도, 그리고 타국과의 외교를 위해서도 공녀들이 후궁에 드는 일은 피할 수 없을 겁니다. 그리고 황후 폐하께서는 그들을 다스리셔야 합니다. 쉬운 일은 아니지요. 숫자도 한둘이 아닐 거고, 모두가 쟁쟁한 친정을 가진 이들일 테니까요. 한데 황후 폐하께서는⋯⋯ 불행히도 이 대륙 내에는 믿을 만한 친정이 없으시지 않습니까."

비나는 깨달았다. 이것이야말로 진짜 본론이다.

"그러니 믿을 만한 인물을, 그것도 확실한 친정을 가진 여식을 1황비로 미리 들이시는 것이 가장 좋습니다."

비나의 얼굴에 떠오른 미소가 짙어졌다.

"⋯⋯어찌 되든 나 혼자서 결정하고 처결할 일은 아닌 듯하군요. 무엇보다 황제 폐하께 재가를 받아야 할 테니까 말이에요."

그러자 공작부인은 엄격한 미소로 답한다.

"응당 그러셔야겠지요. 하나, 황후 폐하⋯⋯. 황비들과 후궁들을 봉하고 관리하는 내궁의 일은 전적으로 폐하의 권한이십니다."

맞는 이야기이긴 했다. 내용 자체는. 물론, 듣는 사람에 따라 원론적으로는 맞는 이야기도 개소리가 되고는 한다. 바로 지금처럼.

공작부인의 우아한 개소리가 낭랑하게 울렸다. 왈왈!

"설사 황제 폐하께서 황후 폐하를 총애하는 마음이 크시어 다른 여인을 곁에 두지 않기를 바라신다 하여도, 황후 폐하께서 강하게 주청하셔서 실행하실 일입니다. 다른 것도 아닌 제국을 위해서니까요."

비나의 미간이 꿈틀거렸다. 지금 이 여자는 황후를 가르치려 들고 있었다. 비나는 가볍게 제 얼굴을 향해 부치고 있던 부채를 탁 소리를 내어 접었다.

"공작부인."

황후의 굳은 표정으로 심기가 불편함이 드러난 상태. 로넨시아 공작부인은 말투를 누그러뜨리며 답했다.

"……예, 폐하. 하문하소서."

"부인의 말대로 그것은 어디까지나 황후인 나의 권한입니다. 공작부인의 넘치는 선의에서 나온 조언이라 할지라도, 신하된 몸으로 입에 담기에는 정도를 지나쳤다고 생각하지 않나요?"

형식은 질문이나, 기실 힐난이다. 공작부인은 고개를 숙였다.

"제가 실언을 했습니다. 부디 폐하의 아량을 바랍니다."

그러나 이미 그녀가 솔직하게 드러낸 속내는 너무나도 분명했다. 결코 그 의사를 접지 않으리라. 이는 비나도 공작부인도 이미 알고 있는 바였다. 그녀는 어조만은 공손하게 덧붙였다.

"그저 늙은이의 과한 걱정이었다 여겨 주십시오."

"······알겠습니다."

결코 스스로를 노인이라 칭할 나이가 아님에도 스스로 제가 비나보다 훨씬 연상임을 강조한다. 의도는 명확했다.

'저는 그저 연장자로서, 그리고 황실의 가까운 충신으로서 충언을 드린 것뿐입니다.'

라고 강변하고 있는 것이다.

'가당치도 않은 짓을······.'

비나는 다시 부채를 펴서 입가를 가렸다. 그녀의 입가는 날카롭게 휘어 있었다.

티타임은 부드러운 분위기 속에서 끝났다. 적어도 겉으로는. 비나는 퇴청의 인사를 올리는 공작부인에게 여상하게 한 마디를 던졌다.

"선대 공작의 간병을 하느라, 조카인 율리아와도 한동안 얼굴을 보지 못하셨죠? 오늘 율리아는 비번이라 거처에서 쉬고 있을 거예요. 돌아가시는 길에 율리아와 잠시 시간을 보내도록 하세요."

"배려에 감사드립니다."

공작부인은 깊이 고개 숙여 황후의 배려에 감사했다. 이것만은 진심으로 보였다.

'내 명령을 핑계로 율리아를 보러 갈 수 있게 되었다고 좋아하고

있겠지.'

비나는 피식 웃으며, 자리에서 몸을 일으켰다. 아직 병상에서 일
어나지 못한 딸을 돌보러 갈 시간이다.

황족을 모시는 시녀들은 휴일이 많지 않다. 특히 최근 1년 사이
에, 율리아보다 먼저 시녀로 들어와 황후를 섬기고 있던 선배들이
결혼하여 시녀 일을 그만두었다. 이미 약혼자가 결정되어 있던 로
벤티스 자매가 1년 사이에 연달아 혼례식을 올린 것이다.

황후의 시녀로서 함께 일하며 상당히 친해진 이들의 경사이니,
율리아도 기꺼이 기뻐하여 축하해 주었다. 그러나 그들이 그만두
며 율리아의 일이 과중해진 것은 부정할 수 없는 부작용이었다.

물론 그들의 빈자리는 다른 영애들이 시녀로서 들어와서 채웠다.
문제는 그들이 아직 일에 익숙해지지 못한 상황이라는 것이다. 시
녀장인 사만다나 부시녀장인 아그네스가 신임 시녀들을 직접 가르
치는 것은 무리였다. 결국 그 일은 율리아의 몫이 된 것이다.

율리아는 그 덕분에 상당히 과중한 일과에 시달리고 있었다. 그
에 미안해하던 황후가 율리아를 배려하여 오늘은 특별히 쉬라고
명령을 내렸던 참이다. 덕분에 거처에서 한가로이 독서를 하던 율
리아는 반가운 얼굴을 맞이하게 되었다.

"아, 이모님!"

로넨시아 공작부인은 만면에 미소를 띤 채 율리아의 거처에 발을 들여 놓았다.

"잘 지냈느냐, 율리아."

"네, 덕분에요. 안 그래도 오늘 들어오신다는 소식은 들어서 알고 있었어요. 알현은 잘 마치셨나요?"

비나의 일정 관리는 시녀장이 맡지만, 그 수행은 율리아 역시 하므로 그녀는 황후의 모든 일정을 전부 외우고 있었다.

"그래. 무사히 알현을 마치고 왔단다. ……진심 어린 충언도 올리고 왔지."

"……충언이요?"

공작부인은 부드럽게 웃으며 말을 흘렸다.

"그나저나 너는 오랜만에 보는 이모에게 자리도 권하지 않을 셈이니?"

"아! 죄송해요, 이모님! 오랜만에 뵈었더니 너무 반가워서……!"

율리아는 부끄러움에 얼굴을 붉혔다. 공작부인이 근 반년간 시아버지의 병간호로 황궁에 들지 못한 터라, 너무 오랜만에 만나서 반가워하다 보니 당연히 해야 할 일을 잊은 것이다.

율리아는 이모님에게 상석을 권하고 하녀에게 다과를 내올 것을 명령했다.

공작부인은 찻잔을 받고서 말문을 열었다.

"그나저나……, 로벤티스 백작가의 둘째 여식도 혼례를 올렸다지?"

"예, 다행히 자매가 시댁이 멀지 않은 곳으로 시집을 가서 자주 왕래를 하고 있다더군요."

"잘된 일이구나. 너도 네 언니와 가까운 곳에 시집을 갔더라면 좋았을 텐데 말이다."

"……그러게요."

율리아는 애매한 미소를 흘렸다. 그녀는 이미 유사한 경험이 많았다. 여기서 결혼을 원치 않는다는 본심을 말해 봤자, 오히려 상황만 악화될 뿐이다.

"이게 다 네 그 못된 아비와 천박한 새어미 때문이 아니냐."

"……."

"언니의 지참금은 당연히 너와 네 언니의 지참금으로 쓰여야 맞거늘……!"

로넨시아 공작부인은 여전히 그녀의 아버지와 새어머니에게 이를 갈고 있었다.

자신의 결혼 문제에서, 연을 끊은 아버지와 새어머니에게로 공작부인의 관심이 옮아 간 모양이다. 율리아의 입장에서는 참으로 다행이었다.

"그러고 보니, 그 작자들은 아직도 네게 연을 대려고 안달이니?"

"……이번에도 모든 편지와 선물을 돌려보냈어요."

"그래. 잘했다."

공작부인은 만족스럽다는 듯이 고개를 끄덕였다.

"어디서 감히……!"

율리아와 그 언니에게 지참금은 한 푼도 내줄 수 없다고 엄포를 놓던 그녀의 아버지와 새어머니는, 율리아가 황비의 시녀로 들어가고 곧 황후의 시녀가 되자 태세를 바꾸었다. 이전과 달리 살갑게 편지를 보내고, 선물을 보내온다. 직접 만나 이야기를 하자는 청이 일주일에 한 번은 있었다.

그들이 무얼 원하는지는 너무 분명해서, 율리아는 한숨이 나올 지경이었다. 어차피 황후의 측근으로서의 인맥을 이용해서 남동생의 혼처를 구하는 일을 도와 달라거나, 남동생을 위한 자리를 하나 마련해 달라는 이야기일 터다. 어느 쪽이든 코웃음밖에 안 나온다.

"참으로 뻔뻔한 작자들이야. 율리아, 그자들과 아예 인연을 끊을 생각은 없니?"

"……네? 그러고 싶기는 하지만, 어차피 법적인 문제는 어떻게 할 수가 없는 걸요."

일찍이 황후 사비나가 황비시절 에일 공작가와 인연을 끊은 바 있다. 그러나 이는 그녀가 양녀로서 들어갔기에 가능한 일이다.

제국법상, 가주의 친자가 가문에서 제적되는 상황은 사망한 경우 밖에는 없다. 그리고 설사 율리아 입장에서 인연을 끊는다고 해도 그들이 호락호락 물러날 리 없었다.

"지금까지처럼 무시하고 지내면……."

공작부인의 말은 전혀 예상하지 못한 것이었다.

"내 양녀가 되는 것은 어떻겠니? 율리아 데 로넨시아가 되는 거다."

"……."

율리아는 침묵했다. 갑자기 왜 이런 말이 나오는지 이해할 수 없었던 것이다.

로넨시아 공작부인은, 조카딸들을 이미 잃은 딸을 생각하듯 애틋하게 대했다. 그러나 이는 친딸처럼 대했다는 의미는 아니었다. 율리아의 언니가 결혼할 때도 지참금을 구해 주고 혼처를 구해 주었으나, 그 과정에서 조카를 양녀로 맞지는 않았다. 사랑하는 조카이나 딸은 아닌 것으로, 그녀는 이미 그렇게 선을 그은 바 있었던 것이다.

그런데, 이제 와서? 율리아는 가라앉은 목소리로 물었다.

"갑자기 그 이야기는 왜 꺼내시는 건가요, 이모님?"

이어지는 말은, 더더욱 충격적인 것이었다.

"그러면 잘 생각해 보렴, 율리아."

공작부인은 부드러운 미소와 함께 몸을 일으켰다. 율리아는 등 뒤로 식은땀이 흐르는 것을 느끼며 인사했다.

"……네. 조심해서 가세요, 이모님."

총총히 사라지는 로넨시아 공작부인의 뒷모습은 참으로 당당해 보였다. 그것을 보며 율리아는 아득함을 느꼈다. 조금 전 이모가 한 말이 다시금 귓전을 두드린다.

'네가 1황비가 되는 거란다. 율리아 데 로넨시아로서 말이지. 내가 얼마든지 그리 만들어 줄 수 있단다.'

율리아는 이모가 어려서 죽은 딸을 두고 마음 깊이 애석해하는 것을 알고 있었다. 그래서 그녀가 지나가듯 한탄하던 말을 그저 아이를 잃은 어미의 슬픔으로만 여겼다.

'그 아이는 능히 황실에 보낼 수 있는 아이였는데 말이다.'

그것이 진심의 발로였을 수도 있다는 생각이, 율리아는 처음으로 들었다. 잠시 바닥을 뚫어져라 노려보던 율리아는 고개를 들었다. 이대로 그냥 있을 수는 없었다. 식은땀으로 가득한 손을 말아 쥐고서, 그녀는 몸을 돌렸다.

황후궁이 있는 방향을 향해서.

그러나 율리아는 비나를 대면하지 못한 채 자신의 거처로 돌아가야 했다. 비나와 루크레티우스가 함께 침실에 들어 있었던 것이다.

"이제 열이 내렸군. 다행이야."

안쓰러운 표정으로 딸을 바라보는 비나의 어깨를 위로하듯 안고서 루크레티우스가 말했다. 손등으로 딸의 이마를 짚어 보니 제법 열이 내린 상태였다.

"응. 아침까지만 해도 미열이 남아 있었는데, 이제 내일이면 털고 일어나지 않을까 싶어."

비나의 어깨를 안은 루크레티우스의 손에 더욱 힘이 들어갔다. 그는 고개를 숙인 덕분에 흘러내려 그녀의 뺨을 가린 머리카락을 감아 올려 주었다. 그리고 드러난 그녀의 볼에 가볍게 입맞춤한다.

"당신이 계속 리체를 신경 쓰느라 수척해져서 걱정했어."

그는 부드럽게 물었다.

"저녁 식사는?"

"……대충 먹었어. 걱정 마."

그러자 루크레티우스는 그럴 줄 알았다는 듯이 웃는다.

"먹는 둥 마는 둥 했다는 얘기시군."

"그래도……."

그때였다. 침실 문을 두드리는 소리가 울렸다.

"무슨 일이지?"

"폐하께서 명하신 것을 가져왔습니다."

비나의 얼굴에 의아함이 떠올랐다. 궁내부장의 목소리다. 루크 레티우스가 뭔가를 시킨 건가?

"들어오도록."

궁내부장은 사각의 뚜껑이 달린 트레이를 밀며 안으로 들어왔다. 그 뒤를 따르는 시종들은 모두 황제의 직속 시종들이다.

'뭐지?'

비나의 의문은 곧 풀렸다. 그들은 미리 명령 받은 대로, 척척 테이블 위에 간단한 식사거리들을 차려 놓기 시작했다. 식지 않도록 뚜껑을 씌운 스튜 그릇과 갓 구운 흰 빵, 그리고 비나가 좋아하는 생선 요리도 있었다.

두 명분의 접시와 스푼, 포크, 나이프 등의 식기까지 세팅을 완벽하게 마치고서 시종들은 물러갔다. 크리스털 잔에 와인까지 따라 둔 상태다.

"당신······."

비나가 무어라 잔소리를 하려는 것을, 루크레티우스의 입이 막아 버린다. 그는 음식을 앞에 두고 음식이 아니라 아내의 입술을 마치 달콤한 전채라도 되는 듯이 음미했다.

"음······!"

잠시 화를 내려던 비나는 결국 남편의 목을 끌어안으며 열렬히 호응했다.

어찌 되었건, 그녀의 남편이 그녀를 걱정하여 마련한 자리. 마음이 사르르 풀리는 것도 사실이다. 그러니까, 절대 키스를 잘해서 넘어간 게 아니다.

절대로!

키스는 그다지 길지 않았다. 비나의 입술을 놓아준 그는 그녀의 손목을 감아쥐고 에스코트했다.

"……자, 그러면 먹자고. 나 배고파."

비나는 눈을 동그랗게 떴다.

"설마…… 저녁 안 먹고 온 거야?"

비나는 딸을 간호하느라 저녁을 걸렀다. 루크레티우스는 조금 전까지 정무를 보다 온 상태다. 그렇다면 당연히 본궁의 요리장이 그를 위해 따로 저녁 식사를 준비했을 것이다. 그런데 지금까지 안 먹었다면, 일부러 미뤘다는 말이다.

"그래. 황후궁으로 식사가 제대로 안 들어갔다고 해서. 당신이 리체를 돌보느라 이러고 있을 것 같아서, 같이 먹으려고 따로 준비시켰어."

"……."

비나는 사르르 하고 심장이 버터가 된 듯이 녹아내리는 기분을 느꼈다. 이제 결혼한 지 3년째.

그녀의 남편은 조금도 변하지 않았다. 비나는 손을 뻗어 그의 뺨에 가볍게 키스를 하고는 작게 속삭였다.

"고마워."

"별말씀을."

가볍게 말을 받은 그는 그대로 아내를 식탁으로 인도했다.

그렇게 조금 늦은 부부의 저녁식사가 시작되었다.

"어? 이거 *김치찌개잖아?*"

비나는 진심으로 놀랐다.

물론 진짜 김치찌개는 아니다. 비나가 베아트리체를 임신하고 있을 때 루크레티우스가 요리장을 닦달하여 재현했던 신맛과 매운맛 위주의 스튜였다.

"당신이 좋아하는 거니까."

비나는 혹시나 하면서 스튜 그릇 옆에 있는 작은 뚜껑 달린 그릇을 열어 보았다. 거기에 든 것은 분명히 하얀 쌀밥이었다.

"역시!"

물론 이 대륙에는 한국과 같은 쌀이 자라지 않는다. 그러나 루크레티우스는 먼 동방 상인을 통해 비나가 고향에서 먹던 쌀과 유사한 작물을 구할 수 있었다.

노르트라고 불리는 이 식물은 비나가 지구에서 자주 먹던 한국 쌀보다는 퍼석퍼석했다. 그렇지만 태국 쌀보다는 조금 더 한국 쌀과 비슷한 식감을 지니고 있었다. 이 야매 김치찌개도 유사 쌀밥도, 가끔 비나의 그리움을 달래 주는 역할을 했다.

루크레티우스는 행복한 표정으로 하얀 노르트를 빨간색 스튜 국물에 팍팍 말아먹는 먹는 비나를 흐뭇하게 바라보았다. 그는 깨달음을 얻었다. 비나가 딸을 먹이다가 중얼거리던 한국어 표현의 의미를 비로소 완벽하게 이해한 것이다.

'그러니까, 이게 바로 *보기만 해도 배가 부르다.*는 기분이군.'

그의 한국어 실력은 날이 갈수록 일취월장하고 있었다.

비나는 그릇을 깨끗하게 비웠다. 특히 야매 김치찌개 스튜와 찐 노르트는 그릇 바닥까지 하얗게 보일 정도로 맛있게 먹어 치웠다.

루크레티우스를 안심시키려고 먹었다고 우기기는 했지만, 아픈 아이를 돌보느라 거의 먹지 못한 것이 분명했다. 하지만 그는 모르는 척 넘어가 주기로 했다.

'아, 난 참 관대한 남편이라니까.'

루크레티우스는 아내가 사랑하는 생선 요리를 직접 썰면서 물었다.

"로넨시아 공작부인이 다녀갔다지?"

비나는 흰 빵을 뜯어 버터를 바르면서 고개를 끄덕였다.

"응."

"결과는 어땠어?"

비나의 얼굴에 배시시 미소가 떠오른다. 루크레티우스는 저 표정이 뭘 의미하는지 잘 알았다. 그는 아내와 똑같은 표정으로 마주 웃었다.

부부는 함께 살면서 점점 닮아 간다고 하던가. 원래도 신기하게 척하면 척이던 두 사람은 이제 특정 분야에 있어서는 대화가 필요 없는 경지에까지 이르렀다. 그러니까, 공통의 적을 엿 먹이는 데 있어서는 말이다.

"예상한 대로라는 말이군."

비나는 고개를 끄덕였다.

"매우 훌륭하게 우리가 예측한 안 중의 하나를 그대로 골라서 가고 있던걸."

비나는 온천 별궁에서 그와 논의한 이야기를 꺼내 왔다.

"예측한 중에 어느 안이야?"

"B안이야. 아까 알현 끝나고 돌아가는 길에 율리아에게 들렸다고 하더라고."

루크레티우스의 얼굴에 희미한 미소가 걸렸다.

"코르넬리우스가 생전에 요절한 큰아들 부부와 그 딸인 이자벨라를 참으로 아까워했지. 그 이유에 차남과 그 아내가 그가 보기에 미덥지 못했던 것도 커."

"왜 그랬는지 알겠더라고. 개인적으로 사람의 본색은 한창 어려울 때가 아니라 여유로워졌을 때 나온다고 생각하거든."

"전적으로 동의하는 바야."

루크레티우스는 먹기 좋게 해체한 생선 요리 접시를 아내의 앞으로 밀어 주었다. 비나는 은제 포크를 들어 콧노래를 부르며 뼈가 완벽하게 발라진 생선 살코기를 쿡 찍었다.

루크레티우스가 물었다.

"그래서 당신 판단은 어때?"

"당연히 불합격. 대응 방법이야 그때 이미 세워 놨고…… 정확한 건 내일 율리아와 이야기해 보고 결정할 예정이야."

"율리아까지 불합격은 아니었으면 좋겠군. 안 그래도 지금 황후궁의 시녀들 손이 모자란 상황이니 말이야.”

비나는 자신만만하게 웃었다.

“그럴 리는 없어.”

“당신이 그렇다면 그런 거겠지.”

비나는 남편의 순순한 수궁에 대한 상으로 흰 빵을 직접 쪼개어 남편의 입에 물려 주었다. 그는 착하게 빵을 받아먹었다.

그리고 전날 밤 비나가 장담한 대로, 율리아까지 ‘불합격’되는 불상사는 벌어지지 않았다.

율리아가 무릎을 꿇고 고개를 숙였다.

“정말……, 무어라 올릴 말씀이 없습니다, 폐하.”

비나는 고개를 저었다.

“아니, 율리아가 내게 사죄할 이유는 없어요. 율리아가 꾸민 일도 아니잖아요?”

그녀의 미소는 여전히 자애로웠다. 그래서 율리아는 더럭 겁이 났다. 그럴 리는 없다고 생각하면서도, 자신의 주인이 지금 상황의 심각성을 모르고 있는 것인가 하는 불안감이 들었던 것이다. 물론 이는 곧 사그라들었다.

“로넨시아 공작부인이 제법 자신이 있는 것 같긴 하더군요. 내게도 같은 말을 했었으니까요. 그때 혹시 직접 율리아를 밀려는 것인가 했는데, 정말 그랬군요."

"예상……하고 계셨던 건가요?"

비나는 고개를 끄덕였다.

"내가 잘못 생각해서 당신을 폐하께 주선하려 했던 적이 있었죠. 그때 내 행동이 아마 공작부인에게 어떤 영감을 준 모양이에요. 그렇게 본다면 이건 내 업인가……."

율리아는 바닥을 내려다보며 다시금 머리를 깊이 조아렸다.

"정말…… 올릴 말씀이 없습니다, 폐하."

"당신 탓이 아니니 그만해요, 율리아. 그나저나…… 공작부인의 명분 자체는 틀리지 않기는 해요. 황비와 후궁들은 들어올 거고, 해외에서 올 이들을 제어하기 위해서라도 국내에서 나를 도와줄 사람이 필요하다는 것도요. 그렇게 본다면 로넨시아 공작가를 뒷배로 삼을 수 있고, 오래 보아 와서 믿을 수 있는 당신은 최적의 인선이라고도 볼 수 있겠죠."

비나의 목소리는 물 흐르듯 매끄러웠다. 그러나 단어 사이사이에는 숨길 수 없는 가시가 드러나 있다.

율리아는 고개를 저었다.

"아니요. 제가 이런 말씀을 드리는 것이 과연 옳은지는 저도 모르겠습니다만……, 정말로 그리 되어 제국 제일의 명문가를 뒷배로 가진 1황비가 내궁에 든다면, 그 힘으로 황후 폐하를 돕는 것이 아니라 도리어 해를 끼칠 수도 있습니다!"

비나는 무표정하게 자신의 시녀를 내려 보았다.

그리고 잠시 뒤, 그녀는 소리 높여서 웃고 말았다.

"하, 아하하하!"

율리아는 얼떨떨하게 물었다.

"폐, 폐하?"

"정말이지, 율리아가 이러니까 좋아하지 않을 수가 없다니까. 하지만 율리아, 이런 때까지 그렇게 바른 말만 하지는 말아요."

율리아의 입이 벌어졌다.

"내가 당신의 말을 듣고, '어머, 정말 그럴 수도 있겠네요. 내게 위험한 당신이나 당신 이모는 당장에 내쳐 버리겠어요.' 하고 나서면 어쩌려고 그러는 거예요?"

비나의 장난스러운 어조에, 율리아는 혼자서 지나치게 진지하고 비장한 마음으로 발언한 것을 깨닫고 얼굴을 붉혔다. 이미 그녀의 주인은 모든 것을 예상하고 있었던 것이다.

"폐하께서……, 그러시지 않으시리라고 생각했으니까요."

비나는 부드럽게 웃었다.

"살짝 떠봐서 미안해요. 그래도 당신의 생각이 변함없는지는 확인을 해 봐야 했거든요. 이제, 확실해졌네요."

그러나 상황은 비나나 율리아가 예상하지 못한 방향으로 흐르기 시작했다. 루크레티우스나 로넨시아 공작부인조차도 예측하지 못한 방향이기도 했다.

3. 예측은 언제나 빗나간다

3. 예측은 언제나 빗나간다

로넨시아 공작부인 노마 데 로넨시아는 근 5년 사이에 가장 기쁜 해를 맞이했다. 약 3년 전 눈엣가시이던 폐태후 카틀레야와 그 친정 토루카 후작가를 몰아냈다.

물론 후작 작위 자체는 남았다. 혈통도 남았다. 반역을 이유로 코넬이라는 성姓이 바뀌기는 하였으나, 전대 토루카 후작의 장남이 현 후작가를 이었으니 말이다.

그러나 현재의 토루카 후작가는 이전의 토루카 후작가가 아니다. 황제와 황후의 개일 뿐. 태후가 그 자리에 있던 때와는 비교도 할 수 없을 정도로 형편없는 위세를 가지게 된 것이다. 지금은 그녀가 마음만 먹으면 언제든 치워 버릴 수 있었다.

게다가 참으로 장수한 시아버지 코르넬리우스가 사망하면서, 오랜 시간 염원하던 로넨시아 공작부인의 작위가 드디어 그녀의 손에 들어왔다. 또한 현재 제국의 황후는 국내에 전혀 연고가 없는 이국인이다. 나이도 어리고 아직 소생도 황녀 하나뿐인.

이제 제도 사교계는 노마 그녀의 손아귀 안에 있다고 보아도 좋았다. 그런 그녀의 가장 큰 근심이 몇 년 만에, 바로 오늘 해결된 것이다. 노마는 마차에서 내린 훤칠한 청년을 보고 너무나 놀라 말을 잇지 못했다.

"세상에! 이게 몇 년 만이니! 네 할아버님의 장례에도 얼굴을 비치지 않더니……!"

뛰듯이 내려오는 공작부인을 올려다보며 환하게 웃는 옅은 갈색 머리카락을 가진 청년. 로베르토 데 로넨시아. 바로 당대 로넨시아 공작, 파비오와 그 정실부인 노마 사이에서 태어난 차남이었다.

"오랜만입니다, 어머니. 여전히 아름다우시군요. 사실 할아버님의 소식을 듣고 최대한 걸음을 재촉했는데…… 그만 늦고 말았네요."

확실히 로베르토는 평소에 극히 화려하게 차리고 다니는 편이었다. 그런데 오늘은 검은색으로 된 예장을 입고 있다. 커프스 등의 장신구도 전부 검은색이나 회색 보석을 썼다. 할아버지인 코르넬리우스의 소식을 듣고 상복을 입고 온 모양이다.

"이따가 할아버님께도 가 뵙자꾸나."

"……가문의 영묘는 우중충해서 싫지만, 어쩔 수 없네요. 장례식에마저 늦어 버렸으니, 묘에 가서 얼굴이라도 할아버님께 비쳐야겠군요."

노마는 아들의 에스코트를 받으며 함께 저택 안으로 들어갔다. 참으로 다정하기 짝이 없는 모자지간이었다.

사용인들은 깊이 허리 숙여 가문의 실세인 부인과 그녀가 유달리 편애하는 아들에게 예를 올렸다.

차남 로베르토는 우울하고 소심한 아버지와 달리 어머니인 노마 쪽을 더 닮았다. 누가 보아도 우아하고 훤칠하다 감탄할 외모에 밝고 활달한 성품을 가져서, 노마는 자식들 중 그를 가장 아꼈다.

그러나 대체 누구를 닮은 것인지 모를 저 바람처럼 사방을 휘도는 성질 때문에 아들은 그녀의 가장 아픈 손가락이 되고 말았다. 집에 도저히 붙어 있지를 않는 것이다.

장남인 다니엘은 착실하게 어머니인 노마의 명령을 따라 부인을 맞이하고 가정을 꾸렸다. 아직 아이가 없는 것이 걱정이기는 하지만, 부부가 둘 다 젊으니 당장 걱정할 것은 없었다.

그러나 노마가 가장 아끼는 자식인 차남 로베르토는 아직 제대로 정착하지 못하고 떠돌아 그녀의 근심을 더욱 크게 하고 있었다. 게다가 그녀가 아들의 소식을 듣는 것은 그가 각지에서 ―심지어는 외국에서 까지― 치고 다니는 '사고'를 통해서였다.

"노스산투스 지역에서 네 일로 항의가 와서 내가 얼마나 놀랐는지 아니?!"

어머니의 목소리에 섞인 힐난에, 로베르토는 조금 찔리는 표정을 했다.

"이런, 어머니께 폐를 끼쳐 드린 모양이네요."

공작부인은 한숨을 쉬었다.

"그건 내가 알아서 처리했으니 걱정할 건 없단다. 어차피 그리 위세 있는 가문도 아니라서, 내 선에서 혼처를 따로 구해 주는 것으로 마무리가 되었으니 다행이지."

"역시 어머니세요. 하핫."

그리 말하는 아들의 얼굴을 보며, 공작부인은 깊이 한숨을 쉬었

다. 이제 겨우 스물다섯 살, 한창 자유롭게 놀고 싶을 나이이기는
했다. 그렇다고는 해도 가정을 꾸리고도 남을 나이가 아닌가.

로베르토에 대한 소문 때문에 일찍이 맺었던 약혼도 깨진 뒤, 본인
이 제도에 붙어 있지를 않으니 제대로 된 혼처를 정할 수가 없었다.

놀거나 돌아다니더라도, 안정적인 가정을 먼저 꾸려 주었으면 하
는 것이 어머니 된 그녀의 마음이다.

"그나저나 오랜만에 빌센 부인의 음식을 먹을 수 있겠네요."

빌센 부인은 제도 로넨시아 공작저의 요리장이다. 그 말에 노마
는 얼굴을 굳혔다.

"그 여자는 아버님의 장례식 이후 내보냈단다."

"예?"

"지나치게 방자한 하인은 두지 않는 것이 더 나은 법이란다. 아
버님께서 과하게 무르셨지."

그제야 로베르토는 할아버지의 신임을 받던 요리장 빌센 부인이
어머니와 그다지 사이가 좋지 못했던 것을 기억해 낼 수 있었다.

로베르토는 속으로 혀를 찼다.

'그러면 집사와 가정부까지 전부 바뀌었겠는걸.'

그리고 오랜만에 들른 집에서 그들을 맞이하는 고용인들을 보며,
로베르토는 자신의 예상이 맞았음을 확인할 수 있었다. 고용인의
우두머리들이 전부 어머니의 측근들로 바뀌었고, 전임자들의 얼굴
은 찾아볼 수 없었기 때문이다.

차남이 돌아왔음을 알렸건만, 하녀 하나를 끼고 제 침실에 틀어
박힌 그의 아버지 파비오는 끝까지 얼굴을 비추지 않았다.

그로부터 약 3개월 뒤, 오랜만에 황실 일가가 주최하는 오페레타 공연이 있었다. 그것도 황궁에서.

근래에 들어 제도에서는 딱딱한 오페라보다 더 가벼운 소재를 주로 다루는 오페레타가 유행 중이었다. 그러나 황실에서 이 공연이 이루어지는 것은 처음이다.

명분은 1황녀의 세 살 생일을 축하하기 위한 것이었으나, 기실은 황후가 최근 들어 오페레타에 재미를 붙인 탓이라는 소문이 돌았다.

대연회의 무도회가 열린 바 있는 장엄의 홀에 임시 공연장이 마련되었다. 황제와 황후, 그리고 황녀의 자리는 공연무대 바로 앞에 준비되었다.

자리를 덮은 금자수가 놓인 보랏빛 장막이, 주인이 누구인지를 강변했다. 무대 위의 배우들은 그 강렬한 보라색을 보고 더욱 긴장했다. 황실 일가 앞에서 공연을 하는 것은 감독, 연출, 가수 어느 쪽에게 있어서도 일생에 두 번 있기 힘든 영광이다.

아직 무대 위로 조명이 내리지 않았다. 어둠 속에서 무대 중앙에 선 여인은 깊이 심호흡했다.

"후."

제도에서 근래에 들어 가장 큰 인기를 모으고 있는 여가수 아마린체. 오늘을 위해 우유 목욕을 해서 피부를 가꾸고, 계란 노른자를 생으로 먹으며 목소리를 가다듬었다는 소문이 돌았다. 그리고 그 소문은 대다수가 사실이었다. 그녀는 오늘 공연에 사활을 걸었던 것이다. 그녀는 두 주먹을 불끈 쥐었다.

'좋았어! 이번 공연만 성공하면 제도 제일의 여가수는 나로 확정되는 거야!'

그 얄미운 라이벌 유레인을 제치고, 그녀가 명실상부한 탑이 되는 것이다!

아마린체는 당당히 무대 앞으로 나아갔다. 그리고 오페레타의 서두를 장식하는 소프라노의 첫 마디를 끌어올렸다.

"오, 사랑하는 나의 아말리오—!"

마치 팽팽하게 잡아당긴 현악기의 현처럼, 그녀의 목소리는 단번에 최고음까지 깨끗하게 올라갔다.

눈부신 조명이 무대로 내리꽂히고, 황실 악단의 아름다운 음악이 장엄의 홀을 적셨다.

비나는 손에 들고 있던 금박을 입힌 고급스런 팜플렛에 한 번 더 시선을 주었다. 오늘의 오페레타에선 최근 들어 유명세를 얻은 작곡가 크리스티안 보체티의 신곡이 처음 소개된다. 모두가 숨을 죽이고 귀를 기울였다.

루크레티우스는 무릎 위에서 벌써 색색 잠든 딸을 보고, 한번 웃었다. 하긴, 겨우 세 살된 아이가 오페레타를 보고 무엇을 알까. 칭얼거리지 않고 얌전히 잠든 것만으로도 대단한 일이다.

그는 고개를 돌렸다. 옆자리에 앉은 비나의 얼굴이 눈에 들어온다. 그녀는 시선으로 무대를 뚫어 버릴 듯이 바라보고 있었다. 두 눈이 마치 별이라도 가져다 박은 듯 반짝거린다.

'그런 눈으로 나를 봐 줬으면 싶은데 말이지.'

루크레티우스는 조금 심술궂은 생각을 했다.

'이렇게 열심히 선물을 준비한 성의를 봐서라도 말이야.'

저 화려한 무대, 첫 상연되는 아름다운 극, 그리고 최고의 가수들과 연출. 이 모든 것들이 그가 아내에게 주는 작은 선물이었다.

그렇다. 그의 입장에서는 꽤나 규모 작은 선물이다. 이미 청혼 선물로 공국 하나를 내린 바 있는 것이 그가 아닌가.

그런 의미에서 황후가 근래에 들어 오페레타에 취미를 붙인 것이, 이번 공연의 이유라는 세간의 예상은 정확했다. 그다지 오페레타에 관심이 없는 그가 이번에 황실 공연을 결정한 것은 전적으로 비나를 위해서였으니까.

오페레타든 발레든, 공연이라고 불리는 종류는 황실에서 근 50년간 상연된 바가 없었다. 선선대 켄티우스 황제는 예술을 사랑하여 이 장엄의 홀에서 1년에 몇 번인가 예술 공연을 명하고는 했었다. 그러나 선황은 그런 것들을 매우 질색했다.

그리고 보면 선황과 루크레티우스는 닮은 점이 거의 없었으나, 공연에 관심이 없는 것 하나는 비슷했다. 그것도 이제 공식적으로는 루크레티우스가 공연에 관심을 보이기 시작했으므로 끝났지만 말이다.

'웃기는 일이군.'

그는 피식 웃었다. 그가 공연을 결정하자 다들 짜기라도 한 것처럼 그가 조부를 닮았노라 찬양해 댔다. 어찌 되었건 아내를 기쁘게 해 주니 좋고, 그 자신도 명군인 조부의 휘광을 더 가져다 쓸 수 있으니 좋다.

'그런 이유면 조금 지루한 것 정도는 견뎌 줄 수 있지. 암.'

루크레티우스는 고개를 끄덕였다. 사실이야 어떠하든 겉보기에는 집중하여 공연을 관람 중인, 예술을 사랑하는 황제로 보였다.

"아아! 나의 님이여—!"

곡이 절정으로 치닫는다.

가수가 굉장한 성량을 가졌는지, 거대한 규모의 홀 안이 그녀의 목소리로 가득 찬다. 비나의 표정에 감탄이 스쳤다.

"세상에, 마이크도 없는데……."

비나가 작게 한국어로 혼잣말을 중얼거리는 것이 들렸다. 마이크라는 것은 들어 본 적이 있었다. 소리를 크게 만들어 주는 마법물품이라던가.

루크레티우스는 아내에게 집중하기로 마음을 굳혔다. 취향에 맞지 않는 지리한 관람 시간 동안, 조금이라도 즐겁게 시간을 보낼 무언가가 그에게 필요했던 것이다. 그런 의미에서 비나가 즐거워하는 표정은 그에게 꽤나 기쁜 관람 대상이었다.

'역시 제도 거리로 데이트 나가길 잘했군.'

즐거운 추억을 되새김질하는 것도, 시간 때우기에 매우 좋다.

사만다와 클라크 경이 가엽게도, 황제 부부는 가끔 제도 거리로 데이트를 나가는 일이 있었다. 비나의 취향에 오페레타가 맞다는 의외의 사실을 발견하게 된 계기 역시 그 덕분이었다. 공연장에서 눈을 빛내는 비나의 모습은, 드물게 진심으로 좋아 죽으려는 듯한 표정이었던 것이다.

'이거, *뮤지컬 같은 거구나! 나중에 대학 가면 꼭 한번 보고 싶었 었는데……*. 이렇게 보게 될 줄은 몰랐어!'

정확히는 알 수 없지만, 그녀가 살던 곳에서 이러한 무대 공연을 직접 관람하는 것은 꽤나 비싼 문화생활이라고 했다.

루크레티우스는 의아해하며 물었다.

'음? 그런데 당신의 가문은 상당한 명문가라고 하지 않았나? 몇 대인가 왕을 모셨고, 모친은 왕실의 혈통을 이었다고. 그런데 이런 공연을 볼 돈이 없었다고?'

그러자 비나는 난처해하며 이렇게 대답했다.

'아, 할아버지 대에 가산이 많이 줄었거든. 그때 큰 전쟁이 일어 나면서 *부동산*, 음…… 그러니까 영지도 잃고 근거지를 옮기셔야 했어. 하하.'

루크레티우스는 고개를 끄덕여 주었다. 사려 깊지 못한 질문을 해 버렸다.

'내가 괜한 것을 물었군.'

아니라며 손사래를 치는 비나가 거짓말 위에 다시 거짓말을 붙이 는 것이 이렇게 시도 때도 없이 난처한 것이었구나- 라며 통탄하는 것은 미처 알지 못하는 루크레티우스였다.

그때였다.

"내가 왔소. 나의 사랑하는 둘린느—!"

여가수의 우아하고 기교 넘치는 소프라노를 감싸듯이 무게감을 가진 저음이 쫙 깔린다. 남자주인공 아말리오 역할을 맡은 남자가수가 등장한 것이다.

비나는 다시금 감탄하는 표정으로, 다시 오페라 글래스를 들어 올렸다. 그녀의 시선이 힘이 넘치는 이중창을 부르는 남자가수에게 못 박혔다. 빛이 쏟아지는 듯한 시선.

루크레티우스의 눈에서도 불꽃이 튀었다. 물론 비나의 것과는 전혀 다른 불꽃이었다. 그는 결심했다.

'여가수들만 나오는 극을 새로 만들라고 해야겠어.'

본의 아니게 다음 공연의 주제가 결정된 순간이었다.

욕심쟁이 백작의 구혼을 지혜로 물리치던 여자주인공 둘린느의 앞에, 전쟁에서 공을 세우고 살아 돌아온 아말리오가 나타났다. 그들은 한마음 한뜻으로 사랑의 이중창을 불렀고, 그로써 막이 내렸다.

"……."

공연이 끝나고 홀 안이 정적으로 가라앉았다. 공연의 여흔이 아직 남아 있기도 하였고, 황제 부부가 친히 관람하는 자리라는 것이 귀족들의 섣부른 행동을 막았다.

그때, 정적 속에서 낭랑한 박수소리가 울렸다.

−짝짝짝!

귀부인들의 시선이 그 소리의 근원으로 모인다.

"어머, 황후 폐하께서……!"

"친히 몸을 일으키고 박수를 치시다니, 처음 있는 일이에요!"

황족의 체면으로, 공연을 관람한 뒤에 직접 몸을 일으켜 공연에 대한 찬사를 보내는 일은 전례가 없었다. 황후는 화사한 미소를 흩뿌리며 일어서서 박수를 치고 있었다. 그러자 이번에는 황제가 몸을 일으켜 아내의 옆에서 함께 박수를 보냈다. 이렇게 시작된 박수는 곧 우레 소리처럼 홀 안을 울렸다.

최선을 다해 공연한 가수들과 연출 등은 전례 없는 최고의 찬사에 감격하여 몸을 숙였다.

"우웅?"

잠들었다가 박수소리에 깨어난 베아트리체는 안 그래도 큰 눈을 동그랗게 뜬 채 주변을 두리번거리다가, 부모가 하는 양을 따라 했다. 작은 손을 부딪쳐 짝짝짝 박수를 친다. 주변에 선 이들은 그 사랑스러운 모습에 절로 미소를 지었다.

그런 황제 일가의 모습을 뚫어지듯 바라보고 있는 이가, 구름처럼 모인 사람들의 한가운데에 있었다.

바로 로베르토 데 로넨시아였다.

마치 꿈과도 같은 하루였다. 최고의 컨디션으로 최고의 장소에서 최고의 공연을 마쳤다. 가수로서 이보다 바라던 것이 있을까. 아마린체는 자신의 대기실로 돌아와 분장을 지우고 있었다. 그녀의 손은 달팽이처럼 느리게 움직였다. 오늘 있었던 일을 떠올리고 있는 것이다. 그녀의 회상은 친히 일어나 그녀의 공연에 찬사를 보낸 황제 부부의 모습에서 멈췄다.

–똑똑!

누군가가 대기실 문을 두드리고 있었다. 아마린체는 짜증을 내며 문으로 다가갔다. 그리고 문을 연 순간, 너무나도 놀라고 말았다.

잘 아는 얼굴. 몇 년간 본 적 없는 남자의 얼굴이 거기 있었던 것이다.

"세상에……!"

잠시 주변을 둘러보던 그녀는 아무도 없는 것을 확인하고는 그를 안으로 맞아들였다.

아마린체는 주석 잔에 싸구려 포도주를 따르며 웃었다.

"아까 장엄의 홀 공연 때 당신 얼굴을 보고 내가 헛것을 본 건가 했었는데 말이에요. 대체 언제 돌아온 거예요? 게다가 거기는 어떻게 앉아 있었던 거죠? 분명히 당신 자리……, 황족들의 자리 옆이었는데……."

붉은 포도주를 가득 채운 잔이 남자의 앞으로 내밀어진다.

"나름대로 사정이 있어서 말이야."

"이제 작곡은 안 하는 거예요? 쥬세페 로아노의 신곡이라면 돈주머니를 들고 달려들 사람들이 넘칠걸요."

그러자 쥬세페라 불린 남자가 웃었다.

"신곡은 이미 냈어."

"뭐라고요? 하지만 쥬세페의 신곡 소문이 내게 들어오지 않을 리 없는데……."

그녀는 제도에서 수위를 다투는 소프라노이며, 또한 저명한 작곡자 쥬세페의 옛 연인으로 널리 알려져 있었다. 그가 새로 작곡을 했다면, 그녀가 가장 먼저 알게 되어야 맞다. 그는 어깨를 으쓱하며 시큼한 포도주를 목구멍으로 부어 넣었다.

"어제 네가 공연했지."

─짤그랑!

아마린체의 손에 들린 주석 잔이 바닥에 떨어져 찌그러졌다. 붉은 포도주가 튀어 그녀의 아마빛 치마를 더럽힌다.

"그거, 크리스티안 보체티의 곡이에요! 6개월 만에 제도 공연계를 휩쓴 초신성!"

"응. 그게 내 이번 이름이야."

"……말도 안 돼!"

아마린체는 비명을 질렀다. 쥬세페 시절에도 이미 의아해하고 있기는 했지만, 이 인간 대체 정체가 뭔지를 모르겠다.

저명한 두 작곡가가 사실은 같은 사람이라는 사실이 알려지면 제도 공연계는 경악으로 뒤흔들릴 것이다. 그의 말을 듣고 보니 곡에 약간이지만 쥬세페 시절의 버릇이 남아 있기는 했다. 그러나 어디까지나 알고 비교를 해 보았을 때의 이야기다. 단순히 곡만을 놓고 비교하면 누구도 눈치채지 못할 것이다.

경악으로 몸을 떠는 아마린체의 앞에 빈 주석 잔을 내려놓으며 그는 다시 외투를 챙겨 입었다.

"벌써 가는 거예요? 이렇게 오랜만에 만났는데, 그런 충격적인 정보 하나만 떨렁 주고?"

남자는 가볍게 웃으며 그녀의 이마에 부드럽게 키스를 날렸다.

"옛날 애인이 성공한 걸 보니까 축하해 주고 싶어서 잠깐 들른 거야. 원하던 대로 제도 제일의 여가수가 되었네."

"쥬세페……! 아니, 크리스티안? 대체 당신 진짜 이름이 뭐예요?"

그러자 남자는 알 듯 모를 듯한 미소를 얼굴 가득 띠었다. 아무것도 모르던 소녀 시절, 아마린체는 저 미소에 홀려 영혼이라도 바칠 수 있다고 생각한 적이 있었다. 그러나 저 미소가 기실은 독이 든 꽃의 화려한 색과 같다는 것을 알게 된 것은 그에게 버림받고 난 뒤였다.

이제는 그에 대한 미련과 애정을 모두 버리고 여인으로서 성숙하고 나서야 이 남자의 위험함을 깨달았다. 이 남자는 옛 연인으로, 그리고 뛰어난 작곡가로, 친구로 남는 것이 차라리 나은, 그런 남자다.

그런데도……, 막상 다시 그를 마주하자 다시금 흔들리는 느낌을 받고 만다.

그는 고개를 저었다.

"그냥 당신이 부르고 싶은 대로 부르면 돼. 그러면 그게 내 이름이지."

이제 볼일이 끝났다는 듯 대기실을 나서려는 남자에게 아마린체는 당혹감을 감추지 못하고 물었다.

"어디로 가는 거죠? 계속 제도에서 작곡을 할 생각이에요?"

남자로서의 그에게는 이제 미련을 끊어야 한다 생각하는 그녀지만, 작곡가로서의 그에게는 관심도 미련도 많았다.

그러자 남자는 부드럽게 웃으며 답했다.

"아니, 새로운 일에 조금 흥미가 생겼어."

그렇게 말하는 남자의 얼굴은 독처럼 강렬한 위험함을 얼굴 가득 두르고 있었다.

"아, 정말 너무 좋았어!"

비나는 침의를 입은 채 그대로 침대 위에서 방방 뛰고 싶다는 표정이었다. 루크레티우스는 진지하게 고민하기 시작했다.

'노래를 배워 볼까.'

저렇게 좋아하니 황궁 내에서 공연을 안 할 수 없다. 제도 데이트를 나갈 때도 공연은 꼭 보려고 했다.

처음 공연을 보고 좋아할 때는 미처 생각을 못했는데, 비나가 무대 위의 남자 가수들을 보고 눈을 반짝이는 것을 보고 있자니 배알이 뒤틀렸다. 제도에서 본 공연 때는 그렇게까지 뛰어난 가수가 아니어서 반응이 이 정도로 열렬하지 않았던 모양이다.

'그렇다고 저질 공연을 보여 줄 수도 없고……'

그의 고뇌는 깊어졌다.

'역시 내가 노래를 배울까……'

솔직히 말하자면 루크레티우스는 노래나 음악 쪽으론 전혀 조예가 없었다. 어린 시절 몇 종류의 악기나 성악을 교양으로 배우기는 했지만, 끔찍하게 재능이 없었다.

그의 생모인 베아트리체 황후는 고운 목소리로 지저귀는 새처럼 노래를 부르곤 했었다. 불행히도 그녀의 재능은 아들에게 조금도 전해지지 않았다.

그렇더라도 상관없었다.

'어차피 내가 부르면 다들 박수 치게 되어 있으니까. 그리고 연기는 꽤 자신 있기도 하고.'

실제 노래를 잘하느냐 아니냐의 문제가 아니다. 황제가 친히 부르는 노래에 태클을 걸 이가 있을 리 없다. 모두들 환하게 웃으며 일사분란하게 박수를 치겠지.

'역시……, 내가 노래를……'

그가 깊이 생각에 골몰한 차였다. 비나가 그의 등에 답싹 안기며 그를 생각의 늪에서 강제로 빼내 왔다.

"무슨 생각을 그렇게 해?"

딱히 감출 필요는 없는 생각이었으므로, 그는 선선히 답을 내주었다.

"노래를 배워 볼까 하는 생각."

"갑자기 웬 노래? 아, 그러고 보니까 당신 노래 들어 본 적이 없네."

"솔직히 잘 부르지는 못해. 일곱 살 때 성악 스승이나 어머니도 포기했었으니까. 그리고 노래를 해 볼까 하는 건 당신이 아까 공연 때 지나치게 열정적으로 남자 가수를 보고 있어서……."

그의 목소리는 노골적인 불퉁함으로 가득했다. 비나는 전혀 예상 못한 말에 놀라서 입을 크게 벌렸다가, 곧 크게 웃기 시작했다.

"뭐라고?! 하, 아하하하!"

웃음소리는 점점 커져서, 마침내 비나는 제 배를 잡고 데굴데굴 구르기 시작했다.

"세상에! 당신이 노래를 배워서 무대에 선다고……? 상상이 안 가!"

루크레티우스는 못마땅한 얼굴로 침대 위를 시원하게 구르는 중인 아내를 내려 보았다.

"이보세요, 황후 폐하. 나는 좀 진지했단 말이지."

비나는 남편의 미약한 항의를 무시하고서 침대 위를 깔깔대며 데굴데굴 구르다가 실수로 바닥에 굴러 떨어질 뻔했다.

"아!"

다행히 정말로 굴러 떨어지는 불상사는 벌어지지 않았다. 끄트머리에서 간신히 무게중심을 바로잡는 데 성공한 비나는 한숨을 쉬고는 조심조심 몸을 일으켜 침대 밖으로 나왔다.

그러고는 대놓고 불퉁한 표정을 하고 있는 남편에게로 다가간다. 그녀는 자신의 남편이 왜 저런 표정을 하는지 잘 알았다. 자기가 지금 심통이 났으니 그걸 신경 써 달라는 표시다. 비나는 속으로 황당해했다.

'나보다 일곱 살이나 많고, 이제는 30대인 주제에 왜 갈수록 애가 되어 가는 거야?'

게다가 이미 아이 아버지까지 된 주제에 말이다.

그러고 보면 어릴 때 집에서 애완견을 키웠던 적이 있었다. 새끼 때 분양받아 온 개가 아니라, 길을 배회하던 다 자란 성견이었다. 어머니가 불쌍하다며 주워 와서 가족이 되었다가, 천수를 누리고 그녀가 중학교를 졸업할 무렵 세상을 떠났었다. 집에 온 지 얼마 안 되었을 때는 성견답게 의젓했던 종이가 도리어 집에서의 생활이 길어지면서 퇴행이라도 한 것처럼 애기 짓을 하고 칭얼거림이 늘어서 신기했었다.

어쩐지 지금 루크레티우스를 보고 있자니, 딱 그때의 미묘한 기분이 떠오르는 것이다. 처음 만났을 때의 차가운 제국의 황태자는 어디로 사라지고, 애가 되어 버린 건지 모르겠다. 나이를 거꾸로 먹은 것도 아니고 말이다!

'물론 유기견에서 애완견으로 전직한 종이랑 비교하기는 루크한테 좀 너무하긴 하지만.'

비나는 그런 생각을 꾹 눌러서 숨기고는 두 팔을 뻗었다. 여전히 듬직한 목과 어깨에 자연스럽게 두른다.

"흐흥. 그건 남자 가수들을 질투하셨다는 얘기실까, 우리 황제 폐하."

루크레티우스는 비나의 코 끝을 아프지 않도록 살짝 깨물고는 목 안쪽을 울리며 웃었다.

"당연하지."

비나는 조금 전 깔깔대며 침대 위를 구를 때와는 또 다르게 웃었다. 웃음소리가 마치 짤랑대는 종소리처럼 흩날린다.

"아, 우리 황제 폐하께선 왜 이렇게 갈수록 귀여워지시나 몰라."

루크레티우스는 아내의 허리를 휘감아서 그대로 덥썩 안아 올렸다. 비나는 발이 붕 뜨는 감각에도 놀라지 않았다. 하루 이틀 있었던 일도 아니니까.

"늘 긴장하고 있기 때문이지."

이번에 그의 대답은 조금 예상외였다. 비나는 눈을 동그랗게 떴다.

"긴장? 무슨 얘기야?"

루크레티우스의 눈매가 부드럽게 휘었다. 저렇게 눈매가 가늘어지면, 그 사이의 녹색 눈동자가 한층 색이 짙어진다. 그의 녹색 눈동자에서는 마치 꿀이 녹아내릴 것 같았다.

"뭐긴, 늘 고민하고 신경을 쓰고 있다는 소리지."

"그러니까 뭘?"

그녀는 끈질겼다.

"우리 황후 폐하가 나를 보고 이제 잘생기기만 하고 멋지기만 한 남편에게는 질렸다고 하지 않을까 걱정하고 있다는 소리야."

"……."

말은 비나가 자신에게 질릴까 봐 걱정하고 있다는 의미인데, 왜 그런 말을 하면서도 제 얼굴에 금칠을 못해서 안달인지 모르겠다. 비나는 물론 속으로 이렇게 중얼거리기는 했다.

'물론 금칠을 할 만한 얼굴이긴 하지만.'

남자는 와인처럼 묵을수록 더 향기로워진다고 했던가.

솔직히 루크레티우스를 만나기 전까지 비나는 그게 헛소리라고 생각했다. 여자는 크리스마스 케이크니 하면서 남자는 와인이라고 하니 웃기지 않은가.

남자든 여자든, 사람이면 결국 어릴 때 육체적으로 더 아름답기 마련이다, 라고 생각했었다. 그런데 루크레티우스 한정으로는 저

싫어하던 표현을 직접 가져다 붙이게 된다.

'왜 나이를 먹을수록 점점 더 잘생겨지지?'

비나의 생각을 아는지 모르는지, 루크레티우스는 아내를 침대 위에 가볍게 내려놓는다.

"그래서 이 가련한 남자가 아내의 사랑을 잃지 않기 위해 매일같이 새로운 매력을 개발하기 위해 애쓰고 있다는 이야기지."

비나는 피식 웃었다.

"나도……, 사실 비슷해."

"응?"

이번에는 루크레티우스의 녹색 눈동자가 당황으로 물들었다. 약간의 농담을 겸해서 자신의 노력을 알아 달라고 칭얼거린 것에 가까웠는데, 비나에게서 전혀 예상 밖의 반응이 나왔기 때문이다.

"사실 조금……, 불안하거든. 아이를 낳고 체형이 바뀐 게 마음이 쓰이기도 하고……. 당신은 농담으로 내가 남자 가수들을 보는 걸 보고 질투했다고는 하지만, 난 조금 진지하게 당신이 아까 여가수를 보는 것도 걱정됐는걸. 게다가……."

루크레티우스는 애매하게 흐린 비나의 뒷말이 무엇인지 알 것 같았다. 여가수 이야기는 본인이 한 남가수 이야기처럼 농담에 가까울 것이다. 그러나 생략된 뒷말은…….

최근에 공녀니 후궁이니 하는 문제가 대두되기 시작했다. 황제는 법적으로 여러 여인을 두게 되는 사람이다. 물론 그가 직접 그녀 외에 어떤 사람도 필요 없다 공언하였으나, 사실 그의 마음만 바뀌면 상황은 언제든 변할 수 있다. 게다가 비나는 이곳의 다른 여인들과 달리, 의지할 만한 가족도 전혀 없다. 그와 어린 베아트리체

뿐. 아무리 비나라고 해도 조금은 걱정이 안 될 수 없으리라.

루크레티우스는 얼굴 가득 미소를 띄워 올렸다. 아내를 안심시켜 주고 싶었기 때문이다.

"당신이야말로 걱정할 게 없는데 말이야."

"왜애?"

그렇게 묻는 비나의 고개가 절로 옆으로 갸웃한다.

부부는 일심동체라 하던가. 루크레티우스는 조금 전 비나가 한 생각을 그대로 답습했다.

'아니, 아이도 낳고 점점 나이를 먹고 있는데, 왜 더 예뻐지고 귀여워지지?'

그는 침대에 누워 자신을 올려 보는 아내의 옆자리에 앉았다. 출렁, 비나의 상체 위로 그림자가 드리웠다. 루크레티우스의 얼굴이 그녀의 얼굴로 점점 가까워졌다.

그는 아내의 입술에 쪽 소리가 나도록 베이비키스를 날리고는 작게 속삭였다.

"이렇게 귀여우니, 당신에게 또 반해 버렸으니 말이야. 매일매일 새로 반하고 있어서 큰일이야."

비나는 다시금 까르르 웃었다. 그녀는 남편의 허리를 끌어안았다.

"아, 그래도 궁금하긴 하다."

"뭐가?"

"당신이 노래 부르는 거. 목소리 좋으니까 잘 부르지 않을까? 게다가 당신 뭘 배워도 적당히 잘하는 정도까지는 쉽게 간다고 하지 않았어?"

분명히 그렇게 말한 적이 있기는 했다. 사실이기도 했고. 그러나 문제는, 노래는 예외 중의 예외라는 사실이었다. 실제로 무대에 남자 주인공으로 서 볼 생각이 없었기 때문에 할 수 있었던 농담이었다.

'진짜로 해 볼 생각이면 아무 말도 없이 준비했을 테지.'

깜짝 이벤트처럼 공연 중에 올라가 비나에게 사랑의 세레나데라도 불러 준다면 상당히 멋지긴 할 것이다. 그러니까 평균 정도로라도 노래를 할 수 있었더라면.

"음……. 솔직히 말하자면 노래에는 적용되지 않는 얘기야. 내 노래는……, 진지하게 그다지 추천할 만한 것이 안 돼."

"진짜?!"

비나는 진심으로 놀라서 고개를 들었다.

"부끄럽지만 진짜야."

"세상에, 당신이 자기 입으로 못하는 게 있다고 실토하는 걸 내가 생전에 볼 줄은 몰랐어!"

"……."

루크레티우스는 대체 아내가 자신에게 어떤 선입견을 가진 건지 회의감이 들 뻔했다.

"어쨌든 진짜로 못하는 건 사실이야. 어린 시절에 잠시 가르침을 받아 봤는데, 황실 악단의 수석 가수였던 스승이 진지하게 공석에서 실수로라도 노래할 생각은 하지 말라고 충고하더군. 황태자의 위엄이 상할 거라면서. 어머니도 그 옆에서 진지하게 고개를 끄덕이셨지."

"……세상에."

이렇게까지 되자, 반작용으로 되레 얼마나 못 부를지 궁금해지는 것이 바로 사비나라는 여자.

비나의 눈동자가 별처럼 반짝거리기 시작하는 것을 보고, 루크레티우스는 한숨을 쉬었다. 그는 아내가 저런 표정을 할 때 어떤 반응이 나올지 너무나도 잘 알았다.

"비나……."

호기심은 고양이만 죽이지 않는다. 지고한 황제마저도 위협할 수 있었다.

"지금 불러 주면 안 돼?"

호기심의 돌이 던져졌다.

"……."

난감하게 천장을 올려다보며 그녀의 시선을 피하려던 루크레티우스의 시도는 무위로 돌아갔다. 그녀의 가녀린 손이 루크레티우스의 뺨을 잡아당겨 마주 보게 했다.

비나는 루크레티우스의 무릎 위에 제 얼굴을 올리고서, 귀여운 미소를 띠고 올려다보는 필살기를 시전했다.

"……."

너무 공격력이 강했다. 당해낼 수 없다. 결국 루크레티우스는 입을 열었다. 열고 말았다.

"──."

오늘 낮에 들은 공연의 세레나데였다. 두 주인공이 서로의 사랑을 확인할 때 부르던 그 노래였다. 일단 그 곡이 맞기는 했다. 맞기는.

……정말 맞나?

첫 가사가 그의 입에서 흘러나오기 시작하면서부터, 비나의 안색이 창백해졌다.

'세상에…….'

그녀는 제 입을 막았다.

'그 평가, 진짜 정확했어…….'

본인이 싫다는 것을 불러 달라고 떼를 써 놓고, 당사자 앞에서 폭소하며 구를 수는 없었다. 비나는 필사적으로 웃음이 터지려는 것을 막았다. 매우 다행히도, 그녀는 노래가 끝날 때까지 웃음을 터뜨리지 않을 수 있었다. 말인즉슨, 끝나자마자 결국 못 참고 터뜨려 버렸다는 얘기다.

"풉! 지, 진짜였어. 푸하하핫!"

자신의 무릎에 얼굴을 묻고 폭소를 터뜨리는 아내를 못마땅하게 내려다보던 루크레티우스는 그녀에게 마땅한 징벌을 결정했다. 아내의 유달리 약한 등줄기를 손끝으로 쿡 찌른 것이다.

"힉!"

그건 시작에 불과했다. 그는 자신이 매우 잘 알고 있는 약점(?)을 공략하기 시작했다. 곧 지나친 간지러움에 비나는 다른 의미로 웃음과 비명이 반쯤 섞인 소리를 토해 내야 했다.

"꺄학! 미, 미안! 잘못했어! 꺅! 용, 용서해 줘……!"

그러나 비나가 지칠 때까지, 용서는 없었다.

4. 나쁜 남자

4. 나쁜 남자

한밤중. 로넨시아 공작저의 뒷문으로 들어가는 한 인영이 있었다. 그는 거대하고 복잡하기 짝이 없는 공작저의 구조와 약점에 아주 통달한 것으로 보였다. 손쉽게 경비병을 따돌리고 공작저의 별채 쪽으로 다가간 그가 문을 열려는 찰나, 한 박자 먼저 문이 스스로 열렸다.

─끼익.

어둔 밤 중의 공기 속으로 날카로운 소리가 울린다. 남자가 당혹하는 사이 문 안에서 나온 사람은 바로 이 저택의 안주인, 로넨시아 공작부인 노마였다.

그녀는 한숨을 길게 내쉬었다.

"어딜 다녀오는 게냐, 로벨."

제 집에 도둑처럼 숨어들다 걸린 남자는 푹 눌러쓰고 있던 후드를 벗었다.

별채의 불은 모두 꺼져 있었고, 광원은 공작부인은 손에 들린 등잔 하나뿐이었다. 그 어렴풋한 빛 속에서 드러난 아들의 잘생긴 얼굴을 보고, 공작부인은 다시 한숨을 쉬었다.

"이젠 대답도 안 하는구나."

로베르토는 부드럽게 웃었다.

"전처럼 훌쩍 제도를 떠나는 것도 아니지 않습니까. 밤마실 정도는 봐주세요, 어머니."

그 말이 사실이긴 했기에, 공작부인은 말없이 앞서서 걸음을 옮겼다.

'그러고 보면 늘 집에 3개월 정도 있으면, 좀이 쑤신다며 소리도 없이 사라지고는 했었지.'

실제로 그녀가 이 시간에 아들이 잘 있는지 불안해하며 확인하러 온 이유도 그 때문이었다. 짧으면 며칠, 길면 1년 가까이 그녀의 아들은 불쑥 사라졌다 다시 불쑥 나타나곤 했다. 이것이 제국 제일 귀족이라 평가받은 로넨시아 가문의 차남이 열다섯 살 때부터 근 10년 가까이 벌여 온 기행이었다.

그녀는 웃음기 어린 목소리로 물었다.

"그래. 네 말대로 별일이긴 하구나. 이제 너도 혼인하여 자리를 잡을 때가 되어서 그런 것 아니겠느냐?"

그녀는 은근히 아들을 떠보았다. 명문가의 자제들이 그러하듯, 로베르토도 일찍이 정해진 약혼자가 있었다.

'하지만 파혼했지.'

게다가 그 뒤에 다른 혼처도 찾지 못했다.

아무리 가문 간의 이해관계에 따른 정략혼이라지만, 집에 붙어 있지 않는 것으로 유명한 한량에게 딸을 주려는 부모는 없었다.

"네 나이도 이제 딱 좋으니, 네가 제도에만 잘 붙어 있는다면야, 제도 제일의 신랑감이 될 게 아니냐."

로베르토는 킬킬대며 웃는다.

"아무리 자기 자식이야 다 귀엽다지만 어머니, 누가 저 같은 놈에게 딸을 주겠습니까?"

"로벨……!"

"차라리 저번에 노스산투스의 그 여자를 입적시키는 게 더 빠를…….'

내내 아들을 달래려 부드럽게 웃던 공작부인의 얼굴이 무섭게 굳었다.

"그런 말도 안 되는 소린 하지도 말거라!"

"…….'

"가져다 댈 수도 없는 한미한 준남작 집안의 딸과 혼인이라니……. 내가 살아 있는 한 그 꼴은 못 본다!"

로베르토는 피식 웃었다.

"어머니가 그 여자를 데려다 놓고 저를 기다리셨어도 제가 싫다고 했을 겁니다. 그냥 하룻밤 장난이었어요. 너무 화내지 마세요."

"그래. 그렇겠지…….'

눈에 띄게 안도하는 어머니에게 로베르토는 나직이 덧붙였다.

"그냥 그 정도로 결혼은 싫다는 소리예요."

"로벨!"

"아, 벌써 제 침실에 도착했네요. 피곤하군요, 어머니."

어느덧 모자는 별채 2층의 침실 앞에 도착했다. 로베르토는 어머니의 뺨에 키스하며 그녀의 손에서 침실용 등잔을 빼앗듯 받아 들었다.

"그러면 편히 주무세요, 어머니."

"너……!"

"잔소리는 내일 오찬 때 들을 테니, 지금은 부디 용서해 주세요. 피곤해서 기절할 것 같거든요."

결국 아들에게 약한 그녀가 다시 질 수밖에 없었다. 늘 그렇듯.

노마는 아들의 뺨에 가볍게 키스하고는, 침실 문이 매정하게 닫히는 것을 지켜보았다.

"하아……."

정말이지 자식도 조카도, 어느 쪽도 그녀의 마음대로 되어 주지를 않았다.

그리고 그 일련의 흐름에 정점을 찍은 건, 다음 날 벌어진 일이었다.

다음 날, 로넨시아 공작부인은 황후로부터의 초대장을 받고 입궁했다.

몇 번 찾아온 바 있는 황후의 응접실에는 그녀가 원하는 얼굴이 보이지 않았다. 율리아가 쉬는 날이려니 생각하며, 그녀는 다른 시녀들의 안내를 받아 응접실 안으로 들었다.

응접실은 비어 있었다. 하녀들이 조심스런 태도로 다과를 내려놓는다. 노마는 새초롬히 부채를 흔들며, 다과에는 손을 대지 않았다.

조금 시간이 흐르고, 응접실 안쪽의 문에서 황후의 행차를 알리는 시녀장의 목소리가 들렸다.

"황후 폐하께서 드십니다."

공작부인은 몸을 일으켰다.

"황후 폐하를 뵙습니다. 명을 받잡아 입궁했습니다."

흠잡을 곳 없이 예의범절에 꼭 맞는 인사였다. 그러나 그녀에게서 흘러나오는 여유와 오만함은 자신을 결코 황후의 아래라 생각하지 않고 있음을 은연중에 드러냈다.

'감출 생각이 없는 건지, 아니면 정말로 무의식적으로 이러는 건지는 잘 모르겠지만…….'

분명한 것은 하나였다.

'나를 그리 만만하게 본 걸 후회하게 될 거야.'

비나는 꽃처럼 화사하게 웃으며 인사를 받았다.

"어서 오세요, 공작부인."

비나는 상석에 앉았다. 시녀장이 다가와 그녀의 찻잔에 차를 따랐다. 본격적인 알현의 시작이었다.

지난번의 만남에서와 비슷하게, 두 사람 사이의 분위기는 화기애애했다. 적어도 겉으로는. 얼굴은 미소를 띠고, 목소리는 부드럽다. 그러나 그 아래 무엇이 감추어져 있는지는 본인들만이 알 일이다.

공작부인은 멀리 돌지 않고 본론을 꺼냈다.

"한데, 황후 폐하. 지난번에 제가 올린 충언은…… 생각해 보셨는지요."

비나의 얼굴에는 조금의 망설임이나 흔들림도 비치지 않았다. 화사한 미소가 공작부인을 향한다.

"안 그래도 그때의 대답을 드리려고 부인을 청했답니다. 먼저 이렇게 물어봐 주시니 저도 부담을 덜었군요."

비나의 표정도 목소리도 더없이 상냥하다. 절로 공작부인의 기대감이 높아진다. 그녀는 은근한 기대감을 숨기지 않고서 물었다.

"하면……, 어찌하려 하시는지요?"

그러나 그녀의 기대는 비나의 말 한마디에 부정당했다.

"폐하께서는 황비든 후궁이든 들일 생각이 없다 하시더군요."

"……폐하, 일전에 제가 말씀을 올리지 않았습니까? 황제 폐하께서 고사하시더라도 황후 폐하께서 주도하셔야 하는 일이라고요."

그러나 비나는 요지부동이었다.

"황후라 하나 저 역시 사적으로는 폐하의 아내가 아닙니까. 그러니 그저 폐하의 뜻을 따를 밖에요."

그리 말하는 비나의 표정은 누가 보아도 정숙하고 현숙하게, 남편을 따르는 여인인 듯 보였다.

그러나 당연히 속내는 달랐다.

'난 욕심 많은 여자란 말이야. 내 것을 누군가와 나눌 생각은 없어.'

루크레티우스는 그녀에게 청혼하며 단언했다. 그녀 외의 누구도 곁에 두지 않을 거라고. 비나는 이를 믿고서 그의 곁을 선택했다. 그 의미를, 이 세상에 단 두 사람만 알고 있었다. 루크레티우스와 비나, 이 두 사람만. 그러므로 아무리 신뢰하는 율리아라 해도 둘

사이에 끼어들게 할 생각은 없었다.

율리아 본인부터가 이를 원치 않았다. 이미 비나가 무리해서 들이대려다가 그녀에게 피해를 준 바 있었다. 그래서 이번 일도 율리아에게 미안했다.

'내가 괜히 그때 그런 일을 벌여서 공작부인이 이렇게 나서게 된 건 아닌가 몰라.'

율리아는 공작부인에게 양녀가 되라는 강권을 들은 다음 날 바로 달려와 이 일을 알렸다. 그때 비나가 자책하는 말을 하자, 도리어 비나를 위로하며 고개를 저은 것은 율리아였다.

'아니요. 폐하의 잘못이 아니십니다. 아마 그때 폐하께서 저를 황제 폐하와 춤추게 하려 하지 않으셨다 해도, 결과는 달라지지 않았을 겁니다.'

그리 말하는 율리아의 표정은 씁쓸해 보였다.

당연하다. 율리아의 아버지와 계모는 없느니만 못했고, 그나마 어려서 잃은 어머니 대신이 되어 준 것이 바로 이모인 로넨시아 공작부인이었으니 말이다.

유일하게 율리아의 마음을 이해하고 독신을 지지해 주는 비나와, 어머니처럼 여기던 이모가 대립하게 되는 것이다. 율리아로서는 많이 곤란하리라.

그러나 어쩔 수 없다. 신제공격을 날린 것은 로넨시아 공작부인 쪽이었으므로. 얼굴이 굳은 공작부인에게 비나는 가볍게 한 마디를 던졌다.

"무엇보다 율리아 본인이 이를 원치 않더군요."

그러자 공작부인의 얼굴이 와락 구겨진다.

"그건, 그 아이가 아직 철이 없어 그리 말하는 겁니다."

"네?"

"여인으로 태어나 혼인하여 가정을 가지는 것보다 더한 기쁨은 없습니다. 게다가 지금 모시는 주인이신 황후 폐하와 황제 폐하를 가장 가까이서 보필할 수 있으니, 이는 차라리 그 아이에게는 의무입니다."

"무슨……!"

예상치 못한 어이없는 발언에 비나가 화를 내려는 찰나, 공작부인이 더욱 강하게 치고 들어왔다.

"그 아이가 아직 어리고 철이 없기에 그러한 일입니다. 마땅히 황후 폐하께서 이끌어 주시면서, 제 의무를 다하라 하명해 주시어야지요."

그녀의 화법은 교묘했다. 겉으로는 나이 든 어른이 더 어린 이들에게 진심 어린 충고를 해 주는 양 구는 것이다. 그녀가 내건 명분은 그럴듯했다. 황실의 후사를 위해, 타국과의 외교문제를 위해, 황후가 차후에 들어올 공녀 출신 후궁들을 관리하기 위해. 게다가 어디까지나 충심과 선의에서 그러노라고 주장한다. 이를 대놓고 거절하면, 노인의 충고를 거절하는 생각 없는 어린 계집애가 되고 만다.

공작부인이 율리아를 놓고 하는 말은 예상외였으나, 그녀가 주장하는 노선 자체는 비나가 예상한 그대로였다.

비나는 공작부인이 율리아의 진심을 저리 철없고 배부른 아이의 투정 정도로 취급하는 데 진심으로 화가 났다. 그러나 이는 일단 미뤄 두기로 했다. 그건 율리아가 처리할 일이다.

비나는 마음을 가라앉히고 다시금 여유 있는 미소를 얼굴에 떠올렸다.

"공작부인의 모든 충고가 다 충심에서 나온 말임을, 저 역시 잘 압니다."

공작부인의 얼굴에 만족감이 스친다.

"역시 황후 폐하이십니다. 과연 영민하십니다."

칭찬이 칭찬답지 않게 들리기도 쉽지 않은데, 정말이지 신기한 일이다.

그녀는 만족스럽게 웃었다. 아마도 이 말은 비나의 항복 선언이리라고, 그리 생각하고 있으리라.

"그러나……."

"?"

말은 끝까지 들어 봐야 아는 법.

"타국과의 외교관계나, 공녀貢女 문제를 생각하면 확실히 저 혼자 후궁 전체를 관리하는 건 문제일 겁니다."

"예, 그러니……."

공작부인은 고개를 갸우뚱했다. 비나의 어조가 그녀의 예상과는 달랐던 것이다.

"그런데 폐하께선 공녀貢女 문제를 개정하려 하십니다."

"개정, 이요?"

비나의 눈매가 부드럽게 휘었다. 지금 비나는 진심으로 가슴이 두근거리고 있었다. 안 그래도 지난번 공작부인이 던지고 간 이 핵폭탄을 받았을 때 속으로 얼마나 짜증이 났는지 모른다. 그걸 이제 대놓고 엿 먹여 줄 수 있는 것이다!

비나는 속으로 홀로 중얼거렸다.

'아, 역시 나 이런 거 너무 좋아!'

카틀레야가 죽은 뒤로, 너무 착하고 얌전하게(?) 살아왔다. 오랜만에 하려니 좋아 죽겠다. 속으로는 방방 뛰며 고소해하면서도 겉으로는 안타까워하는 고고한 황후의 가면을 유지했다.

"공작부인께서도 아시다시피, 황가에 공녀로 딸을 바쳐 온 왕공가들의 슬픔이 오죽했습니까. 게다가 후궁의 숫자가 늘어나며 황위 계승 다툼 역시 복잡했었죠."

"……근래 황실에는 남성 후손이 적어 황위 계승의 다툼은……."

비나는 고개를 저었다.

"황손의 수가 문제가 아니에요. 물론 황손의 숫자가 늘면 그만큼 황위 계승이 어지러워질 가능성은 늘겠죠. 하지만 그보다는 후궁의 숫자가 많은 게 더 문제랍니다."

"……."

"폐태후 카틀레야를 보세요. 그 여자는 아들 없이도 황제 폐하를 그리도 오래 괴롭히고, 황위를 거의 손에 넣기까지 했어요."

공작부인은 무어라 반박하지 못했다.

실제로 황손의 수가 적어도 그 몇 안 되는 황손을 지지하는 세력은 갈리기 마련이다. 게다가 지금은 얼마 전 가장 안 좋은 사례가 있었다. 바로 카틀레야.

폐태후 카틀레야는 이미 천고의 죄인으로서 낙인 찍혔고, 백골이 된 그녀의 머리는 아직도 제도 외벽에 내걸려 있었다. 그대로 풍화되어 사라질 때까지 걸어 놓으라는 것이 황제 루크레티우스의 칙명이었다. 그 카틀레야에 대항하여 황제 루크레티우스를 지지하고 보좌했다는 것이 로넨시아 공작가의 자랑이었다.

물론 실행한 것은 선대 공작 코르넬리우스이나, 그 명예는 자식 대까지 남는다. 공작부인이 이리 콧대를 세울 수 있는 이유 중에, 시아버지인 코르넬리우스가 황제의 든든한 후견인으로서 있었던 사실은 매우 큰 부분이었다.

비나는 부드럽게 타이르듯 말했다.

"폐하께서는 카틀레야와 같은 예가 두 번 다시 없기를 바라세요."

그러니 공작부인으로서는 두 번째 카틀레야를 만들지 않아야 한다는 명분에 저항할 수 없었다. 카틀레야와 대적하여 얻은 가문의 명예까지 해치는 꼴이 되기 때문이다.

"확……실히, 카틀레야와 같은 비극은 다시 있어서는 안 될 일이지요."

비나는 꽃처럼 곱게 웃었다. 공작부인의 미간에 미세하게 늘어난 주름을 보자니, 더더욱 미소가 달았다.

'아, 남한테 엿 먹이는 거 최고야! 짜릿해!'

물론 이쪽에게 엿을 주려 한 상대에게 한정이지만.

역시 한동안 그럴 일이 없었어서, 상당히 욕구불만이 되었었나 보다. 비나는 기쁨에 젖었다. 간드러지는 목소리가 공작부인을 상찬한다.

"역시 로넨시아 공작부인이시라면, 그리 말해 주실 줄 알았어요. 가장 힘들던 때에, 선대 공작께서는 황제 폐하의 제일가는 큰 우군이 되어 주셨죠. 폐하께서도 아직도 그 일을 어린 황녀에게까지 말씀하신답니다."

"광영……입니다."

단어 사이 사이가 미묘하게 흔들린다. 비나는 슬슬 마지막 쐐기를 박아 넣기 위해 생글생글 웃던 표정을 삽시간에 바꿨다.

"폐, 폐하?"

갑작스레 바뀐 비나의 표정에 공작부인이 눈에 띄게 당황했다. 비나는 소맷자락으로 이슬 같은 눈물이 맺힌 눈가를 닦았다. 주변의 시녀들과 하녀들이 달려들어 황후의 주변을 둘러싸고서 소란스럽게 걱정했다.

비나는 시녀들의 소란을 누그러뜨리며 말문을 열었다.

"이런, 제가 추태를 보이는군요. 황제 폐하께서 하신 말씀이……
기억나서요."

그것은 무언의 압력이었다.

'어서 이유를 물어보지 못해?!'

라는 압력.

"어, 어이하여 귀한 눈물을 보이시는지요?"

비나가 기다렸다는 듯이 말을 이었다.

"사실 공녀 문제와 무관한 일이 아니다 보니……, 그만 떠올라 버리고 말았네요. 황제 폐하의 모친이시자 제게는 사적으로는 시어머니가 되시는 베아트리체 황후 폐하의 일이랍니다."

"……."

황제 루크레티우스의 모친이자, 1황녀 베아트리체의 이름을 따온 당사자인, 선황후 베아트리체. 그 이름이 나오자, 공작부인은 왜 비나가 눈물연기까지 해 가며 선황후의 일을 꺼냈는지 알 수 있었다.

"그분께서는 서녀 출신으로 가문의 적녀 대신에 선황께 공녀로 바쳐지셨죠. 저 역시 비슷한 처지로 선황께 보내진 바 있어 이리 꼴사납게 마음이 흔들려 버리고 말았네요."

선황후 베아트리체는 제국 황실에 바쳐진 공녀가 비극적인 최후를 맞은 가장 유명한 예였다. 그리고 이 말을 하는 현 황후인 비나 역시 선황에게 공녀로 바쳐졌다가, 친딸인 리즈벳을 현 황제에게 보내기를 원한 에일 공작에 의해 파양된 경험이 있었다.

"비극적인……, 일이지요."

잠시 참지 못하고 얼굴을 일그러뜨리는 공작부인을 보고, 비나는 해사하게 웃어 보였다.

"이리 함께 슬퍼해 주시느라 얼굴에 주름까지 느시다니……."

비나의 말에 공작부인은 저도 모르게 자신의 뺨을 짚었다.

'주, 주름?'

자고로 여자에게 얼굴 주름보다 더 큰 적은 찾기 힘들다.

노마는 곧 자신이 농락당했음을 깨닫고 얼굴을 굳혔다. 그녀의 눈에 잠시 사나운 기운이 스치는 것을 보면서도, 비나는 여전히 감격에 겨운 미소를 지우지 않았다.

"공작부인께서도 비극에 공감해 주셨으니, 폐하와 저의 의사에도 동의해 주실 거라 믿어요."

"……."

완전히 말려들었음을 깨달았지만, 노마로서는 달리 할 수 있는 말이 없었다.

"……선황 때처럼 모든 귀족가에서 후궁 후보를 바치라 하는 것은 무리여도, 적어도 주요한 왕국이나 공국에서 바치는 공녀는 곧 인질입니다. 인질을 받지 않을 수는……."

그리고 당연하게도, 그녀의 저항은 비나의 반격에 바로 끊겼다.

"폐하께서는 이번에 속국이나 다른 나라에서 바치는 공녀들을 각국의 왕자를 하나씩 바치게 하는 것으로 바꾸실 생각이세요."

"왕자……들을요?"

"네. 사실 후궁에 타국의 왕녀나 공녀들을 들이면, 그들이나 그들의 친정이 제국의 황위 계승에 영향을 끼치는 문제가 컸지 않나요. 실제로 이미 제노아의 코로넬 왕자가 제 누이를 황후로 만들려는 야심을 품고 있다가, 그 때문에 크세니아 선황비를 죽이고는 자결했다 주장하며 제국에 핏값을 요구한 예도 있었지요."

비나는 카틀레야만이 아니라 크세니아의 예까지 들었다. 모두 근래에 실제로 벌어진 사태들이다. 그리고 이 원인이 황제의 후궁에 타국의 인질인 공녀들을 들이는 것이 문제라 말하고 있는 것이다.

"정말로, 하나같이 있어서는 안 되는 비극이었지요. 그렇지 않나요?"

그리 한숨을 쉬는 황후는 참으로 자애롭고 자비로운 여인처럼 보였다. 아무것도 모르는 이들이 본다면, 그리고 노마는 결코 아무것도 모르는 자가 아니다.

그렇기에, 이리 답할 수밖에 없었다.

"맞는…… 말씀이십니다. 폐하."

결국, 졌다.

그것도 완패였다. 친정도 불분명하며 그녀보다 한참 어린 계집애에게. 노마는 굴욕감으로 떨리는 손을 애써 감추었다.

그녀는 알현이 끝나던 때, 황후가 그녀에게만 들릴 정도로 작은 목소리로 남긴 말을 기억했다.

'부인. 나는 허수아비가 되어 줄 생각이 없어요.'

―쨍그랑!

유리병이 벽으로 날아가 부서졌다. 깨진 유리 조각과 꽃, 그리고 물이 양탄자 위로 어지러이 쏟아진다.

―탕!

이번에는 반대 방향의 벽으로 은제 촛대가 날아들었다. 무른 금속이 사정없이 찌그러지며 바닥을 나뒹군다.

"하아, 하아……."

노마는 거칠게 숨을 몰아쉬었다. 막 황궁에서 물러나온 참이다. 그녀는 퇴궁하면서 황후가 한 발언의 진위를 확인해 보았다. 정말로 황제와 황후가 공녀 제도를 폐지할 생각이 맞는지를. 그리고 그녀가 확인한 것은 사비나 황후의 말이 사실이라는 것뿐이었다.

지난 3개월간, 황제는 비밀리에 속국들과 협상을 벌여 왔다고 했다. 공녀를 받아 후궁을 채우는 방식을 바꾸어, 왕자나 공자 중 하나를 인질로 보내도록 법을 바꾸겠다고 천명했다.

그리고 인질로 보내진 이들을 지금 넘쳐나는 황제의 이복누이들과 혼인시킨 뒤, 다음 대의 인질이 될 조카들이 올 때까지 제국에서 지내도록 하겠다는 것이다.

명분은 간단했다. 선황 대에 지나치게 비대해진 후궁을 축소하여, 황실의 비용 낭비를 절감시키겠다는 것이다. 선황 대에 국정이 방만하게 운영되어 제국의 국고가 타격을 입은 것은 널리 알려져 있었다. 현 황제 루크레티우스와 황후 사비나가 몸소 절약을 실천하여 이 타격을 회복하기 위해 노력 중인 것도 잘 알려져 있다. 공녀로 보내질 후궁들에게 배당될 내탕금, 게다가 최소 열 명이 넘는 시중인들에게 주어야 할 월봉을 대략적으로 계산한 재무부는 쌍수를 들고 제안을 반겼다고 한다.

공녀 대신 인질로 보내질 왕자들은 황족이 아닌 귀족의 예로서 대우하고, 황녀를 시집보내더라도 결혼식 비용과 지참금을 한 번 마련하면 끝난다. 지속적으로 비용이 들어가는 후궁의 유지와는 비교도 되지 않는 예산 절감 효과가 있었다.

지금은 해당되지 않지만, 후궁이 늘어 황손의 숫자도 늘면, 그만큼 황손들에게 배당되는 내탕금도 는다. 이 모든 비용을 전부 합쳐서 생각하면, 공녀 제도와 후궁 제도의 폐지가 훨씬 유리했다.

전례와 외교적인 문제가 있어 외무부가 강하게 반대를 하고 있지만, 그 이상으로 찬성 의견 역시 많다. 게다가 무엇보다 황제의 의지가 굳건했다.

그러한 상황 자체는 그녀가 알 바 아니었다. 솔직히 말하면 어떻게 되든 상관없다. 문제는 그러한 중대사가 황후의 입을 통해 듣고 나서야 그녀에게 들어왔다는 것이다.

그녀는 태후로서 황궁의 일부를 장악하지도 못했고, 시아버지처럼 재상으로서 정무에 참여하지도 못했다. 그녀의 남편이나 장남은 무능하기 짝이 없어 마땅한 관리직도 얻지 못하였다. 그들을 통해 정보를 얻지 못한 결과가 지금 이 꼴.

이대로라면, 그녀에게 남는 것은 그저 명문가의 여주인이라는 허울뿐이다. 제도 롬부르크의 사교계는 그리 만만한 곳이 아니었다. 그렇다면……, 그녀를 제도의 실세로 만들어 줄 다른 수단이 반드시 필요했다.

"율리아……, 그 애까지 내게 공녀 제도의 폐지에 대해 아무 말도 하지 않다니!"

율리아는 황후의 측근 중 측근이다. 당연히 이 일에 대해 알면서도 그녀에게 입을 다문 것이다.

"그 애가 내게 어찌……!"

노마의 어깨가 격하게 떨렸다. 그녀는 자신의 분노가 정당하다고 생각했다.

"내가 제 언니와 그 애를 어찌 아꼈는데……! 이렇게 은혜를 원수로 갚을 수가 있어?!"

그때였다. 어떤 양해의 목소리도 없이 문이 열리며 훤칠한 남자가 방 안으로 들어왔다. 매섭게 치켜 올라갔던 노마의 표정은 곧 부드럽게 풀렸다.

"로벨."

"이런 이런, 하녀 중 하나가 벌벌 떨며 제발 제게 어머니의 방으로 가 달라고 하더니, 이래서였군요."

노마는 깊게 한숨을 쉬었다.

"네게 못 볼 꼴을 보였구나. 이제 흥분을 가라앉혔으니 이만 가 보렴."

그러나 아들은 고개를 저으며 어머니의 손을 부드럽게 감아쥐고 이끈다.

"아니신 거 알아요. 자, 제게 말씀해 보세요. 어머니."

그녀는 한숨을 쉬면서도 아들의 손에 끌려 침대 위에 앉았다. 아들이 한쪽 무릎을 꿇고 앉아 어머니를 향해 얼굴을 기울이자, 그녀는 비로소 진심으로 웃었다.

"역시 너뿐이구나. 나를 정말로 걱정하는 건."

"이 집안 모두가 어머니를 걱정하고, 또 두려워하고 있어요."

"어차피 진심 어린 걱정은 아니지 않니. 네 아버지는 내가 죽으면 콧노래를 부르며 그제야 제 침실에서 나올 게다."

"설마요."

그러나 노마의 목소리는 단호했다.

"내가 그나마 믿었던 율리아도 내게서 등을 돌렸는데, 내가 너 말고 달리 누구를 믿을 수 있겠니."

로베르토의 눈동자가 커졌다.

"율리아가요? 설마?"

"아니, 그 애는 내가 그 애를 위해 준비한 모든 것을 부정하고 거절하고서, 입을 닫았단다."

그녀는 이 말을 시작으로 아들에게 오늘 그녀가 어떻게 패배했는가를 하소연하기 시작했다.

"그렇게 되었군요."

"그래. 회의감이 다 들더구나."

노마는 그리 말하며 제 관자놀이를 짚었다. 머리가 아파 오려 했다. 그녀가 짜 놓았던 완벽한 청사진이 무너진 것이다.

"하지만 포기하실 생각은 없으시겠죠?"

아들의 질문에 그녀의 얼굴에 짙은 미소가 내걸렸다.

"당연하지. 이 정도로 그 어린 계집애들에게 밀려나 줄 생각은 없단다."

"그러셔야 어머니죠."

노마는 제 무릎을 톡톡 두드렸다. 로베르토는 이게 무슨 의미인지 알았다. 이미 그도 어머니 무릎 위에서 놀 나이가 아니지만, 지금은 장단을 맞추기로 했다.

로베르토가 그녀의 무릎에 얼굴을 뉘이자 노마는 아들의 머리를 쓰다듬으며 중얼거렸다.

"율리아가 괘씸하기는 하지만, 그 아이보다 더 적합한 아이가 없으니 방법을 찾아봐야겠구나. 물론, 이벨린 그 아이가 살아 있었다면 내가 이럴 이유도 없었겠지만."

로베르토의 누이 이벨린은 지나치게 어린 나이에 죽어 어머니를 단 한 번도 거역하지 못한 딸이었다. 그렇기에 가장 아름답고 순종적인, 완벽한 딸로 남았다.

"그래. 그 아이는 제 언니와 조카들을 아끼지."

그리고 율리아의 친언니이자 노마의 다른 조카인 사스티아는, 로넨시아 공작가의 가신 가문으로 시집을 갔다. 노마가 직접 구해 준 혼처였다. 그녀의 입김이 충분히 닿고도 넘칠 곳이다.

별다른 대답 없이 고개를 끄덕이던 로베르토가 불현듯 무언가가 떠오른 것처럼 고개를 들었다.

"그러고 보니 어머니, 지금 황후 말이죠. 다른 대륙의 공녀 출신
이라던데 맞나요?"

"모르지. 폐하께서 그러하다 인정하셨으니 모두가 넘어가고 있
는 것뿐이란다. 출신도 불분명하고 나이도 어린 주제에······."

다시 분노를 터뜨리려는 어머니의 팔을 잡고서, 로베르토는 나긋
하게 물었다.

"어머니, 황후를 흔들어 황제와 사이를 벌린다면, 어머니의 계획
에 도움이 되겠죠?"

노마는 의아하게 고개를 갸웃했다.

"······그렇기야, 하겠지."

로베르토는 짙은 미소를 띤 채, 어머니에게 자신의 생각을 설명
하기 시작했다.

곧, 노마의 눈은 경악으로 물들고 말았다.

황후의 하루는 알현으로 시작하여 알현으로 끝난다고 보아도 좋
다. 틈틈이 황궁과 제도 롬부르크의 살림에 대해서도 챙겨야 한다.
여기에 어린 딸이 열이라도 나면 몸이 하나라도 부족한 상황이 되
고는 한다.

하지만 일의 연속인 알현도, 가끔 휴식이 되기도 했다. 비나는

가벼운 발걸음으로 유리온실에 들어서며 외쳤다.

"릴리아나!"

그러자 이제 사랑하는 이와 가정을 꾸리고 한 아이의 어머니가 된 릴리아나가 꽃처럼 다정히 웃었다. 언제 보아도 상냥하고 어여뻤다. 이제는 카틀레야의 그늘을 완전히 떨쳐 버린 듯, 날이 갈수록 더더욱 아름답게 피어나고 있는 릴리아나였다.

"황후 폐하를 뵙습니다."

릴리아나는 곱게 절했다. 첫 아이 쿨린을 낳고 살이 꽤 빠져서 걱정을 했었는데, 그래도 지금은 다시 보기 좋게 얼굴에 살이 올랐다. 비나는 손을 맞잡으며 반가워했다.

"이제 몸은 좀 어때요? 쿨린은 잘 자라고 있나요?"

"예. 두 분 폐하께서 걱정해 주신 덕분에, 저도 쿨린도 잘 지낸답니다."

곱게 웃는 릴리아나의 옆에 서 있자, 무시당한 남자가 약간 불퉁한 목소리로 끼어들었다.

"황후 폐하를 뵙습니다. 저도 함께 들어왔는데, 어찌 없는 사람 취급하시는지 모르겠습니다."

비나는 대수롭지 않게 웃어넘겼다. 애초에 친밀한 여자들의 만남에 남편이 따라오면 이러한 취급은 각오해야 했다. 루크레티우스조차도 비슷한 취급을 당하고는 하니까.

"어머, 걱정 말아요, 클로디스. 없는 사람 취급은 아니고 그냥 평범하게 홀대한 거니까."

두 여자의 까르르 웃는 소리가 맑은 햇살 아래 퍼졌다. 그때, 클로디스가 조금 난처해하면서 비나에게 말을 걸었다.

"저, 폐하. 어쩌다 보니 저희가 입궁하는 길에 지인을 만났는데 말입니다. 저희가 황후 폐하를 알현할 예정이라고 하니까 꼭 한번 황후 폐하를 뵙고 싶었다며, 함께 오고 싶다고 청하더군요."

황후의 허락 없이 약속장소에 바로 데려올 수는 없어서, 근처의 대기실에서 기다리고 있다고 했다. 비나가 거절한다면 그대로 돌아갈 거라고.

"……그런가요? 누구시죠?"

비나는 의아함을 느꼈다. 그것이 무례임을 모르는 이는 없다. 그리 예의 없이 억지를 부렸다는 자가 대체 누구일까.

"로넨시아 공작의 차남, 로베르토 데 로넨시아입니다."

처음 듣는 이름, 그러나 가문의 이름을 잘 알고 있었다. 로넨시아 가문의 이름은 무시할 수 있는 무게감이 아니다.

게다가 비나는 얼마 전 공작부인에게 대놓고 엿을 준 기억이 있었다. 여기서 그 아들까지 대놓고 면박을 주면 이는 공개적으로 로넨시아 공작가와 척을 지겠다는 의미로 받아들여질 수도 있다.

그럴 생각까지는 없었다.

"뭐, 크게 상관없겠죠. 드시라고……."

그때 클로디스가 약간 눈짓을 했다.

"무슨 일이죠?"

클로디스의 표정은 꽤 진지했다. 덩달아 아내인 릴리아나의 얼굴 역시 어두워진다. 비나는 심상치 않음을 알고, 주변의 사람들을 전부 물렸다. 곧 세 사람만이 남는다.

"로베르토 그자를 지인……이라고 하기는 했습니다만, 상당히 애매한 사이입니다. 어릴 때는 그럭저럭 아는 사이라고는 할 수 있었지만, 벌써 10년 전의 일입니다. 제대로 말을 해 본 것도 9년 만의 일이죠. 그런데 갑자기 황후 폐하를 알현하려는 길에 우연히 만나다니……, 예의가 아님을 말하기 이전에, 이상합니다."

릴리아나의 얼굴이 하얘진다.

"그러면……, 설마 로넨시아가가 무언가를 꾸민다는 말씀인가요?"

태후의 일이 처리되고 안정된 지 이제 겨우 3년여다. 이런 상황에서 로넨시아 공작가의 태도가 심상치 않다면, 무슨 파란이 더 일어날지 몰랐다.

안 그래도 여린 아내가 지나치게 두려워하고 상처받는 것을 원치 않는 클로디스는 아내의 손을 잡고 그녀를 안심시키려 애썼다.

"로넨시아가가 황실과 반목할 일은 걱정하지 않아도 돼요."

그러나 클로디스는 다시 고개를 돌려 비나를 보았다.

"하나 폐하, 로넨시아가와는 별개로 보더라도 로베르토 그자는 주의하시는 편이 좋습니다."

클로디스의 얼굴에 떠오른 표정은 생각 이상으로 무거웠다.

"……후작이 따로 알고 있는 무언가가 있는 듯하군요?"

클로디스는 고개를 끄덕였다. 그의 목소리가 더욱 낮아졌다.

"예. ……이런 말씀을 드리기가 송구스럽긴 합니다만, 미리 아시는 것이 좋을 것 같습니다."

클로디스는 답지 않게 조금 망설이고 있었다.

"그자는 열다섯 이후로 제도에 붙어 있지 않고 대륙 곳곳을 바람처럼 돌아다니는 것으로 유명합니다. 한데, 가는 곳마다 사생아를 만든다는 소문이 파다합니다. 이를 전부 로넨시아 공작부인이 뒤처리한다고 하고요."

릴리아나의 얼굴색이 파리해졌다.

"그, 그런…… 설마……."

클로디스는 애써 웃어 보였다.

"그자가 아무리 간이 커도 설마하니 황후 폐하께 수작을 부리려 하기야 하겠습니까. 하지만 소문 중에는, 어느 공비나 왕녀에게도 손을 뻗으려 했다는 말까지 있습니다."

비나는 피식 웃었다.

"여자 소문이 안 좋은 사람이라는 얘기군요. 황제 폐하께서 건재하신데 설마하니 그런 일이야 있겠어요. 어쨌건 미리 알려 줘서 고마워요."

클로디스는 고개를 숙였다.

"어찌 되었건 로넨시아가의 일원을 박대할 수는 없죠. 돌아가신 전 재상의 얼굴을 봐서라도 그 손자분의 얼굴을 보는 건 사실 어려운 일도 아니니까요."

"……."

"모셔 오도록 하세요."

황후의 명령을 받은 시녀들이 외궁의 대기실로 향했다. 세 명 분이 준비된 다과에 한 명 분이 추가되며, 하녀들의 움직임이 분주해졌다.

클로디스는 부디 아무 일이 없기를 바라며 한숨을 쉬었다.

"로넨시아가의 로베르토 데 로넨시아가 제국의 지고한 황후 폐하를 뵙습니다."

누가 보아도 미남이라 인정할 만한 외모였다. 물론 대륙 제일이라 불리는 미모를 가진 남편을 둔 데다, 그와 비슷한 급의 빛나는 외모를 가진 제노아의 이지드 왕자도 본 적 있는 비나에게는 적당히 잘생긴 남자 정도로만 보였다. 그 어머니인 노마 데 로넨시아 공작부인이 젊었을 때 모습이 이러하지 않았을까 할 정도로 상당히 닮았다.

비나는 예의에 맞추어 응대했다.

"만나게 되어서 반갑군요, 로넨시아 공자. 돌아가신 조부님과 모친이신 공작부인께는 많은 도움을 받았어요."

비나가 손등을 내밀자, 로베르토는 더없이 우아한 자세로 그 손목을 가볍게 쥐고 손등에 키스했다.

"⋯⋯."

비나는 순간적으로 흠칫 어깨를 떨었다.

일반적이고 담백한 의례적인 인사와는 기묘하게 달랐다. 미묘하게 시간을 끈다. 그 약간의 간극에서 무어라 표현하기 힘든 끈적함이 느껴졌다.

비나가 당혹하여 손을 물리려 하자, 남자가 한 박자 먼저 입술을 떼고 손을 놓는다. 찰나 비나의 얼굴에 약간의 당혹함이 스치는 것을 놓치지 않고 사내는 싱긋 웃었다.

"이국에서 오신 흑발의 황후 폐하에 대해 소문은 익히 들었습니다만 소문보다 훨씬 아름다우시군요, 폐하."

정말로 미묘한 차이였다. 당사자가 아니면 눈치챌 수 없을 정도의 차이. 비나는 기묘한 불쾌감이 뽀얀 먼지처럼 일려는 것을 잠시 눌렀다. 개인적인 감정을 노골적으로 드러낼 수는 없었다.

"과찬이세요. 소문이 과장되었다는 건 누구나 다 알지 않겠어요? 자, 더 이상 딱딱한 인사는 그만두고 테이블로 가죠. 시녀들이 준비한 차가 식겠어요."

햇살은 따스하고, 차와 과자도 맛있다. 함께하는 사람들도 좋은 이들이라, 기분이 좋아야 마땅했지만…… 비나는 시간이 지날수록 기분이 더욱 바닥으로 가라앉는 것을 느꼈다.

달라진 것은 하나뿐이다. 이전에는 없던 남자의 시선.

비나는 종종 루크레티우스를 뱀에 비유하고는 했었다. 서늘하고 날카로운 느낌이 그에 꼭 맞았기 때문이다. 그러나 그 건조한 서늘함은 그녀에게는 기분 좋게 느껴졌다.

한데 이 남자는 달랐다. 차갑고 또 끈적한 시선. 발목이 잡아채여 늪 바닥으로 끌려 내려가는 기분.

비나는 잠시 클로디스 옆에 앉은 사내를 바라보았다. 파란 시선이 그녀에게 향한다. 그것이 자신의 얼굴에 와 닿기 직전, 비나는 자연스럽게 시선을 돌렸다.

'기분 나빠.'

─히힝!

비나의 애마 로렐라이가 흥겹게 투레질을 했다. 얇은 가죽장갑을

낀 손을 뻗어 흰 갈기를 매만졌다.

건강한 갈색 근육의 몸체와 희고 아름다운 갈기가 자랑인 명마는 마치 고양이처럼 제 주인에게 머리를 들이댔다.

"그래, 로렐라이. 네가 좋아하는 각설탕 줄까?"

영특한 말은 단어는 몰라도, 그 어조는 다 알아들었다. 대번에 기분 좋게 주인의 손을 핥는다.

아그네스가 들고 있던 은병에서 각설탕을 꺼내어 비나의 손 위에 올려 주었다. 비나는 하얗게 빛나는 각설탕을 손바닥 위에 올린 채, 로렐라이에게 내밀었다.

그러자 말은 정신없이 비나의 손바닥을 핥았다. 그러곤 달콤한 설탕을 이로 살짝 집어 올려서 씹는다. 아삭아삭 소리가 기분 좋게 울렸다.

"이런, 손이 다 젖어 버렸네."

율리아가 여분의 장갑을 가져오려 하자, 비나는 고개를 저은 후 이번에는 장갑을 벗고 맨손으로 설탕을 집어서 주었다. 말은 다시 푸륵거리며 비나가 주는 설탕을 달게 핥았다.

'이상하네. 조금도 기분 나쁘지가 않아.'

지금과 비교하면, 어제 로베르토는 잠시 손등에 키스를 했을 뿐인데.

'역시 그 남자…… 조심해야겠어.'

클로디스는 상당히 영리하고 신중한 성품이다. 그런 그가 대놓고 조심하라 주의를 줬으니 상당히 위험한 인물일 가능성이 높았다.

그때였다.

"폐하께서 오십니다."

황제궁의 궁내부장이 와서 황제의 행차를 알렸다. 황후를 시중들고 있던 이들이 황제를 맞이하기 위해 움직이기 시작했다. 그들은 이런 상황에 익숙했다. 애초에 사비나 황후가 대관받고 황후궁으로 옮긴 이후, 황제 루크레티우스는 정무 시간 이외의 모든 시간을 황후궁에서 보내고 있었으니 말이다.

곧 보무도 당당하게 황제 루크레티우스가 금발을 반짝이며 다가왔다. 비나를 제외한 모든 이들이 무릎을 굽혀 황제에게 예를 표한다.

"황제 폐하를 뵙습니다."

황제는 빠른 걸음걸이로 아내에게 다가섰다.

"비나."

비나는 다정하게 웃으며 남편에게 마주 다가섰다.

"폐하."

타인의 눈이 있는 곳이니 높임말이 나온다.

루크레티우스는 햇살처럼 미소 지으며 전매특허인 느끼한 멘트를 날리기 시작했다.

"오늘 아침에 보고 또 보는데, 그사이에 더 아름다워지셨군, 우리 황후께서는."

비나는 피식 웃었다.

"지금은 점심도 아직 안 되었어요."

"그러니 불가사의한 거지."

그러고 보면 막 황비 자리에 올랐을 때는 그가 저렇게 느끼한 말들을 주워섬길 때마다 손발이 오그라들었다.

지금도 정도가 과할 때는 그렇지만, 이젠 이 정도는 피식 웃어넘기는 지경에 이르렀다. 아니, 어찌 보면 반대일지도 몰랐다.

'이제는 이런 말을 못 들으면 좀 서운할지도.'

그렇게 속으로 생각하고는, 그 변화가 웃겨서 비나는 풋 하고 웃어 버렸다.

"왜 그래? 내가 그렇게 촌스러운 말을 했나?"

루크레티우스의 녹색 눈동자가 동그래진다. 비나는 고개를 저으며 그의 귓전에 대고 작게 속삭였다.

"아니, 이제 당신의 그런 말에 완전히 익숙해졌구나 싶어서."

루크레티우스도 피식 웃었다. 그는 비나의 손목을 부드럽게 감아 쥐었다. 눈치 빠른 로렐라이가 분위기를 읽고는, 남은 작은 설탕조각을 날름 제 입으로 가져가 버렸다.

루크레티우스는 궁내부장이 바친 물에 적신 수건으로 직접 비나의 손을 닦아 주었다. 손바닥부터 손가락 사이사이까지 꼼꼼하게 다 닦아 주고나서야 만족했는지, 깨끗해진 비나의 손등에 대고 입술을 눌렀다. 촉, 하고 가벼운 소리가 울렸다.

이건 애정 표현이기도 했지만, 루크레티우스의 어린애다운 버릇이기도 했다. 일종의 영역 표시랄까. 자기가 선물해 준 말에게 먹이를 주다가, 말이 손을 좀 핥았다고 저러는 것이다. 루크레티우스의 얼굴에 떠오른 만족감을 보고 비나는 볼멘소리로 중얼거렸다.

"자기가 선물한 말을 귀여워한다고 질투하다니, 너무하다고 생각하지 않아?"

그러자 루크레티우스는 여전히 장난기 어린 미소를 띠고서 답한다.

"그래서, 남자의 유치한 질투가 싫어?"

이렇게 물어 오면 다른 답을 할 수가 없다.

"……아니."

루크레티우스는 자신만만하게 다시금 아내의 손가락을 제 손가락으로 감고서, 그녀의 팔에 제 팔을 겹친 채 함께 들어 올렸다. 밀착한 남편의 팔에 비나의 팔이 함께 들려 올라간다.

루크레티우스는 비나의 손등이 자신의 방향으로 향하도록 들어 올리고서는, 그 손등에 다시금 보란 듯이 촉, 하고 입술을 눌렀다.

동시에 손가락으로 비나의 손아귀 안쪽을 살짝 간질이듯 긁었다. 그녀만이 알 수 있는 명백한 자극. 비나는 절로 목이 타는 것을 느꼈다. 재삼 입술이 다시 그녀의 손등을 건드렸다. 횟수를 더할수록 살갗이 닿는 시간이 명백하게 길어진다.

새삼 느꼈다.

이리 노골적이고 또 오래 이어지는 접촉인데, 아무렇지도 않았다. 당연하다. 그녀가 선택한 그녀의 남자였으니까. 그런데 어제의 그 짧디 짧은 접촉이 비교할 수 없을 정도로 기분이 나빴었다.

참으로, 이상한 일이었다.

5. 가면 속의 얼굴

5. 가면 속의 얼굴

로베르토는 물을 탄 싸구려 포도주 잔을 받아 들며 그 여자를 떠올렸다.

'그런 검은 머리는 처음 보았어. 마치 밤하늘을 그대로 옮겨 놓은 것 같더군.'

물론 소문만큼 나라 하나와 바꿀 수 있을 정도의 미모는 아니었다. 경국지색까지는 아니나, 확실히 생기 넘치는 미녀라 부를 수 있다.

로베르토는 세상 모든 여인들을 다 사랑했다. 그 나름의 방식으로.

무엇보다 그의 흥미를 끈 것은 그 여자의 태도였다. 자존심이 강하고 오만한 것은 이해할 수 있었다. 제국 제일의 지위에 오른 여인이니 그러할 만하다. 그는 지위에 걸맞게 오만한 여인들을 몇 번 보았다. 죽은 폐태후 카틀레야도 그렇고, 그의 어머니 로넨시아 공작부인 역시 비슷하다.

그런데 그들과는 결정적으로 다른 무언가가 사비나 황후에게 있었다. 구체적으로는 표현하기 힘든 종류의 특징이다. 분명한 것은 그리 많은 여자들을 보았어도, 그녀 같은 이는 본 적이 없다는 것이다.

'여러모로 흥미가 가게 하는군.'

그는 여인의 지위가 높을수록, 그리고 그 성품이 고고할수록 더 깊은 흥미를 느끼곤 했다.

쉽게 가질 수 있는 것은 재미가 없다.

참새나 토끼 따위를 잡는 것은 사냥일 수가 없다. 이제는 그에게 잔재미조차 주지 못한다. 순간적인 배고픔을 잊게 해 주는 정도의 용도일 뿐이다.

긴 시간과 공을 들일 사냥감은 그만큼 강하고 아름다워야 한다. 높은 신분과 아름다움, 본인의 능력까지 충분해야 그에게 마땅한 가치를 가지는 사냥감이 되는 것이다. 이번 사냥감은 정해진 것 같다.

그때, 어머니의 목소리가 떠올랐다.

'로벨. 그건 너무 위험하지 않니.'

그 말이 나오기 전에 그는 이리 말했었다.

'약간의 스캔들을 일으켜 보는 건 어떠세요? 황제와 황후의 사이를 벌릴 수 있으면, 율리아를 황비 자리에 밀어 넣을 수 있는 가능성도 올라가겠죠.'

겸사겸사다. 흥미가 동하는 여자에게 접근하면서, 동시에 어머니가 벌이는 공작도 돕는 거다. 양쪽 다 성공한다면 얻는 이득도 두 가지다.

로베르토는 잔 바닥에 남은 포도주를 모두 마셔 버렸다.

'어찌 공략을 한다?'

사냥감을 공략하려면 상대의 약점을 아는 것이 먼저다. 깊이 생각에 골몰한 로베르토에게 꾀꼬리처럼 아름다운 목소리가 찾아 들었다.

"저, 쥬세페?"

그의 가명 중 하나를 부른 것은 짙은 붉은 머리카락을 아리땁게 땋아 늘어뜨린 여자였다. 한때 그의 애인이었던 여자. 지금은 제도의 제일가는 가수인 여자.

아마린체.

생각에 골몰하던 중 방해 받자 짜증이 확 치민다. 아마린체는 가엽게도 눈에 띄게 불안해했다.

"미안해요, 쥬세페. 내가 방해했나 보네요."

남자의 표정이 지나치게 험악해서였을까. 아마린체는 고개를 숙인 채 입을 다물었다.

그러나 곧 로베르토는 얼굴을 폈다. 아마린체의 얼굴을 보자 떠오르는 일이 있었던 것이다.

황후의 얼굴을 처음으로 보았던 때. 황궁에서의 오페레타 공연. 그때 황후는 진심으로 극에 매료된 듯 열렬하게 박수를 치며 눈을 반짝였다. 바로 이 아마린체를 향해서 말이다.

그는 얼굴에 떠오른 짜증을 순식간에 지워 내고, 곧 녹아내릴 듯한 미소로 눈앞에 있는 여자를 대했다.

"자아, 린체."

"으, 응. 그래요."

아마린체는 쭈뼛쭈뼛하면서도, 그의 손짓을 따라 로베르토의 품에 안겼다. 그는 상냥하게 속삭였다.

"너를 보면 좋아하실 분이 계셔. 고귀하신 분이지."

아마린체는 고개를 갸웃했다.

"고귀한 분? 남자야?"

"아니, 여자야."

그는 늘씬하고 부드러운 여체를 끌어안으며 중얼거렸다.

"그러고 보니 체형이랑 키도 비슷하군."

"으응?"

로베르토는 고개를 저었다.

"그보다 준비를 해, 린체. 얼마 뒤에 황궁에서 대규모 가면무도회가 있어. 그때 공연이 있어. 들었지?"

아마린체는 고개를 끄덕였다.

"으, 응. 그걸 당신이 어떻게……, 아, 맞아. 그때도 당신의 곡이 쓰인다고 했었죠?"

"그래."

"그때, 공연 말고도 나와 가면무도회에 참석하지 않겠어? 나의 파트너로서."

"나를……?"

아마린체의 얼굴에는 진심 어린 당혹감이 떠올랐다. 그녀는 기억하고 있었다. 약 5년 전 연인 사이였으나, 그는 어느 날 언질도 없이 그녀를 내버리고 사라진 남자였던 것이다.

로베르토는 마치 그녀의 당혹감과 불안감을 모두 안다는 듯이 그녀를 달랬다.

"내가 당신 말고 또 누구와 그런 델 가겠어."

"하지만 쥬세페……."

그러자 로베르토는 고개를 저었다.

"아니, 이제 한동안은 크리스티안이라고 불러."

아마린체는 눈을 동그랗게 떴다. 재회하고서 그가 크리스티안 보체티라는 가명을 또 쓰고 있다는 사실을 알았다. 두 저명한 작곡가가 같은 사람이라는 사실은 분명히 화제가 될 것이나, 그는 사실을 알리고 싶어 하지 않았다.

그리고 아마린체가 계속 그를 쥬세페라 부르는 것도 조금도 신경 쓰지 않았다. 그런데 어째서 그의 이름을 크리스티안이라 부르라는 것일까?

그러나 그녀의 의문은 길게 이어지지 못했다. 쥬세페인지, 크리스티안인지 알 수 없는 남자가 그녀를 강렬하게 끌어안고 다시금 그녀의 입술을 훔쳤던 것이다.

아마린체는 당혹감과 불안감에 시달리면서도 그를 쉽사리 밀어낼 수 없었다. 그는 너무 그녀를 잘 알았고, 또한 그녀는 작곡가 쥬세페 혹은 크리스티안을 밀어낼 수 없었으므로.

곧 작은 방 안은 남녀가 만들어 내는 열기로 가득 차올랐다.

아그네스는 못마땅하게 중얼거렸다.

"가을 수확제의 메인 이벤트인 대연회 첫날 무도회가 가면무도회가 될 줄은 몰랐는데 말이에요."

사만다도 고개를 끄덕였다.

"준비 기간도 너무 짧아요. 게다가……, 가면무도회라니, 망측하지 않나요?"

나이가 지긋한 두 부인은 근심스레 고개를 끄덕인다. 그러나 엘자와 루이스가 그만둔 뒤, 새로 들어온 어린 시녀들은 하나같이 눈을 빛냈다. 새로운 시녀 중 하나인 실리아가 상기된 얼굴로 속삭인다.

"아니죠. 가면무도회라니, 역시 폐하께서는 멋진 아이디어를 내셨어요."

그러자 실리아보다 더 어린 시녀인 한나가 맞장구를 친다.

"맞아요. 게다가 선선대 황제이신 켄티우스 황제께서도 젊은 시절에 그 무도회에 참석하신 적이 있다고 들었어요!"

확실히 나잇대를 기준으로 의견이 뚜렷하게 갈렸다. 이는 제도 사교계 내에서의 의견과 일치했다. 젊은 층들은 한동안 열린 적 없는 가면무도회가 딱딱하고 격식을 차린 대연회의 무도회 첫날 베풀어지는 데에 열광했다.

게다가 이번에는 가면무도회에 새로운 오페레타가 올라올 거라고 했다. 이번에 사용될 곡은 혜성처럼 나타난 신예 작곡가, 크리스티안 보체티의 곡이라고 했다. 그리고 그 오페레타의 제목은 바로 '가면무도회'. 젊은 귀족 영애, 영식들은 이 신선한 방식에 하나같이 열광했다. 근래에 제도 롬부르크는 상당히 평화로웠기에, 자극적인 재미를 찾는 젊은 귀족들에게는 현재의 사교계가 고루하고 재미가 없었던 것이다.

물론 사만다, 아그네스처럼 이미 나이가 있는 이들은 눈을 가늘게 뜨고 가면무도회를 보았다. 그들이 보기에 모두가 신분을 속인 채 가면을 쓰고 춤을 추고 이야기를 나눈다는 것은, 지나치게 파렴 치하게 느껴졌던 것이다.

일부는 기대로, 일부는 우려로 가면무도회를 기다렸다.

그리고 단 두 사람을 빼면, 첫날 무도회가 가면무도회로 바뀌어 열리는 진짜 이유를 알지 못했다.

비나는 가면무도회가 열릴 것이라는 소식을 듣기 약 2주 전, 루 크레티우스에게서 선물을 하나 받았다.

곱게 포장된 검은 상자였다. 그것을 열어 보고 비나는 정말로 놀 랐다.

"가면?"

상자 속에 든 물건 가장 위에 올려진 것은 깃털과 보석, 진주로 장식된 화려한 가면이었다. 양쪽이 비대칭 형태를 이루고 있는 디 자인이 특이하다.

자체로 마치 예술작품처럼 아름다운 그것을 들어 올리자, 아래에 종이 묶음 하나가 있었다.

비나는 종이 묶음의 표지에 쓰여진 글씨를 천천히 읽었다.

"가면무도회?"

종이 묶음을 펼쳐 본 비나는 곧 깨달을 수 있었다.

"이거, 대본이잖아?!"

표지 바로 아래 첫 장에는 극에 참여하는 이들의 명단이 적혀 있었다.

"세상에! 작곡가가 크리스티안 보체티에, 각본가가 딜마 파렌트야!"

비나는 어깨를 부들부들 떨 정도로 희열에 젖어 있었다. 그야 당연했다. 그녀가 루크레티우스와 함께 비밀리에 했던 몇 번의 공연 데이트에서, 유난히 그녀 취향이었던 각본가와 작곡가가 그들이었기 때문이다.

게다가 딜마 파렌트는 주로 연극 쪽의 각본으로 유명해서, 오페레타에는 잘 참여하지 않았다. 비나가 가장 좋아하는 각본가와 작곡가가 합작을 하는 건 처음이다.

비나는 잔뜩 흥분해서 물었다.

"이, 이거 어떻게 구한 거야?! 응? 이거 이번 가을 시즌에 올라오는 신작인 거지? 어느 극장에 올라온대? 꼭 가 보겠어!"

루크레티우스는 담담하게 대답했다.

"우리 집."

비나의 입이 떡 벌어졌다.

"······뭐?"

"우리 집이라고."

"무슨 소리를 하는 거야?!"

혼란스러워하는 비나에게, 루크레티우스는 긴 손가락을 들어 표지 아래쪽에 쓰인 작은 글씨를 가리켰다. 거기에는 이렇게 쓰여 있었다.

-황실 대연회 첫날 대무도회 초연 공연.

비나는 더욱 경악했다. 그런 그녀에게 다시금 남편의 공격이 연타로 날아들었다.

"이미 캐스팅도 끝났어. 여주인공은 지난번에 당신이 좋아했던 그 아마…… 뭐라고 했지? 황궁에서 공연한 그 여자야."

"아마린체? 아마린체 토울?"

"아, 맞아. 그런 이름이었지."

비나는 너무나도 충격을 받아 들고 있던 대본을 떨어뜨릴 뻔했다. 손에서 힘이 빠져 놓칠 뻔했는데, 여전히 맑은 이성을 유지하고 있던 루크레티우스가 다행히 바닥으로 곤두박질치는 대본을 잡아냈다.

"이, 이게 다 무슨 일이야?!"

여전히 혼란의 도가니 안인 아내를 보며, 루크레티우스는 부드럽게 웃었다.

"뭐긴, 올해 결혼 선물이지."

지난번 공연 이후, 루크레티우스는 고심해서 결혼기념일에 아내에게 줄 선물을 골랐다. 이미 공연 자체는 그녀를 위해서 황궁에서 연 바 있다. 그것을 좀 더 특별하고 색다르게 해 보고 싶었다. 덧붙여서, 황궁 안에서 남들의 눈을 신경 안 쓰고 데이트를 해 보고 싶은 사심도 있었고 말이다. 가면을 쓰고 남들 눈을 신경쓰지 않고서 하는 데이트는 각별할 터다.

사실, 아내에게 잊지 못할 결혼기념일을 선물하고자 하는 것도 사심이라면 사심이리라. 결혼기념일 선물이 공연이라는 말에, 비나의 눈에서는 벌써 별이 한가득 쏟아질 기세였다.

안 그래도 재무대신이 비명을 지르며 예산이 너무 많이 든다고 달려온 것을, 황제의 개인 내탕금으로 자금을 다 대겠다고 말하여 간신히 진정시켰다.

물론 황제의 내탕금이 이 공연과 무도회 한 번에 바닥을 보일 정도는 아니고, 그의 제위 이후 매해 내탕금의 여유분을 모아 왔다고는 하지만, 그래도 이번은 상당히 큰마음을 먹은 이벤트임이 분명했다.

덕분에 루크레티우스의 목소리는 점점 자랑하듯 올라갔다.

"올해는 첫날 대무도회를 좀 특이하게 열어 볼 생각이야."

"이 공연이 다가 아니라고?"

"그래. 실제 가면무도회를 여는 와중에 극이 시작되는 거지. 무도회장에서."

"세상에……."

비나의 목소리는 떨리고 있었다. 루크레티우스는 다정하게 물었다.

"마음에 들어?"

"응! 당연히!"

세상에 이렇게까지 대대적으로 아내의 취미 생활을 지원해 주는 남편이 또 있을까. 비나는 진심으로 감격했다. 귀중한 대본을 다시 상자 속에 곱게 놓고 -절대 떨어뜨릴 수는 없었다- 루크레티우스에게 달려들었다. 더없이 사랑스러운 남편의 입술과 뺨에 연신 입술을 누른다.

루크레티우스는 배부른 표정으로 아내를 끌어안았다.

'이 정도 보상은 있어야지.'

그렇게 막, 부부만의 감격적이고 아름다운 밤을 시작하려던 그였다. 그러나 시도는 곧 무위로 끝났다. 다음 순간, 비나가 눈을 번쩍 뜨며 날카롭게 물었던 것이다.

"그런데 이거 비용 장난 아니었을 텐데, 예산 어떻게 마련한 거야?"

국가 예산을 낭비했다고 말하면 그대로 대본을 다시 쥐고 루크레티우스의 머리를 때릴 기세였다.

그는 쓰게 웃었다. 역시 비나 때문에라도 이제 폭군이 되는 건 무리였다. 그랬다간 옆에서 등짝에 손바닥이 날아올 테니까. 아직 그는 황제의 체면을 지키고 있었다.

"걱정 마. 내 개인 내탕금에서 돈을 냈으니까."

그리고 이는 황후를 안심시키는 대신, 황제의 무덤을 파는 일이 되어 버리고 말았다.

"당신 개인 내탕금? ……그거 절대 이런 공연 예산을 댈 정도는 안 될 텐데? 설마, 당신 딴 주머니 찬 거야?"

비나의 눈매가 매서워졌다.

"……."

루크레티우스의 등줄기에 식은땀이 흘렀다.

그러고 보니 이걸 미처 생각 못 했다. 황족들에게 주어지는 내탕금은 모두 개별적으로 관리한다.

루크레티우스와 비나 역시 같았다. 그러나 서로 받는 금액과 사용하는 금액을 대략적으로 공유하고 있었다. 물론 일일이 장부를 만들어서 제출하는 건 아니다. 서로 구두로 어느 정도라고 이야기하곤 했다.

루크레티우스의 변명은 참으로 옹색했다.

"……그야, 당신에게 이렇게 선물하고 싶어서 따로 준비한 거지."

대륙을 호령하는 황제의 위엄이라기보다는, 월급에서 보너스를 일부 유용해서 딴 주머니를 찬 걸 들킨 남편의 모양새였다. 물론 비나의 개인적인 감상이다.

"정말이겠지?"

"응. 그리고 여윳돈 모아 둔 건, 반은 남겨 놨어. 만약을 위해서 다른 국정에 필요한 예산은 당연히 전혀 건드리지 않았고."

필사적인 변명이었다.

잠시 예리한 눈매로 남편을 보던 비나는 넘어가 주기로 했다. 어찌 되었건, 그가 그녀를 위해서 노력한 것 하나만은 사실이었으니까.

비나는 한숨을 쉬며 남편을 끌어안았다.

"알았으니까, 앞으로는 다 얘기해 줘. 아주 작은 거라도."

루크레티우스는 고개를 끄덕였다.

"응. 걱정하지 마. 오늘 뭘 먹고, 어제 무슨 꿈을 꿨는지까지 모두 보고할 테니까."

비나는 목을 울리며 웃었다.

"그렇게까지 할 필요는……. 아, 아니다."

"응?"

"다 말해 줘. 당신이 뭘 먹고, 무슨 꿈을 꾸고, 내 생각을 얼마나 했는지도 궁금해. 나도 말해 줄 테니까."

"그래. 그러도록 하지."

루크레티우스는 가볍게 그녀의 입술에 입을 맞추고 아내를 답싹 안아 들었다. 비나는 두 팔로 그의 목을 끌어안고서 속삭였다.

"그리고, 정말…… 정말로 고마워."

루크레티우스는 만족스럽게 웃었다.

"별말씀을."

가면무도회 준비는 착착 이루어졌다. 아슬아슬하게 준비가 끝난 시점에 와야 할 소식이 도착했다. 제국 남쪽의 들판에서 가장 먼저 수확한 밀 이삭이 도착한 것이다. 연달아 동쪽과 서쪽에서 수확한 밀 이삭이 도착한다. 마지막은 북쪽이다.

네 방향의 이삭이 모두 도착하자, 황제는 이를 모아 엮은 다음 집무실 천장에 내걸었다. 이것으로 다음 해 풍작을 비는, 동시에 수확제의 시작을 알리는 행사가 끝났다. 올해는 예년보다 조금 일찍 끝났다.

수확제 전야제 행사가 끝나고, 첫째 날이 바로 모두가 기다리는 가면무도회 날이었다.

원래대로라면 황족들을 주축으로 한 대연회가 열리고, 국내외의 빈객들이 초대되어 대륙에서 가장 큰 외교의 장이 되는 것이 관례다.

그러나 이번은 달랐다. 황제부터가 정체를 숨기고 가면을 쓴 채 무도회에 참석하겠다 했다. 원래대로라면 첫날 대연회의 무도회 자리에서 벌어져야 할 외교적인 일들은 둘째날부터 마지막 날까지의 무도회를 통해 이루어지게 될 것이다. 가장 핵심이 되는 것은 마지막 날의 무도회였다.

가면무도회에서만큼은 모두가 자신의 신분이나 처지를 잊은 채, 알아도 아는 체를 하지 않는 것이 불문율. 제도에서 젊은 귀족들을 중심으로 몇 번 소규모 가면무도회가 열린 적은 있었으나, 이리 대규모로 열리는 것은 정말로 몇십 년 만의 일이었다.

일부 귀족들은 역시 황제의 나이가 젊으니 생각도 젊다며 기꺼워했다. 가면무도회가 결정되었을 때는 못마땅해하던 나이 많은 귀족들도, 정작 무도회가 가까워 오자 마치 젊은 시절로 돌아가기라도 한 것처럼 설레어하며 무도회가 필요한 가면과 옷을 준비했다.

설렘과 긴장 속에, 가면무도회의 밤이 막을 올렸다.

밤이 까만 날개를 접고 땅 위로 내려앉자, 이미 황궁으로 들어와 있던 귀족들은 가면과 가발로 정체를 가린 채 밤의 열기 속으로 뛰어들었다.

가면무도회의 무대인 장엄의 홀은 가면을 쓴 남녀로 북적였다. 어지러운 소음이 크리스털 샹들리에가 뿌리는 화려한 빛처럼 온 사방에 퍼진다.

이 자리에 모인 이들의 가장 큰 관심사는 하나였다.

과연 황제가 이 자리에 가면을 쓰고 와 있을 것인가!

다들 눈에 불을 켜고, 과연 누가 황제일지 혹은 황후일지 살핀다. 오늘 가면무도회에 황제 부부가 참여할지의 여부는 밝혀지지 않았다.

　이번 기회에 황제나 황후에게 눈도장을 찍으려는 목적을 가진 자들은 저들끼리 모여 누가 황제일지 속살거렸다. 그들 중에는 황후를 먼저 찾으려는 이들도 있었다. 황후를 찾아내면 그 곁에 황제가 있을 거라는 계산이다. 결혼 이후 4년 동안 황후에 대한 변치 않는 애정을 과시한 그를 생각하면 황후가 있는 곳에 황제가 있지 않을까 하는 것이다.

　그러나 무도회장에서 검은 머리카락은 전혀 눈에 들어오지 않았다. 하긴, 온 사방의 사람들이 다들 가발을 둘러쓰고 있었다. 황후도 자신의 검은 머리가 눈에 띄는 걸 알 테니, 가발로 가렸으리라. 황후를 열심히 찾던 이들은 곧 김이 빠져서 의욕을 잃었다.

　그러나 어떤 역경이 있어도 탐색을 포기하지 않는 이들도 있었다. 바로 10대에서 20대 초반의, 미혼 귀족 영애들. 그들은 황제로 보이는 이를 찾아 눈에 불을 밝혔다.

　오늘 밤 황제의 눈에 들어 춤이라도 한 번 출 수 있다면 바랄 것이 없다는 것이 그들의 생각이었다. 아무리 황제와 황후의 금슬이 국외에까지 알려져 있다 해도, 여전히 황제는 대륙의 제일가는 신랑감이었다.

　공녀제의 폐지가 거론되고 있는 상황이기는 하나, 확정된 것은 아니다. 혹은 공녀제가 폐지되더라도, 후궁제도가 바로 폐지되는 것도 아니다. 황제 루크레티우스의 아내는 현재 황후 사비나 단 한 명이며, 소생 역시 1황녀 하나뿐. 네 명의 황비 자리는 모두 비어 있고, 황제를 사로잡아 아들을 낳는다면 이가 곧 1황자다.

　제 1황위 계승권자!

차기 황제의 어머니가 될 수도 있는 기회가 아직 남은 것이다!

야심 있는 영애들과 그런 딸들을 응원하는 부모들은 열정적으로 황제를 찾았다. 그러나 황제는 대체 어디에 숨은 것인지 오리무중 이었다.

연회에 참석한 이들 중에는 순수하게 무도회 자체를 즐기는 이들 도 많다. 그런 이들은 가면을 쓴 채 서로의 신분과 정체를 모르는 채로, 탐색하며 밀고 당기는 상황을 즐겼다.

색색의 가면을 쓴 젊은 남녀들이 무도회장 가운데에서, 짝을 맞 추어 빙글빙글 돌았다. 그들은 번갈아 가며 짝을 바꾸었고, 쉼 없 이 춤추며 서로가 자신에게 어울리는 사람인지 탐색했다.

어차피 가면을 쓰고 자유로워지는 날. 약혼자가 있는 이들도 오 늘 하루만은 약혼의 굴레에서 자유로워져서 다른 사람을 찾는다. 그러한 젊은이들 가운데, 한 쌍의 남녀가 춤을 시작했다.

"한 곡 추시겠습니까?"

그리 물은 이는 색이 짙은 에메랄드를 뱀의 비늘처럼 빼곡히 이 어 붙인 아름다운 가면을 쓴 남자였다. 흰색의 곱슬머리 가발이 멋 들어지게 등 뒤로 늘어져 리본으로 묶여 있었다.

"……기꺼이요."

남자의 에스코트에 몸을 맡기며 무도회장으로 나선 여자는 언뜻 보기에도 상당히 늘씬하고 아름다웠다.

얼굴을 가린 가면은 비대칭형. 검은색의 오닉스와 흑진주, 진주로 장식된 가면이 유달리 눈에 띈다. 그들은 마치 오랫동안 서로 춤을 맞춰 본 파트너처럼 자연스럽게 춤을 추었다.

스탭이 얽히고, 시선이 만난다.

음악이 끝나고, 춤이 멎는다.

막 트릴을 춘 남녀는 약간 숨이 찬 목소리로 대화를 나누며 무도회장 가장자리로 걸어 나왔다. 여자는 부채를 팔랑이며 중얼거렸다.

"춤을 너무 격하게 춰서일까요? 여긴 너무 덥네요."

"……그러면 정원으로 함께 나가시겠습니까? 레이디?"

남자가 손을 내밀었고, 여자는 고개를 끄덕이며 그 위에 제 손을 얹는다.

"그러죠. 정원 공기는 시원할 것 같네요."

젊은 남녀가 다정하게 팔짱을 끼고서 정원으로 나섰다. 그들은 누가 보아도 연인이나 부부처럼 보일 정도로 친밀해 보였다.

그들은 무도회장을 나오자마자 즐거워하거나 기뻐하기도 전에 놀라야 했다. 여자가 갑작스레 발이 걸려 넘어질 뻔했던 것이다.

"꺅!"

"괜찮은……, 괜찮으십니까?"

넘어질 뻔한 여자를 남자가 잡아 준다. 그들은 잠시 당혹했다가 곧 정신을 차렸다.

그들은 경악하고 말았다. 여자가 멀쩡한 정원에서 넘어질 뻔한 원인이 전혀 예상하지 못한 것이었기 때문이다.

"어머……?"

"이런⋯⋯."

다리 네 개가 정원수 아래로 비죽이 빠져나와 있었다. 서로 정신 없이 얽힌 다리가 외설적으로 움직였고, 연달아 민망한 소리가 울린다. 여자는 바로 이 다리에 걸려 넘어질 뻔한 것이다.

정원수 수풀 안에서 가쁜 신음 소리가 울렸다.

"으, 응? 누, 누가 옆에 있는 것⋯⋯ 같아요!"

"어차피 가면무도회에서는, 누구도 이런 일은 신경 쓰지 않소! 흑!"

그 신경 쓰는 이들이 바로 앞에 있는데 말이다.

원래 가면무도회라는 것은 점잖음과는 거리가 있는 법이다. 당연히 참여하는 이들 모두가 평소보다 대담하고 화려한 가면으로 얼굴을 가린 채, 맨 얼굴로는 할 수 없는 일들을 대담하게 하고는 했다. 이들처럼.

"⋯⋯."

"⋯⋯."

예상 못한 광경에 놀라 소금기둥처럼 굳은 두 남녀 앞에서, 더더욱 질펀한 광경이 펼쳐진다. 정원수 밖으로 빠져나온 다른 두 남녀의 다리가 더욱 열정적으로 움직이기 시작한 것이다. 신음소리도 한층 적극적으로 변했다.

"그렇네요! 모두가⋯⋯ 우리처럼⋯⋯, 이럴 거예요!"

"그, 그렇소! 당신은⋯⋯ 정말 대단하군요⋯⋯! 으흑!"

-부슥부슥!

불쌍한 정원수는 사시나무처럼 떨며 사철 푸른 잎을 사방에 떨구었다. 가여운 정원수를 괴롭히는 중인 그들은 도리어 보는 눈이 있다는 것을 알자 더욱 적극적이 된 것 같았다.

결국 자리를 피한 것은 좀 더 이성과 염치가 있는 쪽이었다. 뒤늦게 나왔다가 봉변을 당한 가면 커플은 주춤주춤 뒤로 물러났다.

❧❧❧

이후, 그들은 한참 동안 여기저기를 배회해야 했다. 정원 안에 그들이 가는 곳마다 비슷한 광경이 펼쳐져 있었던 것이다. 가면으로 얼굴을 가린 남녀들이 음탕한 웃음을 흘리며 서로 엉겨 붙어 곳곳에서 정원수나 바위를 괴롭히고 있었다.

곳곳을 쫓기듯 다니던 커플은 간신히 정원 한구석의 나무 아래에서 자신들만의 시간을 가질 수 있었다.

"하아!"

여자는 더는 참지 못하고 가면을 벗어 던졌다. 반짝이는 검은 눈동자가 드러난다.

그녀. 조금 전 연회장의 많은 이들이 찾던 황후, 사비나가 길게 한숨을 쉰다.

"가면무도회가 설마 이 정도일 줄은 몰랐어."

그러자 함께 나온 남자도 가면을 벗는다. 녹색 가면이 벗겨지자, 조각 같은 흰 얼굴이 달빛 아래 드러난다. 남자는 녹색 눈을 빛내며 씨익 웃는다.

"확실히 아까 그 장면은……, 나도 좀 당황스러웠어."

남자는 루크레티우스였다. 연회장 안에서 그가 가면을 벗었다면, 아마도 수십이 넘는 영애들이 비명을 지르며 그에게 달려들었으리라.

아마도 조금 전 비나가 발이 걸려 넘어질 뻔한 원인을 제공한 남녀든, 지나가는 곳마다 헐벗고 있던 다른 남녀들이든, 황제와 황후가 자신들 곁을 지나갔다는 것을 알면 놀라서 기절초풍할 것이다.

"나도 설마 이 정도로 난장판일 줄은 몰랐거든."

난장판. 정확한 표현이다.

비나는 눈을 동그랗게 떴다. 그녀를 놀라게 한 것은, 루크레티우스의 말이 가진 다른 의미였다.

"당신은 그래도 가면무도회 참석해 보지 않았어?"

"난 사실 무도회는 별로 관심이 없었어서 말이야. 게다가 내가 주로 나가는 황실 무도회는 고루하고 보수적이라, 이런 상황은 처음 경험해 봐."

비나는 고개를 갸웃했다. 바로 납득하지 못한 듯했다.

"정말? ……안 어울리는데."

아내로부터 가혹한 평을 받은 남자의 얼굴에 억울함이 스쳤다.

"그건 무슨 의미야? 내가 이런 파티에 밥 먹듯이 드나들어야 어울린다는 것처럼 들리는데."

비나는 애매하게 말을 흐렸다.

"아니, 그런 의미까지는 아니고……. 당신이 워낙 화려하게 생겼으니까 그런 화려무쌍한 자리에 잘 어울린다는 거지."

그러나 그녀의 말 돌리기는 실패하고 말았다.

루크레티우스는 여전히 잘난 얼굴을 제 손으로 가리키며 묻는다.

"사람을 외모로 차별할 셈이야?"

"외모로 차별?"

"당신 말은 내가 이렇게 잘생긴 얼굴을 타고났으니, 당연히 문란한 사생활을 보냈을 거라고 생각했다는 소리잖아."

······자화자찬인지 자학인지 헷갈린다.

"뭐, 틀린 말은 아니지 않아? 당신 전 부인도 있었고, 약혼자도 많았고······, 지금도 당신이 고개만 까딱하면 달려올 여자들이 마차 몇 대는 다 채우고도 남을 텐데."

이런 대답이 나온 이유는 사실 오랜 선입견 때문이다. 비나의 고향인 한국에 이런 표현이 있는 것이다.

'얼굴값 한다.'는 말.

비나는 그 말을 지금 남편을 처음 만났을 때부터 자주 떠올렸었다. 어떤 의미로는, 그녀의 남편은 매우 얼굴값을 하는 남자였으니까.

비나는 매우 뾰로통하게 속삭였다. 그녀의 남편은 그녀가 그렇게 굴면 매우 즐거워하고는 했다.

"그러니까 난 차별을 한 게 아니라고. 당연한 사실을 말한 거지."

비나는 잘 알았다. 그는 통통 튕기면 좋다고 쫓아오는 종류의 남자다.

'정말이지 특이한 취향이라니까.'

그러자 루크레티루스는 손을 뻗었다. 비나의 뺨과 턱을 부드럽게 손바닥으로 감싼다.

"비나."

"응."

"이미 말했었지? 마차 몇 대가 아니라 황궁 전체를 다 여자로 채워 놔도, 난 당신 하나 말고는 여자로 안 보여."

잠시 남편을 올라다보던 비나는 소리 없이 비명을 지르며 어깨를 움츠렸다.

'바, 반칙이야! 내가 튕겼다고 느끼함으로 공격하기가 어디 있어?!'

이제 그녀도 루크레티우스의 느끼함에는 저항력이 상당히 길러졌다고 자신하고 있었다. 그러나 오산이었다. 그녀의 내성이 강해지는 것 이상으로, 그의 느끼함도 나이를 먹으며 점점 농후해지고 있었다.

루크레티우스는 비나가 부들부들 떠는 것을 보면서도 멈추지 않았다. 아내의 손등에 가볍게 키스하며 그는 마지막 결정타를 날렸다.

"나의 사랑하는 작은 새⋯⋯."

비나는 견디지 못하고 외쳤다.

"그, 그만해!"

그러나 그녀의 남자는 멈추지 않았다.

"이렇게 바들바들 떨다니, 여전히 젖은 새처럼 연약한⋯⋯."

비나는 끝이 오그라드는 두 손을 뻗었다. 그리고 느끼한 단어를 토해 내던 남자의 입술은, 그녀의 입술에 막혔다.

"⋯⋯."

"⋯⋯."

그녀가 바라는 대로 루크레티우스의 공격이 멈추었다. 이것은 무언의 약속이기도 했다.

그들은 정신없이 서로를 탐닉했다.

달빛은 여전히 밝았다. 그러나 위치는 바뀌었다. 검은 하늘의 한 가운데에서 환히 빛나던 달은 그 느린 걸음으로 천천히 서녘으로 내려가고 있었다.

두 남녀가 정원수 속에서 천천히 걸어 나왔다.

루크레티우스는 비나의 머리카락과 어깨에 묻은 나뭇잎, 풀을 정성스럽게 떼어 주었다. 비나는 걱정스럽게 물었다.

"드레스는 괜찮아?"

"걱정 마. 흙은 안 묻게 신경 썼으니까. 그래도 모르니 한 바퀴 돌아 봐."

그의 말을 따라, 비나는 한바퀴 빙글 돌았다. 풍성한 치맛자락이 둥글게 펼쳐진다.

루크레티우스는 고개를 끄덕였다.

"이상 없어."

비나는 비뚤어진 가발을 바로잡으며 중얼거렸다.

"다행이네. 옷에 흙 묻은 채로 돌아갔다간 사만다나 아그네스 보기 민망할 거야."

루크레티우스는 키득키득 웃었다.

"민망할 게 뭐 있어? 어차피 내가 당신이랑 같이 나간 건 다들 아는데."

비나는 목소리를 낮추었다.

"그러니까 민망한 거라고오! 도대체가……!"

발칵 화를 내던 비나는 곧 제풀에 지쳐 중얼거린다.

"화내니까……, 더 더워."

늦가을. 아직 공기에 여름의 기운이 남아 있었다. 그런 중에 두터운 무도회용 드레스를 입고 몸을 격하게 움직이면 당연히 더울 수밖에 없다. 그 격한 운동(?)의 원인을 제공한 루크레티우스는 군말 없이 비나의 손에서 부채를 받아 들더니 열심히 부치기 시작했다.

"어때?"

"조금 낫……지 않네. 간에 기별도 안 가."

작은 쥘부채로 열기를 다 몰아내긴 무리다. 루크레티우스는 고심했다.

"음. 그럼 내가 잠깐 들어가서 시원한 음료수라도 받아 올까?"

비나는 잠시 끌린 듯 눈을 크게 떴다가, 곧 고개를 저었다.

"지금 상황에 이 정원에 혼자 있는 건 좀 아닌 것 같아."

"……아. 그건 그렇군."

여전히 정원 구석구석에서는 발정 난 고양이를 연상시키는 소음이 울려 퍼지고 있었다. 이런 곳에 여자 하나만 달랑 놓고 들어가는 것은 옳은 선택이 아니다.

루크레티우스는 안타까운 얼굴로 아내를 보았다. 비나가 많이 더울 만하기는 했다. 안 그래도 긴 머리를 틀어 올린 상태에서 길고 화려한 가발을 썼다. 게다가 비나의 특이한 피부색을 가리기 위해 평소보다 분을 더욱 진하게 바른 상태.

가만히 있기만 해도 땀이 날 텐데, 오랜만에 사람들의 시선에서 벗어난 채로 춤을 추게 되었다고 신나서 스텝을 밟아 더더욱 열이

나는 듯했다. 물론 그게 이유의 전부는 아니겠지만. 루크레티우스
가 소매로 땀을 닦아 주려 하자, 비나가 막았다.

"옷에 분 다 묻어. 화장도 지워질 거고."

비나가 더워하는 데 그가 이렇게 안절부절못하는 이유가 있었다.
비나가 베아트리체를 임신했을 때, 더운 여름에 유달리 더 고생했
던 것을 기억하고 있었던 것이다. 힘들어하며 땀 흘리는 모습이 그
때를 연상시켜서 더럭 걱정이 들고 만다.

"이만 들어갈까? 어차피 오늘 연회는 안 나와도 상관없잖아. 참
석하겠다 확정해 놓은 것도 아니고, 대연회 일정은 앞으로도 길게
잡혀 있어. 공식적인 자리도 많고."

그러나 비나는 땀을 흘리면서도 꿋꿋하게 고개를 저었다. 이유는
간단하면서도 분명했다.

"안 돼. 아직 공연 못 봤어."

"……."

그녀는 더없이 진지했고, 결연하기까지 했다.

"내 눈으로 역사적인 첫 공연을 꼭 봐야지. 다 보고 들어갈 거야."

루크레티우스는 말없이 부채를 부치는 손에 힘을 주었다.

비나는 고개를 반짝 들고 남편을 바라보았다.

"예산이 얼마나 들었는지 생각해 봐. 본전은 뽑아야지. 꼭 직접
다 볼 거야!"

루크레티우스는 결심했다.

그냥 앞으로는 가면무도회처럼 복잡한 건 하지 말아야겠다. 평범
한 공연을 열게 하거나, 제도의 공연장으로 데이트를 나가는 게 몇
배는 낫다.

깨달음은 한참 늦게 찾아왔다.

—뎅. —뎅. —뎅.

종이 열두 번 울렸다. 이는 곧, 오늘 가면무도회의 하이라이트가 시작된다는 의미였다. 정원이나 무도회장 근처의 빈 방으로 뿔뿔이 흩어졌던 이들이 하나둘씩 장엄의 홀로 돌아왔다.

"오늘 남자주인공이 누구였죠?"

"지난번 황실 공연 때와 남자 주연은 다르다고 하더군요. 여자 주연은 그대로인데요."

"아마린체 토울 말이군요. 훌륭한 소프라노죠. 정말로 기대되는군요."

"요즘 크리스티안 보체티는 제도의 공연계를 완전히 지배하는 것 같아요."

"저는 그래도 쥬세페 로아노의 곡이 더 취향이었는데 말이에요……."

"그러고 보면 쥬세페는 아예 사라져 버린 건가요? 아예 신곡을 내지 않던데요."

공연을 앞두고 있어서인지 모두가 입에 올리는 화제는 유명한 배우나 작곡가, 각본가들에 관한 것들이었다.

다시 가면을 쓴 비나와 루크레티우스 역시 그들 사이에 끼어 있었다. 인파의 흐름 속에서, 비나는 남편의 든든한 팔에 안겨 두근거리는 가슴을 애써 눌렀다.

'세상에, 크리스티안 보체티와 딜마 파렌트의 신작을 내 눈으로 보다니!'

그녀의 심장은 세차게 두방망이질 치고 있었다.

그녀는 과거 한국에서 중고등학교 시절, 아이돌을 보고 열광하던 친구들을 도저히 이해하지 못했었다. 가장 친한 친구였던 소미가 학교도 땡땡이치고 아이돌 콘서트를 보러 가는 걸 면박을 주곤 했었다. 물론 굿즈를 사거나 티켓을 잡는 건 도와주긴 했었지만, 그 팬심을 다 이해하지는 못했던 것이다.

그러나 몇 년이나 지나고 아예 다른 차원으로 와서, 결혼하고 애 엄마까지 되고 나서야, 뒤늦게 친구의 마음을 이해했다.

'그때 구박해서 미안, 소미야!'

팬심이라는 것을 뒤늦게 깨달은 비나는 때늦은 후회의 눈물을 흘렸다. 그렇게, 옆에서는 자신의 남편이 못마땅한 표정을 짓고 있는 것을 모른 척한 채, 오늘 밤의 공연이 시작되었다.

모든 조명이 꺼졌다. 검은 밤의 장막이 모두의 머리 위를 이불처럼 내리덮는다. 다들 숨죽여, 아주 작은 소리라도 세세하게 들릴 지경이다.

그때였다. 밤의 어둠을 번개처럼 내리친 조명이 가른다. 동시에 높은 미성이 쥐죽은 듯 늘어진 고요를 갈랐다.

"아아─, 오늘 밤은 누가 나의 외로움을 달래 줄까─."

그 목소리를 들은 순간 모두가 눈치챘다.

'아마린체 토울!'

오늘 공연의 여주인공. 밤의 프리마돈나였다. 누군가가 작게 탄성을 내질렀다.

"세상에, 설마 정말로 무도회장을 무대로 삼는 거였다니……."

다들 같은 심경이었다. 지금까지 배우가 정해진 무대가 아닌, 관객들 사이에 서 있다가 조명을 받으며 갑작스레 등장하는 것은 유례가 없는 일이다. 모두가 그 신선한 파격에 놀랐다.

여주인공은 소리 높여 노래 부르며 무대의 중앙으로 천천히 걸어 나왔다. 주변의 관객들이 비켜 주면서, 자연스럽게 진짜 무대가 완성된다.

그녀의 첫 곡이 끝남과 동시에, 다시금 조명이 벼락처럼 내리쳤다. 이번에는 바닥을 내리덮은 듯한 저음이다. 극의 여주인공이 애정 없는 결혼에 절망하며 진정한 사랑을 갈구하는 노래에 대한 답가였다.

"매정한 나의 칼리타ㅡ. 그녀는 나의 마음을 알고 있을까ㅡ."

서로 사랑하면서도 그 사실을 알지 못하는 부부가 상대방에 대한 자신의 마음을 토로하는 노래였다.

그들은 가면무도회에서 서로 정체를 모른 채 만나 사랑에 빠진다. 긴 오해와 역경을 거쳐, 마침내 진정한 부부가 된다는 줄거리였다.

그렇게, 이후 수백 년간 가르덴부르크 대륙에서 수천 번이 넘게 공연될, 역사에 길이 남을 전설적인 작품 '가면무도회'의 막이 올랐다.

비나는 흐르는 눈물을 주체하지 못했다. 상상 이상의 공연이었다. 그녀는 훌쩍거리며 속으로 중얼거렸다.

'대본 미리 안 봐 두길 잘했어!'

엄청난 인내심을 발휘한 끝에, 비나는 루크레티우스가 선물로 준 대본을 미리 읽지 않는 데 성공했다.

어마어마한 유혹이었다. 인내는 쓰고 열매는 달다 하던가. 과연 그 말대로였다. 비나는 기다리고 또 기다리던 공연을 미리 스포일러를 당하지 않고 완전하게 감상할 수 있었다. 이제 방으로 돌아가면 대본을 샅샅이 읽어 볼 것이다.

그녀는 반짝 뒤돌아, 남편을 바라보았다.

"정말 고마워. 최고의 공연이었어! 나, 진짜 감동했어."

루크레티우스는 환하게 마주 웃었다.

"마음에 들었다니, 다행이군. 내 *비자금*을 턴 보람이 있어."

비나는 까르르 웃으며 그의 품에 안겼다.

"그 *비자금*은 모르는 척 해 줄게. 당신 하고 싶은 대로 해."

"이거……, 조금 부담되는데? 앞으로도 이런 이벤트를 열어 달라는 말로 들려."

"어머. 벌써 눈치챈 거야?"

두 사람은 와르르르 웃었다.

그때였다. 인적이 드문 장소인데 누군가의 발소리가 들려왔다.

두 사람 모두 정체를 들킬 염려는 없었지만 그래도 긴장이 될 수밖에 없다. 비나와 루크레티우스는 천천히 뒷걸음질 쳤다. 그들이 눈에 잘 안 띄는 곳으로 숨자마자, 마치 기다렸다는 듯이 가면을 쓴 두 남녀가 빈 복도에 들어섰다.

두 남녀 중 여자를 보고, 비나는 속으로 놀람의 비명을 삼켜야 했다. 저 가면과 드레스는 분명히 조금 전, 그녀가 뚫어져라 바라보았던 것이다.

'아마린체 토울!'

제도 최고의 소프라노, 프리마돈나.

그녀는 붉은 입술을 열어 고운 목소리를 내놓는다.

"크리스티안. 어떻게 여기 있었던 거예요?"

비나는 속으로 아마린체가 말한 이름을 입에 올렸다.

'크리스티안? 크리스티안 보체티? 맙소사!'

오늘 공연된 가면무도회의 작곡가. 현재 그가 작곡한 노래들은 제도의 극장에서 절찬리에 상연되고 있었다. 그리고 그의 노래는, 비나가 모든 오페레타 중 가장 좋아하는 노래들이기도 했다. 비나는 잔뜩 소리를 낮추어 루크레티우스에게 물었다.

"저 사람 크리스티안 보체티 맞아?"

루크레티우스는 갸웃했다.

"몰라."

"당신이 이번 공연 스폰서 했잖아. 그리고 크리스티안이 작곡가고."

그러자 루크레티우스는 어깨를 으쓱할 뿐이었다.

"이번 공연은 바나우 극장의 극장주가 준비하고 있던 거야. 난 그 소식을 듣고, 궁내부장을 통해서 바나우 극장주와 접촉한 것뿐이야. 실무는 전부 그자와 궁내부장이 했어."

덕분에 모든 배우를 여자로 쓴다는 그의 야심은 불발로 끝나고 말았다. 아무리 그가 이번 공연을 주도했다고 해도, 일국의 황제가 일개 작곡가나 각본가와 직접 만나는 것은 이상했다. 비나는 궁내부장에게 나중에 고맙다고 해야겠다는 생각을 떠올리고는, 계속해서 귀를 기울였다.

그녀가 가장 좋아하는 소프라노와 제일 좋아하는 작곡가가 심상찮은 사이인 것 같았다. 게다가 크리스티안 보체티는 정체를 드러내지 않는 것으로도 유명하다고 언뜻 들었다.

비나는 두근거리는 가슴을 안고 벽에 납작하게 기대어 두 귀를 활짝 열었다. 덩달아 루크레티우스도 체통 따위 잊고 그녀의 옆에 바짝 붙었다.

"오늘도 멋졌어, 아마린체. 역시 제도 명실상부한 최고의 소프라노답군."

비나의 눈이 토끼눈처럼 커졌다.

'어? 이 목소리?'

크리스티안이라 불린 남자의 목소리, 어쩐지 귀에 익었다.

"크리스티안! 사실대로 말해 줘요. 아까 공연 중에 당신을 보고 얼마나 놀랐는지 알아요?"

그녀의 애절한 목소리는 조금 전, 오페레타에서 가면을 쓴 남편에게 진짜 당신의 모습이 무엇이냐며 묻던 칼리타와 똑같은 어조였다.

'우, 우와! 역시 가수는 평소 목소리도 이렇게 소름이 끼치는구나.'

한 팬의 가슴은 감격으로 두근두근 울리고 있었다.

크리스티안은 어쩔 수 없다는 듯이 웃었다. 그리고 마침내, 가면을 벗는다.

루크레티우스와 비나가 있는 곳에서는, 그 남자의 얼굴이 잘 보였다. 비나의 입이 떡 벌어졌다.

'로베르토 데 로넨시아?!'

그녀의 옆에서 루크레티우스 역시 놀란 듯 눈을 크게 뜬다.

제도 공연계를 휩쓸고 있는 혜성 같은 작곡가의 정체가, 로넨시아 공작가의 차남 로베르토라니? 알려지면 엄청난 화제가 될 이야기다.

대중적인 인기야 엄청나지만, 작곡가나 가수는 유서 깊은 귀족가 출신이 하기에는 하찮은 일로 받아들여지는 것이 보통이다. 이를 생각하면 로베르토가 자신의 정체를 숨긴 것도, 이해 못할 바는 아니지만······.

예상 못한 뜻밖의 정보에, 루크레티우스와 비나 모두 당황해 있던 차였다. 놀람이 앞서서 경계가 느슨해진 때문일까?

로베르토가 갑자기 주변을 두리번거리기 시작했다. 그리고, 인기척을 느낀 그 시선이 루크레티우스와 비나를 향한 것은 순식간의 일이었다.

"······."

"······."

"······."

세 쌍의 눈이 서로 마주쳤다. 세 명 분의 침묵이 짙게 내리깔린다. 갑작스런 로베르토의 움직임에 의아해하며 고개를 내민 아마린체도 숨어 있던 두 사람을 발견하고 말았다.

"헉!"

그녀는 진심으로 놀라, 어쩔 줄 몰라 하고 있었다.

비나는 식은땀을 줄줄 흘렸다. 그리고 가면을 쓰고 있어서 정말 다행이라고, 속으로 중얼거렸다.

'황제, 황후씩이나 되어서 남의 대화나 엿듣다가 들키면 그게 무슨 개쪽이야!'

그런데, 그나마 정체까지 들킨 건 아니라 다행이라는 그녀의 위안은 길게 이어지지 못했다. 로베르토가 두 사람 앞에서 무릎을 꿇으며 이렇게 말한 것이다.

"로베르토 데 로넨시아가 크루가디아와 올렌, 노스산투스의 주인이시며 일한의 왕이신 대제국 크렌시아의 황제 폐하를 뵙습니다. 그리고 제국의 지고하신 황후 폐하를 뵙습니다."

비나는 소리 없이 외쳤다.

'망했다!'

대체 어떻게 한 번에 보고 안 건지 모르겠다. 아까 무도회 때는 이미 안면이 있는 이들도 두 사람을 전혀 눈치채지 못했었다. 그런데 이렇게 바로 눈치채다니?

먼저 반응한 것은 루크레티우스였다.

그는 태연하게 가면을 벗었다. 흰 대리석을 조각한 듯한 아름다운 얼굴이 드러난다. 그는 딱딱한 표정으로 고개를 까딱거려, 로베르토가 바친 최고의 예에 답했다.

"처음 보는군. 로베르토 공자."

"뵙게 되어 더없는 영광입니다."

루크레티우스의 어조는 위엄이 넘쳤다.

"코르넬리우스가 생전에 그대 걱정을 꽤 했었지. 그래서 기억하고 있었네."

본궁에서 알현을 받는 것처럼, 더없이 자연스러운 태도였다. 도저히 조금 전까지 숨어서 남의 대화를 엿듣다가 들킨 사람 같지 않다.

비나는 눈치챘다.

'아, 뻔뻔하게 나가기로 한 거구나!'

하긴, 그게 답이기는 했다. 이곳은 신분제 사회다. 그러니 신분이 깡패였다. 그 깡패 세력의 정점에 서 있으니, 유리한 건 마음껏 이용한다—라는 것이, 평소 루크레티우스의 지론이다.

그리고 부부는 일심동체라 했던가. 비나 역시 빠르게 태세를 바꾸었다. 누가 보아도 흠잡을 곳 없는 황후라는 듯한 태도로 가면을 벗고, 환하게 웃는다. 공식적인 자리에서 비나가 내세우는 트레이트 마크, 그녀의 표현을 빌리자면, 황후 폐하의 특제 스마일이다.

"어머. 이런 곳에서 뵙게 될 줄은 몰랐네요, 로베르토 공자."

"다시 뵙게 되어 영광입니다. 황후 폐하."

그때였다.

위엄 있는 황제와 우아한 황후, 그리고 눈치 빠른 공자 뒤쪽에서 경악한 가수가 홀로 몸을 떨었다.

"세, 세상에……. 황제 폐하? 황후……폐하?"

멍하니 말을 더듬던 아마린체는 곧 로베르토의 뒤에 털썩 주저앉으며 외쳤다.

"가, 감히 미천한 아마린체가 두 분 폐하를 뵙습니다! 부디 무례를 용서해 주시길!"

그녀의 고운 목소리는 온데간데없이, 아마린체는 가엾게도 거의 비명을 지르고 있었다.

루크레티우스는 매끄럽게 화제를 다른 곳으로 돌렸다.

"그런데 로넨시아가의 둘째가 그리 유명한 작곡가라는 말은 듣지 못했는데 말이야."

그러자 로베르토는 부드럽게 웃으며 고개를 숙인다.

"보잘것없는 취미일 뿐입니다."

그러자 전혀 예상 못한 방향에서 태클이 들어왔다. 비나가 눈을 반짝이며 외친 것이다.

"보잘것없다니, 그 무슨 겸양의 말씀을……! 크리스티안 보체티가 제도 공연계에 끼친 영향을 아는 사람들은 절대 그렇게 말하지 못할 거예요."

로베르토는 감격한 듯 비나에게 소개를 숙였다.

"그리 말씀해 주시니……, 감사합니다, 황후 폐하."

"별말씀을요. 저는 그저 사실을 말한 것뿐인 걸요."

비나는 진심이었다. 로베르토, 아니 작곡가 크리스티안 보체티는 그녀가 오페레타라는 장르에 빠져들게 한 가장 큰 원인 중 하나였으니까. 비나의 가슴속에서, 두근거리는 팬심이 다시금 퐁퐁 솟아나고 있었다.

'세상에, 내가 가장 좋아하는 작곡가 선생님이셔!'

—라고 외치는 듯한 표정.

그녀는 이전에 로베르토를 만났을 때 그에게서 받은 미심쩍은 느낌은 아예 잊어버린 듯했다.

비나의 상기된 얼굴을 보고 루크레티우스의 미간에 미묘하게 주름이 간다. 아마 조금 삐딱한 목소리가 나온 것은 그 때문이리라.

"공작이나 공작부인이 알면 그다지 좋아하지 않겠군."

그러자 로베르토는 눈에 띄게 움찔했다.

"네, 그렇습니다. 특히 어머님이 아시면 제 서재에 숨겨 둔 악보를 전부 불태워 버리시려 할 겁니다. 숨어서라도 작곡은 엄두도 못 내겠죠. 사실 제국 아카데미에 다닐 때도 음악 관련 수업을 지나치게 많이 듣는다며 혼이 나곤 했었거든요."

루크레티우스의 눈이 위험스레 빛난다. 그걸 눈치챈 비나는 다른 누구보다 빠르게 남편의 허리를 살짝 찔렀다. 루크레티우스의 시선이 그녀에게 닿는다. 비나의 시선이 외치고 있었다.

'안 돼!'

그 눈빛으로 외친 한 마디에, 간신히 작곡가 크리스티안 보체티의 수명이 연장되었다. 루크레티우스는 못마땅해하면서도, 막 공연이 끝났을 때 비나가 얼마나 감격에 겨워했는지를 기억하려 애썼다. 나름대로는 초인적인 인내심을 발휘하는 중이었다.

지금 그가 성격대로 했다간 나중에 비나에게 선물할 것들의 레퍼토리 중 하나가 사라질 것이다. 그리고 정말로 어떻게 '처리'를 하더라도, 지금은 아니다. 비나가 보는 앞에서 그녀가 존경하는 '작곡가 선생님'에게 해꼬지라도 했다간, 두고두고 원망을 받을 테니 말이다.

일단은 참아야 했다. 때문에 루크레티우스는 다시 위엄 넘치는 황제의 모습으로 돌아왔다.

"그러고 보니 아까의 멋진 공연에 대해 감사 인사를 제대로 하지 못했군. 황후가 아주 기뻐했어. 드문 일이지."

로베르토는 깊이 고개 숙였다. 태도는 흠잡을 데 없으나, 어딘지 모르게 건성으로 느껴지는 건 루크레티우스가 그를 삐딱하게 보고 있기 때문일까?

"과분한 칭찬이십니다, 폐하."

그러자 루크레티우스는 로베르토 뒤에 숨듯이 선 여자에게로 시선을 돌렸다.

"오늘 밤의 프리마돈나로군. 참으로 아름다운 목소리였어. 연기 역시 흠잡을 데가 없었고."

고압적인 말투이나, 황제가 일개 가수에게 내리기에는 과분하다는 표현이 딱 맞는 상찬이다. 계속 굳어 있던 아마린체의 얼굴이 기쁨으로 상기된다.

"가, 가, 감사합니다. 여, 영광입니다!"

확실히 황궁의 예법에는 그다지 익숙하지 못한 듯했다. 당연하다. 그녀는 애초에 작위도 없는 평민 출신이며, 황궁에 든 것도 오늘이 겨우 두 번째였으니까.

루크레티우스가 바란 대로 그의 주의가 아마린체에게로 돌아가자, 비나의 반응이 있었다. 별처럼 반짝이는 비나의 눈빛이 방향을 바꾸었던 것이다.

"맞아요. 매번 느끼는 거지만, 정말이지 그렇게 미성인데도 성량이 대단하세요. 장엄의 홀처럼 거대한 공간을 확성기 같은 것도 없이 단번에 울려 버렸잖아요."

비나는 반짝반짝한 눈으로 아마린체에게 다가섰다.

그 눈빛을 보고, 아마린체는 기억해 냈다. 그녀가 처음으로 황궁에서 공연하는 영광을 안았던 그날. 공연이 끝난 뒤, 쥐죽은 듯한 정적이 거대한 공간을 가득 채웠던 그 순간을.

아마린체는 더럭 겁을 먹었더랬다.

혹시나 실수한 것은 아닐까? 황제 일가 앞에서 벌어진 어전 공연이다. 그런 큰 자리에서 자신도 모르는 실수를 했다거나, 관객들에게 전혀 인상을 주지 못하는 형편없는 공연을 한 것은 아닐까. 그렇게 심장이 얼어붙는 것처럼 두려웠다.

이 기회는, 그녀에게 무엇보다도 중요했으니까.

원래 아마린체는 몰락한 기사가문의 딸이었다. 귀족가의 말예라는 것에만 집착하며 자존심을 내세우던 아버지가 받는 기사로서의 월봉은 일가의 생활을 지탱하지 못했다.

어머니는 상인 가문의 딸로 태어난 사람이라, 원래는 가수가 되는 것이 꿈이었다 했다. 아버지를 만나 야합에 가까운 결혼을 하며 그 꿈을 접어야 했으나, 그 재능은 하나뿐인 딸 아마린체에게 그대로 계승되었다. 어머니는 가끔 딸이 노래를 부르면 드물게 진심으로 웃고는 했다.

늘어 가는 집안의 빚을 갚기 위해 어머니는 온갖 허드렛일을 했고, 그런 어머니에게 아버지는 집안에 먹칠한다며 화를 내곤 했다. 결국 과로로 어머니가 돌아가시고 집안이 망할 지경에 이르자, 아버지의 주군이 소개해 주었다는 늙은 남작이 겨우 열다섯의 그녀를 후처로 데려가려 했다.

아마린체는 그날 밤 어머니의 유품을 챙겨 집에서 도망쳤다. 그리고 제도로 올라와 무작정 극단에 허드렛일을 하는 하녀로 취직해서 귀동냥으로 노래를 배웠다.

그것이, 그녀의 시작이었다.

그녀는 필사적으로 노래했다. 귀로 듣고 그저 불렀다. 다행히도 그녀가 가진 재능은 실로 비범한 것이라, 주머니 속의 송곳처럼,

그녀의 존재는 곧 주변에 알려졌다.

아마린체는 어머니의 몫까지 부르기 위해 애썼다. 그녀에게 있어 실패란 어머니의 인생까지도 실패하는 것이었다. 그것만은 견딜 수가 없어서, 아마린체는 더욱 필사적으로 노력해 왔다.

그리고 마침내 서게 된 최고의 무대.

그런데, 무대가 끝난 뒤 이러한 적막은 처음이었다.

나는, 여기까지인 걸까?

지독한 절망감이 어둠처럼 그녀를 삼키려 했다.

그때였다. 그 두려움 속에 내던져진 아마린체를 구원한 것은, 가장 앞자리에 앉아 있던 한 여인이었다. 그녀는 눈부시게 환한 미소를 빛내며 직접 몸을 일으켰다. 그리고 아낌 없는 박수를 보냈다.

그녀가 앉은 자리는 무대에서 가장 가까운 곳. 황제와 황후, 황녀만이 앉을 수 있는 곳. 황후 사비나가 분명했다.

황후가 앞장서서 그녀의 공연에 대해 전례 없는 극찬을 보내자, 주변의 귀족들은 모두 놀라워하며 황후를 따랐다. 마침내는 황제마저 자리에서 일어나 그녀의 공연에 최고의 찬사를 주었던 것이다.

그날의 감격을, 아마린체는 아직도 생생하게 기억했다.

"화, 황후 폐하……!"

그날 본 그 눈빛이다.

이 사람이 황후라는 것은, 로베르토와 황제의 반응으로 알고 있었다. 그런데 이렇게 직접적으로 실감하게 된 것은, 아마린체가 너무나도 감격하며 내내 소중히 하고 있던 기억 때문이었다. 가장 절망적이던 순간, 가수 아마린체를 구해 준 고마운 관객에게 아마린체는 진심으로 고개 숙였다.

"정말로⋯⋯, 감사합니다. 황후 폐하."

두 여인은 순식간에 친밀해져 대화를 나누기 시작했다.

그런 그들을 만족스럽게 바라보고 있는 것은 루크레티우스였다.

비나가 저런 눈빛을 보내는 게 여자인 편이 몇 배는 나았으니까.

그렇게, 갑작스런 팬미팅의 밤이 저물어 갔다.

두 남녀가 황궁의 한 통로를 지났다. 조금 전 우연히 황제 부부와 만났던 아마린체와 로베르토였다.

아마린체는 창백한 얼굴로 로베르토의 에스코트를 받아 가며 걸었다. 다리가 덜덜 떨려 걸음걸이가 제대로 되지 않는다. 그녀는 거의 로베르토에게 기대다시피 한 채로, 그에게 매달려서 걷고 있었다.

"쥬세⋯⋯, 아니, 크리스티안⋯⋯."

"왜?"

그에 대답하는 남자의 목소리는 녹아내릴 듯 부드럽다.

"아니, 로베르토⋯⋯가 맞나요? 그게 당신 본명이에요?"

오늘 처음 알게 된 남자의 이름자는 그녀의 혀에 매우 낯설었다.

"그래."

"5년 만에 당신 본명을 알게 되네요."

그녀가 그를 처음 안 건, 그녀가 막 제도로 상경한 지 얼마 되지 않은 열여섯 순진한 소녀일 때였다. 그때, 이 남자를 만났다.

그는 도저히 그녀 또래라고는 보이지 않는 교양과 분위기를 가지고 있었고, 그 시절 아마린체는 속절없이 이 사내에게 빠져들었었다. 그렇다면 지금은……?

지금 과연 어떤 것일까? 스스로도 모호했다.

그가 바라는 대로, 오늘 날을 맞추어 주었다. 그가 원하는 장소로 가서, 그가 말한대로 '연기'를 해 주는 건 별로 어려운 일이 아니었다. 하지만 전혀 예상하지 못한 일이 있었다. 아마린체의 목소리가 떨렸다. 사시나무처럼.

"로베르토……. 정말 괜찮은 거예요?"

"괜찮지 않을 게 뭐가 있겠어?"

"당신이 대체 뭘 하려는 건지 모르겠지만……."

로베르토는 아미린체의 뺨을 다정히 쓸어내렸다.

"당신은 알 것 없어. 모르는 편이 오히려 당신에게 안전할 테니까."

이건, 경고였다. 관심을 가지지 말라는.

그러나 아마린체는 이 말을 하지 않을 수 없었다.

"당신이 일을 꾸미는 대상이…… 황후 폐하라는 말은 안 해 줬잖아요!"

그에 로베르토의 입술에 걸린 미소가 짙어졌다.

"사냥감이 커야 재미도 있는 법이야."

"로베르……!"

창백한 얼굴로 매달리는 아마린체의 목덜미에 사내의 차가운 손이 닿았다. 그의 손아귀는 아마린체의 가는 목 따위는 단번에 꺾어 놓을 수 있을 듯했다. 숨이 막혀 온다.

"로…… 로베……!"

아마린체는 진심으로 공포를 느꼈다. 죽음에 대한 공포보다, 목이 상할지도 모른다는 사실에 대한 공포가 더 컸다.

위협하듯 그녀의 목을 가볍게 조른 남자는 곧, 여인의 목을 놓아주었다.

"콜록콜록!"

그는 고통스레 기침하는 여자의 귓가에 속삭였다. 여전히 위험할 정도로 다정하게.

"자, 가자고, 나의 프리마돈나. 아직 당신이 해 줘야 할 일이 남아 있어."

아마린체는 덜덜 떨리는 몸으로 그에게 거의 끌려가다시피 걸음을 옮기기 시작했다.

공연의 열기가 아직 식지 않은 새벽녘. 제도 사교계에서 가장 입이 가볍기로 유명한 귀부인들이 삼삼오오 수다를 떨며 황궁 객관의 한 방으로 들어갔다.

대연회는 1년에 한두 번 열리는 대대적인 행사였고, 그때 개최되는 무도회는 아예 밤을 새워 가며 즐기는 것이 보통이다. 때문에 귀족들은 황궁의 외궁에 따로 휴게실이나 객실을 받아 쉬고는 했다. 유력한 가문들은 정해진 방이 있을 정도였다.

이렇게 대대적인 연회가 열리는 날 밤은, 외궁 객관의 가장 외진 방까지 모두 사람으로 차고는 했다. 지금처럼 말이다. 평소에는 거의 사람이 들 일 없는 외지고 작은 방으로, 귀부인들이 웃으며 들어섰다.

"아유, 이렇게 외진 곳에 휴게실을 받는 건 정말 처음이에요."

"어쩔 수 없죠. 대연회 기간에는 타국의 사절들이 가장 먼저 방을 배정 받으니까요."

"그렇다고 집으로 갔다가 다시 돌아오기는 너무 피곤하니……."

끝없이 이어질 것 같던 귀부인들의 수다가 뚝 멎었다.

"누구……?"

빈 방인 줄 알았는데, 선객이 있었다. 그것도 누가 보아도 진한 분위기를 풍기며 서로 붙어 있는 남녀가.

"……!"

당혹한 두 남녀는 망토로 얼굴을 가리고 창문을 열고 도망쳐 버렸다. 이 방은 1층이었고, 열린 테라스는 그대로 정원으로 이어진다. 귀부인들은 당혹했다.

"이, 이게 무슨 일이죠?"

세 명의 귀부인 중 한 명이 아연하여 외쳤다.

"그, 그런데……, 보셨어요? ……아까 그 여자……."

"……저만 그렇게 본 게 아니었나요?"

다른 두 여자가 어물거리며 무어라 말을 하지 못하는 사이, 다른 한 여인이 말을 꺼내고 말았다.

"너무 빨리 도망쳐서 얼굴은 못 봤지만……, 그 여자……, 검은 머리였죠?"

"……."

"……."

다른 두 여자는 침묵했으나, 이는 그들은 모두 같은 것을 보았다고 실토하는 거나 마찬가지였다.

그리고 그들은 모두 황제 부부의 키와 체형을 대충은 알았다. 조금 전 그 검은 머리의 여자는 황후와 비슷한 키와 체형으로 보였다.

그러나 문제는 그게 아니었다. 함께 있던 남자는 황제보다 훨씬 작은 키에, 갈색 머리를 가지고 있었다. 누가 보아도 황제가 아니었던 것이다.

6. 함정

6. 함정

대연회 셋째 날.

황궁 안에 기이한 소문이 퍼지기 시작했다. 대연회 기간이라 제국은 물론 외국의 귀족들도 황궁에 몰려 있는지라, 소문이 퍼지는 속도는 어마어마했다. 황후가 외간 사내와 밀회를 하는 장면을 다른 귀족 부인들에게 들켰다는 소문이었다.

"세상에……. 그렇게 금슬이 좋다고 소문이 자자했는데 말이에요."

"부부 사이는 겉만 보고는 모르는 법이죠."

"그런데 정말 황후 폐하가 그런 일을 하셨다는 거예요? 잘 믿어지지가 않네요."

"내 친구가 목격자였는데 말이죠. 도망친 여자가 검은 머리가 분명했대요. 황궁 전체를 통틀어 봐도, 검은 머리는 황후 폐하 한 분뿐이시잖아요?"

발 없는 소문은 그 어떤 명마보다도 빠르게 제도를 한 바퀴 돌았다.

로넨시아 공작부인, 노마는 경악하여 아들을 추궁했다.

"로벨! 네 짓이니?!"

로베르토는 곤란하다는 듯이 웃었다.

"무슨 말씀을 하시는 건지 모르겠는데요, 어머니."

그러나 노마는 평소와 달리 날카롭게 아들을 몰아붙였다.

"벌써 황궁에 소문이 파다하단다. 검은 머리의 여자가 외간 사내와 밀회를 했다고 말이야."

"그런 소문이 돌았나요. 이거 놀랍습니다."

"로벨!"

노마가 이리 아들을 닦달하는 이유는 간단했다. 그녀는 아들이 몇 달 전 그녀에게 한 말을 기억하고 있었던 것이다.

율리아를 황비로 밀려던 시도가 실패로 돌아갔던 그때, 로베르토는 분통을 터뜨리는 어머니의 앞에서 이렇게 말했다.

'황제와 황후의 사이가 벌어지면, 어머니가 원하시는 대로 사촌 누이를 밀어 넣기 쉬워지지 않겠어요? 예를 들어……, 황후가 밀통을 저지른다던가.'

노마는 그에 화를 냈었다.

'말도 안 되는 소리 말거라! 네가 황제와 황후의 사이를 알면 그리 말을 못 할 게다. 황후가 그리 할 리도 없고.'

'진짜로 황후가 밀통을 하냐 안 하냐는 중요하지 않죠. 황제에게

그런 의심을 불어넣는 걸로 충분하지 않겠어요?'

'뭐?'

'쿠알린의 대공과 공비를 갈라 놓는 건 꽤 쉬웠답니다, 어머니. 소문을 좀 내자, 대공은 손바닥 뒤집듯이 공비를 의심했어요. 정작 공비는 무고했는데 말입니다.'

그리고 그는 상심하여 절망한 공비에게 접근해 그녀의 마음을 얻는 데 성공했다.

'한번 틈이 벌어지면 쉬워요, 어머니. 그리고 상처받은 여자만큼 다른 사내에게 마음을 잘 여는 존재도 없죠.'

노마의 얼굴이 창백하게 질렸다.

'너⋯⋯, 설마⋯⋯!'

그녀는 다급하게 아들에게 당부했다.

'행여나 그때 네가 한번 성공했다 해서, 이를 여기서 다시 시도할 생각은 말거라. 너무 위험해! 게다가 이 어미는⋯⋯ 반역을 저지를 생각은 없단 말이다!'

그러자 아들은 싱긋이 웃었다.

'네. 그냥⋯⋯, 그렇다는 이야기일 뿐이에요. 어머니.'

그때의 일이 머리를 떠나지 않는 것은, 그만두라는 자신의 말에 아들이 보였던 미소가 석연치 않아 보였던 탓이다.

"로베르토 데 로렌시아! 이번 일, 정말로 네 짓이 아닌 게냐?!"

그러자 로베르토는 애매한 미소를 지었다.

"제가 한 일이든, 아니든 어머니께는 손해가 아닐 텐데요."

"뭐?"

"중요한 건 소문이 이미 났다는 거고, 그 일이 황제의 귀에 들어

가는 것도 머지않았다는 겁니다."

"……."

맞는 이야기였다. 이렇게 파다하게 퍼진 소문이 황제의 귀에 들어가지 않을 리 없다. 게다가 황제와 연관이 없는 소문도 아니니.

"황제가 아무리 성인군자라도, 아내가 외간 사내와 밀통을 했다는 소문에 이성적으로 대처하긴 어려울 겁니다. 황제와 황후의 사이가 벌어지겠죠. 어머니께는 절호의 기회 아닙니까?"

"……."

틀린 말이 아니라는 것이 문제였다. 분명, 지금 상황은 노마에게는 최고의 기회다. 그러나 불안감이 그녀의 가슴을 질척하게 적셨다.

하지만 로베르토는 단호하게 속삭였다.

"이유야 어찌 되었건, 한번 온 기회예요, 어머니. 잡으셔야죠."

악마의 속삭임을 닮은 목소리였다.

황후의 단장 시간.

시녀들과 초대받은 몇몇 귀부인들이 함께 자리하고 있었다. 그들은 황후의 미모와 오늘 그녀에게 무엇이 가장 잘 어울릴지를 상의하며 가볍게 웃는다.

그들은 이미 들어 알고 있는 파다한 소문을, 모른다는 듯이 행동했다. 분명치 않은 소문에 대해선 그저 못 본 척, 모르는 척 행동하는 것이 제일이다. 그들은 그리 생각했다.

그때였다. 알림도 없이 단장실의 문이 벌컥 열렸다.

"어머!"

모두가 소스라치게 놀랐다가, 문을 열고 들어온 이를 보고 조용해졌다.

황제 루크레티우스였던 것이다. 황제가 황후의 단장 시간에 난입하는 것은 수도 없이 있던 일이었다. 황후의 단장 시간에 초대된 이들은 이러한 상황에 익숙했다.

"······?"

그러나 그들은 곧 깨달았다. 무언가 분위기가 이상했다.

황제는, 평소 황후에게 보이던 꿀 떨어지는 듯한 미소 없이 딱딱하게 굳은 얼굴을 하고 있었다. 뚜벅거리는 구두 소리가 주인의 심사가 불편함을 강변한다. 모두가 긴장하여 고개를 숙였다.

가장 안쪽에 있던 황후가 웃으며 남편을 맞았다.

"아아, 오셨군요. 폐하."

그녀는 아무것도 알지 못하는 듯 보였다.

황제 루크레티우스는 굳은 침묵을 지키며 단숨에 황후 사비나의 가장 앞쪽까지 다가섰다. 사비나가 의아하다는 듯이 물었다.

"무언가 안 좋은 일이라도 있으셨나요, 폐하?

그러자 불쾌감으로 가득 찬, 루크레티우스의 대답이 흘러나온다.

"······어디까지 나를 기만할 셈이오, 황후."

일찍이 그가 황후에게 단 한 번도 보인 바 없는, 얼음처럼 차가운 목소리였다. 황후의 얼굴이 굳었다.

"그게 무슨 말씀이신가요."

그러자 황제는 어이가 없다는 듯이 탄성을 내질렀다.

"하! 정말이지 이렇게까지 뻔뻔할 줄은 미처 몰랐소."

결국 참지 못한 황후가 먼저 언성을 높였다.

"대체 무슨 말씀을 하시는 건지 저는 조금도 모르겠습니다. 확실하게 말을 해 주세요!"

그러자 황제는 기다렸다는 듯이 말을 토해냈다.

"소문이 아주 파다하게 났더군. 그래도 모르시겠소?"

"무슨 소문이요?"

"그대가 어제 새벽, 나 아닌 다른 사내와 밀회를 했다는 소문 말이오!"

"네?!"

황후의 안색이 백짓장처럼 새하얗게 질렸다.

"무슨 말씀을 하시는 건지 저는 정말로 모르겠습니다……!"

그러자 황제는 참지 못하고 버럭 소리를 질렀다.

"오늘 궁내부장이 참으로 흉한 소문을 내게 알려 왔소. 어제 객관의 한 방에 묵은 귀부인들이 한 남녀의 밀회 장면을 보았다더군. 그들은 바로 도망쳤다고 하고."

황후는 어이가 없다는 듯이 말했다.

"설마 그 밀회를 한 이가 저라고 얘기하시는 건가요?"

"그렇소!"

"말도 안 됩니다. 밀회를 보았다는 이들이 제가 거기 있었다 주장하던가요? 누가 그리 주장했나요? 제 앞에 데려오세요! 누구라도 그런 말도 안 되는 헛소리를 하는 건 용납하지 않겠어요!"

그러자 황제가 손가락을 튕겼다. 바로 문이 열리며, 황제의 직속 시종들이 창백한 얼굴을 한 귀부인 셋을 안내하여 데려온다.

그들은 난처한 얼굴로 황제와 황후에게 예를 표했다. 인사말이 다 끝나기도 전에 황후의 뾰족한 목소리가 터져 나왔다.

"당신들이 그 목격자들인가요?"

그러자 그녀들은 창백한 얼굴로 바닥에 고개를 숙였다.

"아, 아닙니다! 저희들은 그때 그 자리에 있던 이들의 얼굴을 보지 못했습니다. 남자도, 여자도요!"

그러자 황후는 다시 고개를 돌려 황제를 노려보았다.

"목격자들은 이리 말하는군요. 그런데 왜 폐하께서는 제게 이리 하시는 건가요?"

그러자 황제는 나직이 명했다.

"다시 자세히 말하도록. 그대들이 보았다 하는 어제 그 여자의 특징에 대해서."

잠시 공포와 난처함에 억눌린 침묵이 깔린다. 황제의 불호령이 한 번 더 내리고서야,

"……그, 그 여자는, 검은…… 머리를 가지고 있었습니다."

"……!"

황제는 다시금 냉혹하게 황후를 몰아갔다.

"황궁에, 황후 말고 검은 머리는 베아트리체밖에 없지. 겨우 세 살짜리 아이를 착각할 리도 없고, 그대 말고 또 누가 있소?"

그러자 황후 사비나는 허탈한 웃음을 지으며 답했다.

"이미 폐하께서는 결론을 내리셨군요. 제가 무어라 더 변명을 하여도 모두 거짓이라 하시겠지요. 안 그러신가요?"

그러더니 그녀의 어조는 점점 날카롭게 몰아쳤다.

"검은 머리라고요. 밤이었다면 짙은 머리색은 얼마든지 검게 보일 수 있습니다. 그리고 과거 제 양부였던 에일 공작 역시 검은 머리였어요. 그렇다면 저 외에 검은 머리의 여인이 달리 있을 가능성도 얼마든지 있는 것이지요. 아니 그렇습니까?"

그러자 주변의 시녀들도 우르르 황제를 중심으로 무릎을 꿇었다.

"황후 폐하께서는 무고하십니다, 폐하!"

"어제 황후께서는 일찍 침수에 드셨습니다!"

그러나 황제는 요지부동이었다.

"지난밤 나는 황후의 침실에 들지 않았다. 그리고 그대 시녀들은 모두 황후의 사람들. 주인을 감싸기 위해 거짓을 입에 담는 것이라면 어찌하겠나?"

"……."

이해할 수 없는 일이었다. 금슬 좋던 황제 부부가 어째서 이리 극단적으로 구는 것인지, 모두는 당황스런 눈으로 황제를 올려다보았다.

그러나, 다음 순간.

"선대에도 이 비슷한 일이 있었지. 그렇지 않소?"

"……!"

소리 없는 경악이 공간을 울렸다.

그렇다, 황제가 저리 구는 것에는 그의 트라우마라고도 할 수 있을 사건이 엮여 있었다. 선대 황후, 베아트리체의 비극.

황후는 한동안 말없이 그를 바라보았다. 무언가 말하려는 듯 입술이 달싹이기를 몇 번, 사비나의 눈가에 기어코 이슬이 맺혔다.

황제의 마음은 이미 단단히 굳어진 듯했다. 늘 그녀의 말을 전부 믿고 사랑스럽다는 듯 대하던 모습과는 전혀 달랐다. 마치 다른 사람이라도 된 듯 보였다.

잠시간의 침묵이 내려앉은 후.

황후는 입술을 즈려 무는 듯하더니, 조용하고 결연하게 말했다. 이 자리의 누구도 예상치 못한, 폭탄선언이었다.

"폐하께서 저를 믿지 못하시는데, 제가 어찌 감히 황궁에 남아 있을 수 있겠습니까."

주변의 시녀들과 귀부인들은 모두 경악했다. 이에는 황제 역시 마찬가지인 듯했다.

"뭐라고?"

"친정은커녕, 고향으로 돌아가지도 못하는 처지인 제가 부군께 이러한 수치스런 의심을 샀는데 어찌하겠습니까? 저를 신뢰하지 못하는 분의 곁에 어찌 남을 수 있겠습니까."

황제는 분노하여 외친다.

"황후, 용서를 구하는 것이 순서 아니오? 당신이 용서를 구한다면 나도……."

그러자 황후는 고개를 저었다.

"저는 잘못을 저지른 바 없습니다. 그러니 폐하께 용서를 구할 이유도 없습니다. 제게 용서를 구해야 할 분은 오히려 폐하세요. 하지만 이리 아니라고만 하시니, 제가 더 이상 말을 해 무엇하겠습니까."

말은 똑바르고 선명했으나, 그리 말하는 황후의 눈에서는 수정 같은 눈물이 뚝뚝 떨어지고 있었다. 황후는 잠시 어깨를 떨더니, 차갑게 뒤돌며 선언했다.

"폐하께서 저를 믿어 주지 못하시니, 저는 황녀와 함께 마람 별궁으로 내려가 있겠습니다."

"……!"

소리 없는 경악이 울렸다. 상황은 누구도 예측하지 못한 방향으로 내달리기 시작했다.

노마는 하녀가 전해 온 이야기에 경악했다.

"황후께서……, 황궁을 나가셨다고?"

"예. 말리는 시녀들마저 뿌리치시고, 최소한의 경호 인원들만 대동한 채 황녀 전하를 모시고 조금 전 떠나셨다 합니다."

노마는 지끈거리는 관자놀이를 누르며 물었다.

"황제께선, 말리지 않으셨다 하더냐?"

"네. 다들 하는 말이, 폐하께서 경솔하셨다고……. 그리고 황후께서도 너무 과격하셨다고……."

한창 대연회가 이어지는 와중이다. 그런데 안주인으로서 연회의 중심을 잡아야 하는 황후가 황궁을 박차고 나갔다는 것이다. 믿어지지 않는 사태다.

노마는 속으로 혀를 찼다.

적어도 그녀는 황후를 어느 정도 인정하고 있었다. 그런데 아무리 남편이 자신을 믿어 주지 않았다 하여, 황궁을 버리고 나가다니.

시위라도 할 셈인가? 그렇다 해도 지나친 처사다. 황후로서 자신의 입지 자체를 뒤흔들어 버리는 짓이다. 불현듯 의심이 피어올랐다.

황후가 그 정도로 어리석어 보였었나? 노마가 봤을 때는 아니었다. 노마는 자신의 측근인 하녀장에게 명했다.

"사람을 써서 출발했다는 마차를 뒤따르게 해. 정말로 마차가 별궁으로 내려가는지, 그리고 도착하는지도 확인하도록."

그리고 마지막으로 한 마디를 덧붙였다.

"……황후께서 시녀들은 두고 가셨다 하였지? 율리아를, 그 아이를 불러오너라."

하녀의 전갈을 받고 찾아온 율리아의 안색은 흙빛이었다. 누가 보아도 안 좋은 일이 있었던 사람처럼.

노마는 안쓰럽다는 듯이 말했다.

"네가 고생이 많구나."

율리아는 누가보아도 안쓰러울 정도로 흔들리고 있었다. 그녀는 참지 못하고, 처음으로 이모에게 대들었다.

"대체……, 무슨 짓을 하신 겁니까?!"

노마는 조카의 말에 얼굴을 찌푸렸다.

"무슨 짓이라니?"

"얼마 전에 로베르토 오라버니께서 제게 다녀가셨습니다."

노마의 얼굴에 이채가 어렸다.

"로벨이? 그건 처음 듣는구나."

"오라버니께서 제 언니와 조카들을 빌미 삼아 제게 물으셨어요. 가면무도회 때, 황제 폐하와 황후 폐하께서 연회에 나오실 예정인지. 그리고 나오신다면 어떤 가면과 의상을 입고 나오실 건지 알려 달라고요."

가면무도회의 밤이라면, 바로 어제다. 새벽녘 검은 머리의 여인이 누군가와 밀회하는 장면을 들켰다는 그때.

노마는 직감했다. 이미 그런 것이 아닐까 생각하고 있었지만, 정말로 로베르토는 이번 사태와 무관하지 않았다.

침이 바짝 마른다. 그러나 그녀는 겉으로 이를 드러내지 않았다.

"그래서, 말해 주었니?"

율리아는 고개를 저었다.

"아니요. 주인의 신변에 관한 정보를 외부에 발설하는 건 있을 수 없는 일이니까요."

그럼 대체 로베르토는 그걸 어떻게 안 걸까? 노마는 길게 한숨을 쉬었다.

"그래. 참으로 너답구나."

"이모님! 아직도 포기하지 않으신 건가요?"

포기하지 않은 건 사실이었다. 그러나 황궁을 뒤집어 놓을 정도로 일을 만들려던 것은 아니었다. 그렇다고는 해도, 이제 와서 그녀가 그러하다고 말해 준들 누가 믿을까.

그리고……, 그녀에게는 지켜야 할 것이 있었다.

가장 사랑하는 아들이 제멋대로 재미 삼아 위험한 곳을 헤집고 다니고 있었다. 그 아이의 성정이 그러한 것은 알았으나, 이 정도 일 줄은 미처 몰랐다.

분명한 것은 하나였다. 이제는 물러날 수가 없었다.

처음에는 노마 데 로넨시아 자신이 제도 사교계의 여왕으로서 군림하기 위해서였다. 이를 위해 황궁에 그녀가 믿을 수 있고, 조종할 수 있는 뒷배를 만들기를 바랐다.

그러나 지금은 달랐다. 더 위험하고, 더 절실하다. 그녀가 가장 사랑하는 아들이 너무 위험한 곳에 발을 들인 상태였다. 어머니인 그녀보다 더더욱 깊이.

일이 잘못되면 로베르토가 다칠 게 틀림없다. 아들을 지키기 위해서라도, 그녀는 더욱 강하게 나갈 수밖에 없어졌다.

노마는 자리에서 일어나, 그녀에게 천천히 다가갔다.

"율리아. 다시 생각해 주지 않겠니? 네게도 좋은 일이란다. 이 제국에서 두 번째로 귀한 여성이 되는 일이야. 네가 아들을 낳는다면, 그 아이가 1황자가 될지도 모른단다. 그보다 더한 영광이 어디 있겠니?"

율리아는 딱딱한 얼굴로 고개를 저었다.

"저는 그런 건 바라지 않습니다. 그리고……, 황제 폐하께서 황후 폐하 외의 다른 여인을 취하실 리 없습니다."

"오늘 일을 보고도? 황후께선 황궁을 박차고 나가셨고, 황제께선 막지 않으셨지. 당장 남은 대연회 일정 동안 황제 폐하의 옆자리가 비었단다. 특히…… 이번에는 원래 대연회 첫날 대무도회 때 있어야 할 외교 일정이 전부 마지막 날의 대무도회로 밀렸어. 그때의 무도회 때 황제 폐하의 곁을 지킬 여인이 필요하단다."

"……."

율리아는 잠시 말문이 막힌 듯했다. 그런 그녀를 노마는 좋은 말로 구슬리려 다시 시도했다.

"그러니 네가 그 두 분 사이에서 다시 가교가 되어 드리는 건 어떠하니? 본디 1황비의 역할에는 그것도 있단다."

그러나 그녀의 태도는 조금도 변함이 없었다.

"저는 원치 않습니다. 그리고……, 두 분께선 타인의 도움 없이도 곧 화해하실 겁니다."

노마는 길게 한숨을 흘렸다.

"정말이지, 이 아이고 저 아이고, 모두 제멋대로들 난리구나. 뒤처리는 내가 다 해야 하지."

그런 이모에게 율리아는 단단히 선언했다.

"이 말을 드리려 온 겁니다. 그러니 이모님도 로베르토 오라버니도 무용한 일은 그만두세요."

율리아는 꾸벅 인사했다.

"이만 가 보겠습니다."

그러나 그에 대한 대답은 율리아가 전혀 예상하지 못한 것이었다.

"누구 마음대로 가겠다는 거니?"

"……예?"

의아해하는 율리아에게, 노마는 눈가를 일그러뜨리며 말했다.

"유리. 난 어디까지나 너를 위해서 이러는 거란다."

유리. 어린 시절 어머니와 이모가 율리아 자신을 부르던 애칭이다. 그리운 애칭에 율리아가 멈칫하는 사이, 노마의 부름을 받은 하녀들이 우르르 방 안으로 들어왔다. 로넨시아 가문의 하녀들. 모두 노마의 말을 천금처럼 따르는 이들이다.

"아가씨를 모시거라. 황후궁으로 돌려보내서는 안 된다."

율리아는 경악하여 외쳤다.

"이모님!"

노마는 발 빠르게 움직였다. 황제에 대한 그녀의 알현 요청은 다행히 바로 받아들여졌다.

그녀를 맞이한 황제는 심기가 매우 불편해 보였다. 잘생긴 얼굴에 그늘이 짙게 드리웠다. 노마는 허리 숙여 절하며 황제를 위로했다.

"얼마나 심려가 크십니까."

그러자 루크레티우스는 쓴웃음을 띠우며 손을 흔들었다.

"어쩌겠소. 이것이 다 짐이 부덕한 탓인 것을. 한데 무슨 일로 나를 찾아온 겁니까?"

그녀가 루크레티우스를 직접 찾아온 것은 이번이 처음이다. 당연하다. 그녀는 따로 국정에 관여할 관직을 가지고 있지 않았고, 본디 귀부인들은 황후를 중심으로 네트워크를 형성하기 마련이다. 어느 쪽으로 보아도, 황제 루크레티우스와 로넨시아 공작부인 사이에는 직접적인 접점이 없었다.

지금까지는.

루크레티우스는 누가 보아도 경계하는 눈으로 공작부인을 보고 있었다. 노마는 황제를 안심시키려는 듯 어머니 같은 푸근한 미소를 얼굴에 띤다.

"폐하께 충심으로 올릴 조언이 있어 왔습니다. 과거 시아버님께서 폐하께 그러하셨던 것처럼요."

냉랭하기로 유명한 루크레티우스 황제가 그녀의 시아버지 코르넬리우스만을 존중한 것은 유명했다. 황제는 별궁으로 나들이를기는 와중에도 코르넬리우스에게 들르는 것으로 소문이 사실임을 증명했다.

노마는 죽은 시아버지를 끌어들여, 황제가 그의 얼굴을 봐서라도 자신의 말을 들어주기를 바랐다. 어찌 되었건, 그녀 나름대로는 충심에서 나온 말이 맞기는 했으니까.

"황공하옵게도 황후 폐하께서 별궁으로 이어하셨지요."

그러자 루크레티우스의 미간이 와락 구겨졌다.

"그 이야기는 더는 하고 싶지 않군. 아무리 코르넬리우스의 이름을 빌려 오더라도, 그대가 끼어들 곳은 정해져 있다."

황제의 목소리에서는 북풍한설이 불어왔다. 노마는 식은땀을 흘리면서도 물러나지 않았다.

처음부터 이리 할 작정은 아니었으나, 아들이 예상외로 움직인 덕분에 상황이 더 심각해졌다. 실패한다면 그녀와 아들이 져야 할리스크가 너무나도 컸다. 어떻게든 황제를 설득해야 했다.

"하나 폐하…… 마지막날의 대연회의 무도회라는 중요한 자리에서 폐하의 옆자리가 비는 것은 큰 문제입니다."

"나 혼자 나서는 것으로 충분하오."

노마는 확신했다. 황제 역시 말은 저리 하나, 공식 석상에서 기혼인 황제의 옆자리가 비는 것은 아내가 병상에 누운 경우가 아니면 말이 되지 않는다. 특히 황제라면, 황후가 와병 중이라 해도 그 옆자리는 반드시 채워져야 한다.

"그리 되면 폐하의, 그리고 더 나아가 제국과 황실의 체면이 손상됩니다. 폐하의 옆자리는 곧 제국 제일의 여인이 서는 자리. 그 자리가 비는 일은 있을 수 없습니다."

그러자 루크레티우스는 대놓고 불쾌감을 드러내며 답했다.

"미혼의 황녀 중 가장 서열이 앞서는 로젤리아도 있지. 로젤리아가 어리다면 다른 황녀들 중에 적당히 한 명을 고르면 그만이야."

그러자 노마는 호락호락 물러나지 않았다.

"폐하. 황후 폐하께서 의무를 다하지 못하는 때에 그 위치를 대행하는 것이 1황비의 책무입니다."

"……1황비 자리가 비어 있는 걸 설마 모르고 하는 소리는 아니겠지."

루크레티우스는 팔짱을 끼며 고개를 치켜올린다.

"그대의 그 잘난 조카딸을 1황비감으로 내게 들이밀 기회라 여겨 이리 바삐 달려온 건가? 내게 코르넬리우스의 이름을 들먹이며 '조언'까지 하면서?"

노마는 침을 꿀꺽 삼켰다. 물러날 곳은 없었다. 정면 돌파를 할 수밖에.

"예. 그리 말씀 올리러 왔습니다."

루크레티우스는 진노하며 테이블을 내리쳤다.

"가당치 않은 헛소리를!"

노마의 목소리로 올라갔다.

"폐하! 대연회 자리는 국외의 대사들도 참석하는 자리입니다. 그 상황에서 폐하의 옆자리가 비면, 다들 그 자리를 더욱 원할 겁니다. 특히 타국의 왕실은 더욱 그러하겠지요. 폐하께서 추진하시는 공녀제 폐지에 대한 타국의 불만도 커질 겁니다."

"……."

루크레티우스가 공녀제를 폐지하려 하는 이유 중 큰 명분으로 내세운 것은 황실 예산의 축소다. 그러나 그 아래 깔린 가장 큰 이유 중 하나는 제국의 황위 계승에 대한 타국들의 간섭을 차단하기 위함이었다.

이미 제노아와 큰 불상사가 있었다. 때문에 공녀제를 폐지하려 하는데, 이에 대한 타국의 반응이 그다지 긍정적이진 않았다.

간단하다. 공녀제는 제국에도 타국에도 양날의 검이었다. 제국은 볼모를 얻으나, 그 결과 공녀로 온 후궁 소생의 황손들은 타국 왕실을 외가로 가지게 된다. 이러한 황손들을 통해, 타국의 왕가는 제국 황실의 황위 계승에 관여하는 게 가능해진다.

타국의 왕실 입장에서는 왕실의 딸을 볼모로서 빼앗기게 되나, 이는 제국 황실에 합법적으로 내부인을 들여보낼 수 있는 기회도 되는 것이다. 누구 입장에서도 장점과 단점이 혼재되어 있다.

그리고 루크레티우스가 막상 제도를 폐지하려 들자, 타국 입장에서는 단점보다 장점이 더 커 보이는 모양이었다.

역시 루크레티우스의 후비后妃들이 지나치게 적고, 그 소생의 황손 역시 적은 것이 문제다. 누가 보아도 얻을 승산이 높은, 먹기 좋은 떡처럼 보이는 것이다.

루크레티우스는 사납게 웃었다. 비나가 보면 긴장할 미소다. 그가 가장 화가 났을 때 내보이는 표정. 그러나 공작부인은 이를 알 리 없었다.

"하니, 폐하. 그들에게 빌미를 주지 않기 위해서라도 대연회 자리에 폐하 곁에는 폐하의 후비가 있어야 합니다."

"……그러하니, 제국 출신 1황비를 들이라?"

노마는 고개를 끄덕였다.

"예. 그리고……, 이는 황후 폐하께서 마음을 삭이고 돌아오시게 하는 데 도움이 될 겁니다."

"내가 황비를 들이는 게 황후가 돌아오게 하는 데 도움이 된다니?"

노마는 입이 바짝 타는 것을 느꼈다. 공기가 너무나도 날카롭다. 그녀가 이 방에 들어온 직후부터, 당장에라도 터질 듯한 긴장감이 계속해서 유지되고 있었다.

노마는 도박을 위한 마지막 패를 내놓기로 했다.

"황제 폐하. 어째서 신중하신 황후 폐하께서 이리 급하게 결정하시고 자리를 비우셨는지……, 아직도 모르시겠습니까?"

다시금 불쾌감에 루크레티우스의 미간이 일그러졌다.

"지금 자신이 무슨 말을 하고 있는지 알고는 있는 건가?"

그러나 노마는 황제와 황후의 불화를 건드릴 생각은 없었다. 그건 너무 위험하다. 정말로 황후가 폐위라도 되지 않는 한은 입에 올려서는 안 된다.

"예. 잘 알고 있습니다. 제가 얼마 전 황후 폐하를 찾아뵈었을 때, 황후 폐하께 진언을 하나 올린 바 있었습니다."

"그대가 황후를 알현한 적이 있는 것은 나도 안다. 하지만 그런 말은 들은 적 없군. 무슨 진언을 했다는 거지?"

노마는 속으로 쓰게 웃었다. 역시 황후는 자신이 한 말에 대해 황제와 이야기 하지 않은 것이다. 남편에게 첩을 보라 청하라는 말을 들었으니, 불쾌하여 아예 입에도 담지 않은 모양이다.

그러면 일이 쉬워진다. 노마는 깊이 안도하며 말을 이었다.

"제국인으로 1황비를 들이시어 내궁을 안정시키고, 황손을 번성케 하시라는 진언이었습니다."

마침내 황제의 진노가 대놓고 터져 나왔다.

"그대는 신하의 입장을 모르는가! 어찌 감히 황후에게 그런 말을 하였다는 건가!"

그녀의 답은 앵무새와 같았다.

"신하이기에 충심으로 올린 말씀입니다."

노마는 멈추지 않고 노도와 같이 말을 밀어붙였다. 이런 것은 기세를 타고 힘으로 밀어붙여야 한다.

"그때는 황후 폐하께서도 제 진언을 거절하셨습니다."

"그랬겠지!"

노마는 없는 감정을 지어내 가며 감격한 어조를 꾸몄다.

"저는 황후 폐하의 혜안과 희생적인 마음씨에 감격하였답니다."

"그건 또 무슨 소리인가?"

"지금 황후 폐하께서 자리를 비우신 건, 그때 제가 올린 말씀에 대해 대답을 주신 것이 아닌가 하고 말입니다. 황후 폐하께선, 황제 폐하께 지금 황비를 맞이하여 함께 대연회 자리에 설 기회를 일부러 만들어 주신 겁니다."

노마는 떨리는 다리로 황제의 집무실을 나섰다. 무슨 정신으로 무어라 말을 한 것인지 모르겠다.

그러나 어찌 되었건 할 수 있는 건 전부 했다. 모든 말을 다 토해 내고 난 뒤, 황제는 아무런 말도 없이 그녀를 보고 있을 뿐이었다.

'적어도……, 그 즉시 역정을 내며 내 말을 부정하지는 않았어.'

그것으로 충분하다. 황제가 그녀의 말을 진지하게 들었다는 의미 이리라. 그렇다면 적어도 1차는 성공이다.

물론 황후가 돌아온 후에 그러한 의미가 아니었다고 주장할 수도 있지만, 그때는 이미 늦은 뒤다.

노마로서도 할 말은 있었다. 대연회라는 공식적인 행사에 황후가 자리를 비우는 대사건이 벌어졌다. 그녀로서는 설마 현명한 황후가 아무런 생각 없이 이러한 일을 벌였을 거라 생각할 수 없었다. 그러니 당연히 황후의 마음이 이러했으리라, 그리 추측하여 말한 것뿐이다.

황제가 대연회 마지막 날의 첫 춤 상대로 율리아를 대동한다면, 모두가 그녀를 황제의 새로운 후비로서 받아들일 거다. 한번 일이 그리되고 나면, 율리아의 1황비 책봉은 확정된 것이나 마찬가지다. 한번 확정되고 나면 끝이다. 공석에서 그렇게 받아들여지게 될 테니까.

그렇게 될 것이다. 아니, 그렇게 만들 것이다.

노마는 떨리는 가슴을 애써 누르며 빠르게 걸음을 옮겼다. 하녀
들을 시켜 가둬 둔 율리아를 데리고 준비를 시작해야 했다.

그리고 이튿날. 노마에게 궁내부장이 황제의 말을 전해 주었다.
그녀의 도박은, 성공이었다.

7. 덫과 미끼

7. 덫과 미끼

아마린체는 창밖을 보았다. 추웠다. 분명히 지금은 겨울이 아닌데 이상하게 몸이 떨린다. 그녀는 이유를 알고 있었다. 자신이 왜 이러는지. 그녀는 파란 하늘과 밝은 햇살로부터 도망치려는 듯이 커튼을 닫아 버렸다.

-촤악!

깊은 그늘이 그녀의 머리 위를 덮었다. 아마린체는 휘청거리며 걸었다. 그리고 덜덜 떨리는 손으로 침대 아래 넣어 둔 작은 옷궤 하나를 끌어당겼다. 잠시 망설이던 그녀는 결국 그 옷궤를 완전히 꺼냈다.

"하아……."

심호흡을 몇 번 한 뒤, 그녀는 옷궤를 열었다.

안에 든 것은 그녀로서는 꿈도 꾸기 어려운 화려한 드레스였다. 물론 무대에 설 때마다 화려한 무대의상을 입곤 하지만, 그 의상들은 정말 고급의 재질로 만들어진 것들은 아니었다.

그러나, 이것은 다르다.

아마린체의 떨리는 손끝이, 녹아내릴 듯 부드러운 비단을 쓸어내린다. 이 비단은 무늬를 수놓은 것이 아니라, 비단을 짤 때부터 무늬를 넣은 직금 방식으로 만들어진 최고급품이었다.

이러한 물건은 황실이나, 그에 준하는 고위귀족들만이 입을 수 있다. 일개 가수인 그녀로서는 감히 꿈도 꿀 수 없는 옷.

그러나 그녀는 이 옷을 입었다. 바로 어제.

아마린체는 이제 와들와들 떨리는 손으로 그 옆에 있는 것들을 집어 들었다. 진짜 오닉스와 흑진주, 진주로 장식된 가면, 그리고 그녀의 손안에서 부드럽게 흘러내리는……, 긴 검은 가발.

아마린체는 두려움에 차서 울먹였다.

"어, 어떻게……, 어떻게 해야 하지……."

이 모든 것들은 어제 한 남자가 준 것이다. 쥬세페, 혹은 크리스티안…… 아니, 로베르토!

그는 황제 부부를 만난 직후 그녀를 협박하며 한 방으로 끌고 갔다. 그리고 그녀에게 이 옷과 가면, 가발을 주고 변장하게 했다.

대체 어떻게 마련한 것인지 모르겠지만, 그가 내준 옷과 가면은 황후가 가장한 것과 거의 같은 디자인이었다. 자세히 보면 차이가 있으나, 어디까지나 같은 옷이 아니라는 걸 알고 봐야 구분이 되는 수준. 그녀가 이 드레스를 입고 가면으로 얼굴을 가리고, 검은 가발을 둘러쓰자, 사비나 황후가 한 명 더 탄생했다.

그렇게, 누구를 흉내 낸 건지 분명한 차림새로 가장당하고서, 아마린체는 다시 로베르토에게 질질 끌려갔다.

'대체, 대체 무슨 짓을 하려는 거예요? 당신!'

로베르토는 상냥하게 웃으며 가볍게 답했다.

'덫을 놓는 거야. 간단한 덫이지.'

아마린체는 깨달았다. 그녀는 그 덫에 쓰일 미끼였다.

그렇게 어제 새벽, 아마린체는 귀부인들 앞에서 검은 가발을 휘날리며 도망쳐 나왔다. 생각이 짧은 그녀도 바로 계산할 수 있었다. 검은 머리의 여인이 누구인지 모를 사내와 밀회를 하고 있었다. 이를 여러 귀부인이 보았다.

이 사실은, 곧 황후가 외간 사내와 밀회를 했다는 소문이 되어 황궁을 휩쓸 것이다. 아마린체는 눈물을 뚝뚝 흘렸다.

"아아……!"

이 옷과 가발은 그녀가 로베르토에게 우겨서 가져왔다. 그녀가 옷과 가발을 가져가겠다 하자, 로베르토는 미묘한 표정을 했다. 그녀를 믿지 못하는 듯했다.

하긴 당연하다. 애초에 로베르토는 아마린체에게 귀한 분께 자신이 이번 극의 작곡가임을 드러내고 싶으니 도와 달라고만 말했었다. 그 상대가 황제 부부라는 것도, 이후에 황후로 가장하고 헛소문을 만드는 데 이용당하게 되리라는 것도 몰랐다.

'알았다면 절대 협력하지 않았어!'

그러나 강하게 거절하고 저항했다면, 어쩌면 살해당했을지도 몰랐다. 아직도 그가 목을 졸랐을 때의 기억이 선명하다. 아마린체는 얼마 지나지 않은 새벽, 그와의 대화를 떠올렸다.

'당신……, 앞으로 뭘 어쩔 셈이에요?'

'접근할 거야.'

'누구에게?'

'남편에게 의심받고 상심할 고귀한 여인에게. 그리고 이제 떠돌 소문은 진실이 되겠지.'

그녀는 어째서 그가 자신이 유명한 크리스티안 보체티임을 황제와 황후에게 알린 것인지 이해했다. 황후는 오페레타 공연에 관심이 많았다. 주연 여가수인 그녀를 처음 만나고도 그리 강렬한 호의를 표시했을 정도로. 이는 자곡가인 로베르토에게도 마찬가지였다. 그는 황후에게서 개인적인 호감을 끌어내려 한 것이다. 아마린체는 망연하게 중얼거렸다.

'어떻게 그런 사악한 짓을……!'

그런 아마린체에게 그는 더없이 상냥한 목소리와 미소로 협박했다.

'알겠지? 어차피 당신도 공범자야. 이 사실이 들통나면 처벌은 당신도 함께 받아. 그러니 입을 다물고 있는 게 좋을 거야.'

아마린체는 그 말에 반론할 수 없었다. 그저, 그가 입혀 준 드레스와 가면을 몸에 가진 채 그대로 돌아오는 것이 할 수 있는 전부였다.

로베르토는 의심했다.

'그대로 옷을 가지고 돌아가겠다고?'

아마린체는 침착하게 말했다.

'이대로 당신 손에 이걸 남겨 두면……, 당신이 가지고 무슨 짓을 할지 모르잖아요. 난 당신을 믿을 수 없어요. 그러니 하다못해 내 손으로 태울 수 있게 해 줘요. 난 반역죄로 처형당하고 싶지 않으니까. 오늘 난 공연을 끝내고 바로 집으로 돌아왔어요. 아무것도 못 보고 못 들었어요.'

조금 미심쩍어하던 그는 아마린체의 마지막 말에 만족스러운 듯 웃었다. 그리고 그녀의 이마에 차가운 키스를 남기고는 그녀를 집 앞에 내려 주었다.

"어떻게……, 어떻게 하면…….."

주체할 수 없이 눈물만 흘리던 그녀는 공연 때 봤던 황후의 모습을 다시 떠올렸다.

처음으로 황궁에서 어전 공연을 했던 날, 황후는 어린아이처럼 눈을 반짝이며 자신을 바라보고 있었다. 마치 영웅이라도 보는 것처럼, 그렇게 기꺼이 기뻐하며 그녀를 위해 박수를 쳐 주었다. 이렇게 한심하고 또 무력한 자신에게.

정말로 순수한, 전혀 사심 없이 경탄으로 빛나던 검은 눈동자. 정말로 자신은, 그런 찬사를 보내 준 여인에게 이런 짓을 해도 되는 것일까. 이러고도 내가, 오페레타의 프리마돈나라고 할 수 있을까.

"……."

두려움으로 사시나무처럼 떨리던 그녀의 몸이 천천히 진정되었다. 침묵이 길게 이어졌다.

해가 기울었다.

마침내 아마린체는 손에 검은 가발을 들고서 몸을 일으켰다. 고개를 든 그녀의 눈빛은 달라져 있었다.

로베르토는 만족했다. 모든 것이 그가 바라는 대로 돌아가고 있었다. 다가올 대연회 마지막 날 무도회에서, 황제 루크레티우스의 옆에서 첫 춤을 추는 것은 사촌 누이 율리아가 될 것이다.

이러한 공식적인 자리에서 미혼 여성이 황제의 파트너가 되었으니, 황제는 그녀를 자신의 비로 들일 수밖에 없다. 적어도 후궁 첩지는 내려야 한다.

"어머니께서 그렇게 바라시는 대로, 황궁 안에 뒷배가 생기시겠군."

율리아는 그의 어머니에게 반발하고 있으나, 대연회 자리에 끌려가서까지 그러진 못할 거다. 어차피 황제의 뜻이 그러하고 황후의 뜻 역시 같다고, 이미 그의 어머니가 밑밥을 깔아 두었다.

과거 황후가 황비 시절 황제의 춤 상대로 그녀를 추천했던 일을 들어 가며 설득하고 있다 했다. 어차피 설득이 되든 안 되든, 크게 상관없었지만.

대연회처럼 중요한 자리를 당일에 망칠 생각이 아니라면, 율리아는 첫 춤은 황제와 출 수밖에 없다. 한번 추고 나면, 이제 그녀는 영락없이 황제의 여자로 외부에 각인될 것이다. 그러면 모든 건 끝이다. 이제 남는 것은 하나였다.

"사비나, 황후."

그의 어머니가 붙인 간자들이 오늘 소식을 전해 주었다. 황후가 황궁의 소식을 모른 채, 별궁에 도착했다는 소식을.

검은 머리의 여인이 마찬가지로 검은 머리를 한 작은 아이를 안고 별궁에 들었다고. 그 소식을 듣고서야 그의 어머니는 가까스로 안도의 한숨을 쉬었다.

하긴, 당연하다. 지금 바로 황후가 돌아온다면 그의 어머니가 벌이는 모든 일들이 물거품이 되니까. 황후가 남편에게 오해받았다 하여 황궁을 비우는 강수를 두리라고는 모두 예측하지 못했다. 그도, 그의 어머니도. 아마도 남편의 오해가 그 정도로 큰 상처였나 보다.

이건 좀 의외였다. 그녀가 황제의 오해에 상처받기를 바랐지만, 그리 크게 기대하지는 않았던 것이다. 그가 본 사비나라는 여자는 그런 일을 당하면, 상처받고 슬퍼하기 전에 우선 분노하며 자신의 결백함을 증명하는 것이 어울리는 여자였다.

뭐, 그렇다고는 해도, 그의 예상이 모든 경우에 맞아떨어지지는 않았다. 있을 수 있는 일이다. 분노했다면 분노한 대로, 상처받았다면 상처받은 대로, 그에게 나쁘지 않다.

그는 빈 잔에 와인을 따랐다. 승리를 축하하기 위한 축하주. 화이트 와인의 달콤한 향기가 풍겼다.

"흠. 나쁘지 않군."

로베르토는 상처 입은 여인을 매우 사랑했다. 마음이 다쳐 고통스러워하는 여인은, 그 처연함이 한층 더욱 짙다. 마치 짓이겨진 꽃송이의 향기가 한층 강해지는 것처럼. 때문에, 부러 높은 곳에 핀 꽃들을 골라 상처 입히고는 했다. 그러면 그 꽃들은 더없이 달콤한 향내를 풍기며 결국은 그의 손아귀에 떨어졌다.

이번에 그가 노리는 것은 가장 높은 곳에 핀 고귀한 꽃.

로베르토는 황후 사비나를 떠올렸다. 드문 검은 머리카락은 밤하늘을 일부 베어 내어 빗어 내린 듯했다. 그리고 영리하게 빛나던 검은 눈동자는 잘 익은 포도알을 연상시킨다. 특이한 색의, 건드리면 매끄러울 것이 분명한 피부.

몇 번 보지 못했으나, 그녀에 대한 흥미는 아주 만만이었다. 당연하다. 그는 단 한 번도 그렇게 생기 넘치고 당당한 여자를 본 적 없었다. 주변에 있다 보면 뭐랄까, 강력한 자석에 끌려가는 무력한 쇠붙이가 된 기분이 든다.

그런 여자는 본 적 없다. 대부분의 여자들은 어려서는 순종적인 딸로, 자라서는 현숙한 아내로서, 또한 자애로운 어머니로서 살도록 교육받는다.

그러한 여인들에게 삶의 중심은, 아버지이고 또한 남편이며, 자식이었다. 그런 여자들에게서 중심이 되는 이들을 빼앗으면, 다들 절망하고 꺾이거나 슬퍼하며 다른 지지가 될 사람을 찾았다.

그렇기에 궁금했다. 사비나 황후는 달라 보였던 것이다. 그녀는 남편이나 아이가 없어도, 그 자신의 삶을 살 것 같았다. 그래서 호기심이 일었다. 그런 타입의 여자는 처음 보았으니까. 저렇게 독립적인 여자는, 자신이 가진 남편이나 아이를 빼앗기면 어떻게 반응할지 궁금했다. 이제 본격적으로 그 결과를 볼 수 있으리라.

황제 루크레티우스가 율리아와 첫 춤을 추고, 그녀를 황비로 들인 이후에. 황후가 뒤늦게 상황을 알고 달려와도 그때는 이미 늦으리라. 그렇게 자신이 자리를 비운 사이 남편을 다른 여자에게 빼앗긴다면. 저 여자는 어떻게 행동할까? 어떤 반응을 보일까?

너무나도 궁금해서 견딜 수가 없었다. 당장에라도 황후가 갔다는 마람 별궁까지 쫓아가서 그녀에게 물어보고 싶은 기분이었다. 나중에 일이 모두 끝난 뒤 그녀가 황궁으로 돌아오면, 그 자리에는 어떻게 해서든 참석할 생각이었다.

그리고 다음은 정해진 수순이었다. 일찍이 그는 그의 계략으로 상처받은 고귀한 여인들을 몇 번이나 유혹했고, 대부분 성공했다. 유혹이 실패했을 때는 틈을 노려 힘으로라도 제 것으로 만들었다.

어차피 고귀한 여인들만큼 이런 종류의 스캔들에 취약한 이들도 없는지라, 대부분 그러한 일이 있었다는 것 자체를 감췄다.

도리어 직접적으로 일을 문제 삼는 것은 잃을 것이 많지 않은 여인들이었다. 그가 그다지 공을 들이지도 않고, 하룻밤 데리고 놀다 버린 여자들. 하지만 그런 이들이 귀찮게 구는 것은 그의 친애하는 어머니가 전부 알아서 처리해 주었다. 그의 본가는 제국 제일의 가문, 로넨시아 공작가였으니까. 이번에도 결과는 크게 다르지 않을 것이다.

"제국의 황후 폐하께서는 침대 위에서 대체 어떤 표정을 지으시려나."

그는 낮게 키득대며 단숨에 남은 와인을 모조리 들이켰다.

아마도, 침대 위로 펼쳐지는 검은 머리카락은 상당히 절경일 것이 틀림없었다.

황궁은 미묘한 긴장감에 시달리고 있었다. 갑작스레 자리를 비운 황후. 그럼에도 황후를 쫓아가지 않은 황제.

대연회의 모든 일정은 빈틈없이 진행되고 있었으나, 황제의 심기가 불편한 것은 모두가 알았다. 다들 납작 엎드려 황제의 분노를 사지 않기 위해 노력해야 했다.

새삼스럽게 궁인들은 황후의 빈자리를 실감했다. 특히 루크레티우스가 황태자 시절부터 모셔 온 이들의 경우에는 더더욱. 황태자 시절 루크레티우스가 얼마나 냉혹한 이였는지 기억하고 있었던 탓이다.

비나가 황비로 들어온 이후, 그 얼음은 천천히 녹아내렸다. 황녀까지 태어난 뒤에는, 얼어 있기는 했었나 할 정도로 황제가 완전히 풀어졌었다. 그런데 그 날카롭고 춥던 겨울이 다시 시간을 돌려 되돌아온 듯했다.

그렇게 며칠이 흘렀다. 마침내, 대연회의 마지막 날이 밝았다. 많은 것이 오늘 결정되리라.

율리아는 창백한 얼굴로 마차에 태워졌다.

그녀는 새벽부터 로넨시아 공작저의 하녀들 손에 머리끝부터 발끝까지 완벽하게 꾸며졌다. 강제로 입을 수밖에 없었던 녹색 드레스는 누가 보아도 일개 시녀가 입을 수준이 아니었다. 아니, 공작부인이라도 쉽게 입을 수 없는 고급품. 아무것도 모르는 이가 율리아를 본다면, 황실의 사람이라 착각할 정도로 화려한 드레스였다.

'어차피 오늘 율리아는 황족이 되는 거니까 상관없지.'

노마는 지난 며칠간 저항하느라 제대로 먹지 못해 새하얗게 된 조카딸의 얼굴을 보며 혀를 찼다. 어느 정도로 하얀 얼굴은 도리어 미모를 돋보이게 하니 환영할 만하지만, 이 정도면 병자 수준이다.

'황궁에 도착하면 하녀들에게 혈색 있어 보이게 화장을 고치라 해야겠군.'

그녀는 율리아를 감시하기 위해 같은 마차에 타서 맞은편에 앉았다.

"그리 창백해서는, 당장에라도 쓰러질 것 같구나. 물론 중요한 연회 전에는 다들 식사를 거르지만, 너처럼 사흘이 넘게 제대로 먹지 않는 건 드물 게다."

율리아는 날카롭게 대꾸할 뿐이었다.

"아직, 늦지 않았습니다, 이모님. 생각을 거두세요."

그녀의 목소리는 진중했다. 이모에 의해 구금되어 이리 끌려올 때까지 그녀는 저 말만을 계속했다.

'그만두세요.'

'과욕을 버리세요.'

그러나 노마는 조카딸의 말을 전혀 귀담아 듣지 않았다.

"어차피 일은 다 진행되었단다. 너도 이제는 돌이킬 수 없어. 어차피 황후가 돌아올 때면 모든 것이 끝나 있을 테니까."

그리고 그때쯤이면, 율리아는 1황비가 되어 있을 것이다. 황실의 혼사다. 한번 정해진 것을 무를 수는 없다. 특히나 상대가 로넨시아 공작가라면 더더욱. 일이 결정되고 나면, 그 콧대 높고 오만한 황후도 포기할 수밖에 없으리라.

"……그리 원망하는 눈으로 나를 보지 말렴, 유리. 나는 너를 위해 이러는 거야. 1황비는 제국에서 두 번째로 고귀한 여인의 자리란다. 네게 과분한 영광을 주려 애쓰고 있는 게야. 여인으로 난 이상 누군가의 아내가 되어야 하지. 그렇다면 할 수 있는 한 고귀한 자리까지 올라가는 게 최고가 아니겠니? 네가 황비가 되어 황자를 낳으면, 명실상부하게 가장 고귀한 자리도 꿈이 아닐 게다."

"그런 건……, 원치 않아요! 내 행복이 아니라고요! 이모님이 바라시는 일이겠죠!"

노마는 혀를 차며 고개를 저었다.

"네가 아직 많이 어리구나. 그 나이가 되어서도 그러하다니. 너도 몇 년만 지나면 나중에는 이 이모가 옳았다고, 내게 감사하게 될 거란다."

덜컹덜컹. 포도의 바닥이 부서진 곳 위를 마차가 지났다. 유달리 마차의 움직임이 거칠었다.

밤하늘에 달이 떠올랐다. 오늘 밤의 연회는 대연회의 대미를 장식하는 무도회인 만큼, 가장 화려한 규모로 개최된다.

아직 황족이 등장하지 않은 연회 자리에서 단연 주목받는 것은 로넨시아 공작부인 일행이었다. 그 신분으로도 그랬고, 또한 오늘 있으리라고들 하는 일 때문에도 그러했다.

이름 모를 귀부인이 노마에게 대놓고 아부했다.

"호호, 공작부인. 오늘도 아름다우시군요."

"과찬을요. 저보다는 여기, 우리 조카인 율리아의 미모가 훨씬 낫지요. 제 언니를 닮아서 말이에요."

그러자 그 부인은 상대를 바꾸어 율리아에게 한껏 아부를 떨었다. 그 아름다움을 칭송하고 오늘의 드레스가 얼마나 잘 어울리는지 칭찬한다. 상당히 노골적인 태도였다. 이를 들으며 만족스러운 미소를 짓는 것은 율리아가 아니라 노마였다.

암암리에 오늘 황제가 율리아를 첫 춤 상대로 선택하리라는 소문이 돌고 있었다. 당연히 노마가 은근히 흘린 소문이었다. 그 소문대로 황제가 율리아와 첫 춤을 추면, 율리아가 황비가 되리라는 소문 역시 사실이 되리라.

노마는 두근거리는 가슴을 안고서 황제의 입장을 기다렸다. 한데 어쩐 일인지, 황제의 등장이 늦어지고 있었다.

"폐하께서 늦으시는군요?"

"궁내부장이 따로 폐하께서 늦으신다고 알리지는 않지 않았나요?"

"무슨 사고라도 생긴 걸까요?"

다들 수군거리기 시작하는 찰나였다.

문 밖에서 날카로운 나팔 소리가 울렸다. 황족의 입장을 알리는 소리.

─뿌우──!

나팔 소리가 끝나자마자, 문 밖에서 큰 소리로 선전관이 외쳤다.

"황제 폐하 드십니다!"

모두의 시선이 일시에 장엄의 홀 문으로 내리꽂혔다. 그와 동시에 문이 활짝 열린다.

루크레티우스의 금발이 샹들리에 불빛 아래 찬연하게 빛났다. 그 모습이 눈에 들어오자, 모든 귀족들이 차례로 고개를 숙이고 허리를 굽혀 그 권위에 경의를 표했다. 제국의 주인, 대륙의 지배자에게.

고개를 숙였다 올리는 이들은 저마다 무언으로 이러한 의사를 교

환했다.

'정말로 혼자 드셨네요.'

'그러면 진짜로 오늘 첫 춤을 로넨시아 공작부인의 질녀와?'

'이거, 줄을 잘 서야겠는데요.'

단 하나의 단어도 사용하지 않았으나 수많은 정보와 판단이 눈빛과 표정만으로 오갔다.

물론 가장 쾌재를 부른 것은 로넨시아 공작부인 노마였다. 그리고 그녀의 등 뒤에 선 로베르토 역시 만족스럽게 웃었다. 예측대로 황제는 이리 중요한 자리에 혼자 몸으로 발걸음을 했다. 차선책이라 할 수 있는 황녀를 대동하지도 않았다.

결국, 무도회장 안에 있는 여인 중 하나를 그 파트너로 선택해야 한다는 소리.

'그렇다면 율리아 외에는 없지.'

노마는 자신했다. 실제로 루크레티우스는 이미 그녀의 제안에 대해 동의하는 의사를 간접적으로 표시했다.

걱정해야 했던 일은, 때가 닥쳤을 때 황제의 마음이 변하여 황녀나 다른 여인을 대동하고 나타나는 상황이었다. 그러나 이제는 그 걱정도 끝이다. 남은 건 수확뿐.

노마는 곁에 있는 율리아의 손목을 잡아끌고 황제의 곁으로 향했다. 그녀가 움직이기 시작하자, 주변의 모든 귀족들이 고개를 숙이며 썰물처럼 갈라진다.

그녀는 흥분에 차올랐다. 그렇다. 이러한 상황을, 이러한 영광을 그녀는 늘 바라 왔다. 이제야말로 그것이 현실화되는 것이다. 중간에 좌절될 뻔도 하고, 무리한 과정에서 잡음도 많았지만 어찌 되었건 여기까지 왔다.

이제 공석에서 율리아가 황제의 여인이 되었음을 만인에게 보여 주고, 그녀를 로넨시아가의 양녀로 들인 뒤 1황비 자리에 앉히는 것이다.

'그리되면 이제 나는 로넨시아 공작부인이면서, 동시에 황비의 어머니가 되는 거지. 어쩌면 1황자의 조모가……'

그야말로 장밋빛 미래.

늘 바라던 것이 목전까지 다가오면 누구나 조급해지고 또 마음이 풀리기 마련이다. 그녀는 다급하게 조카딸을 잡아끌어 황제의 앞에 섰다.

"로넨시아 공작부인 노마가 폐하를 뵙습니다."

"오랜만이오."

"예, 폐하."

그녀는 부드럽게 웃었다.

루크레티우스의 시선이 노마의 뒤에 선 율리아에게 닿는 것이 느껴졌다. 고개를 숙인 채, 노마는 흡족하게 웃었다.

루크레티우스는 혀를 차며 율리아에게 말을 걸었다.

"그대. 안색이 안 좋군."

율리아의 얼굴은 하녀들이 아무리 열심히 분을 칠하고 홍조를 만들어 놓았어도 그다지 좋아 보이지 않았다. 아무리 좋은 화장수와 분을 들이부어도, 제대로 먹지 못하고 잠을 못 잤으니 창백할 수밖에.

노마는 속으로 혀를 찼다. 어쩌면 저리 어리석은지 모르겠다. 차라리 저 아이의 언니 쪽이 더 나았을까 싶었으나, 그 아이는 황궁에서 제대로 버텨 낼 만한 깜냥이 아니었다.

결국 아쉽다 하여도, 그녀가 내세울 수 있는 건 율리아 하나. 다

급한 것은 그녀이니, 황제의 지적에 변명하는 것도 노마였다.

"오늘을 준비하느라 지나치게 긴장한 듯합니다."

그러자 루크레티우스는 고개를 끄덕였다.

"하긴. 그러할 만하지. 황후 역시 그대에게 대임을 맡기고 싶어 하니 말이야."

노마의 얼굴에 떠오른 미소가 한층 짙어졌다. 율리아가 한층 창백해진 얼굴로 답한다.

"폐, 폐하……."

가엾게 떨리는 목소리를 들으면서도, 노마는 여전히 멈출 생각이 없었다. 그녀는 황제가 어째서 이리 잡담을 하며 뜸을 들이는지 모르겠다고 생각했다. 결국 참지 못하고 먼저 운을 떼기로 했다.

"폐하, 이제 첫 춤을……."

그녀가 운을 떼자, 기다렸다는 듯이 황제가 말허리를 댕강 자른다.

"그래. 율리아, 그대에게 내 할 말이 있네. 정확히는, 맡길 일이 있어."

"……예, 폐하."

마침내 율리아는 체념한 듯 고개를 숙였다. 노마는 당장에라도 터져 나오려는 웃음을 억눌렀다. 황제 루크레티우스는 다정히 웃으며 말을 이었다. 노마가 그렇게도 바라 마지않던 '그 말'을.

"율리아, 그대에게 작위를 내려 1황녀인 베아트리체의 교육을 맡기려 한다네."

노마의 눈이 흡뜨였다.

지금, 황제가 뭐라고 한 거지?

그녀는 지나치게 당혹하고 말았다. 때문에 황제가 율리아에게 한 말을 자신이 나서서 되묻고 말았다.

"……네?"

이는 굉장히 무례한 일이나, 지금 그녀에게 이를 신경 쓸 정신은 없었다. 루크레티우스는 미간을 찡그리며 불쾌감을 대놓고 드러냈다.

"짐은 그대가 아니라 율리아에게 말을 걸었네만."

노마는 자신의 결례에 대해 사죄를 청할 정신마저도 없었다. 그녀는 다급하게 외쳤다.

"폐, 폐하! 분명히 폐하께서는 오늘 밤 첫 춤을……!"

그때였다. 마치 노마의 항의를 일부러 가로막기라도 하는 것처럼, 무도회장 밖에서, 나팔소리가 울렸다.

─뿌우──!

홀 안이 얼어붙은 듯 굳었다. 저 나팔이 울리는 때는 한 가지 경우뿐이다.

황족의 입장.

그리고 이미 황제는 입장해 있다. 황녀는 너무 어려 연회에 참석할 나이가 아니다. 그렇다면 저 나팔 소리를 울릴 수 있는 사람은 단 한 명 외에 없다. 선전관의 외침이 벼락처럼 공기를 갈랐다.

"황후 폐하께서 드십니다!"

전혀 예상치 못하게 돌아가는 상황에 내부의 시선이 일시에 문

쪽으로 돌아가 꽂힌다.

양쪽으로 문이 활짝 열리며, 그 사이로 한 여인이 우아하고 당당하게 들어선다. 풍염한 한 송이 장미를 연상시키는 붉은 드레스가 화려하게 대리석 바닥 위로 펼쳐졌다. 새카만 머리카락을 장식한 것은 즐겨 착용하는 푸른 다이아몬드 티아라. 여인의 눈매가 가늘게 휘며 농염한 미소를 그린다.

바로 루크레터우스의 유일한 아내이자, 제국의 황후. 크렌시아의 성을 쓸 것을 허락받은 유일한 황제의 여인, 그녀, 사비나 르 크렌시아였다.

잔뜩 소리 낮춘 술렁거림이 사방으로 번졌다. 작은 소곤거림이었으나 일시에 수많은 입에서 터져 나온 소리들이 모이자 결국 작은 소란이 되고 만다.

"정말로 황후 폐하시잖아?!"

"별궁으로 내려가신 것 아니었나요?"

"어떻게 여기 계신 거지?"

"그러면 로넨시아 공작부인의 질녀가 황비가 된다는 소문은 어떻게 된 거죠?"

황후가 탔다는 마차는 며칠 전 실제로 황궁을 떠나 별궁으로 향했다. 게다가 지난 며칠간 실제로 그 누구도 황후를 황궁에서 보지 못했다.

평소라면 수많은 눈들이 황후와 황녀를 주목하고 있다. 허드렛일을 하는 하녀조차도 황후의 얼굴을 안다. 황후가 황궁을 뜨지 않고 남아 있었다면, 그 사실이 소문나지 않을 리 없었다. 누구도 그 며칠간 황후의 검은 머리카락 한 올 보지 못한 것이다. 한데 지금 황후가 급작스레 하늘에서 뚝 떨어진 듯이 나타났다.

혼란이 파도처럼 무도회장을 덮친다. 그 일렁이는 파도를 가로지르며, 황후가 걸어왔다. 항구로 접어드는 배처럼 매끄럽게, 그녀의 남편에게로.

루크레티우스는 천천히 걸어서 그녀를 맞이했다. 자연스럽게 그의 손 위로 비나의 손이 닿는다. 이제 루크레티우스의 에스코트는 비나에게 공기처럼 익숙했다.

황후는 곱게 웃으며 말문을 열었다. 며칠 전 단장 시간에 공개적으로 흉흉하게 싸웠던 사이로는 도저히 보이지 않는 다정함이다.

"후후, 제가 늦었군요. 기다리시게 해서 죄송해요, 폐하. 단장이 조금 늦어졌답니다."

그러자 황제는 꿀이 뚝뚝 떨어지는 듯한 눈빛으로 아내를 보며 고개를 젓는다.

"아니오. 황후를 기다리는 시간은 조금도 지루하지 않은 것을."

두 사람은 며칠 전의 다툼, 그리고 그 직후 있었던 황후의 별궁 행이 애초에 없었던 일인 양 다정했다. 두 사람은 주변 모든 이들이 안중에 없다는 듯, 오로지 서로만을 보고 있었다.

그제야 생각났다는 듯이 루크레티우스가 노마에게 말한다. 황후의 갑작스런 입장 전에, 노마가 그에게 한 항의에 대한 대답이었다.

"그러고 보니, 공작부인. 나의 첫 춤 상대가 내 황후 외에 또 누가 있다는 거요?"

누가 봐도 감탄이 나올 정도로 의뭉스런 태도였다.

"내가 황후 외에 다른 이와 첫 춤을 춘다면 그 상대를 내 후궁에 들여 놓겠다는 의사표현이나 진배없지 않겠소. 하나 나는 그리할 의사가 전혀 없으니 내 춤 상대는 황후 외에는 없소. 그대는 내가 황후가 아닌 다른 누구와 춤을 추어야 한다 생각한 거요?"

그는 얼굴에 철판을 깔고 안면을 몰수했다.

어차피 루크레티우스가 직접 그녀에게 '율리아와 첫 춤을 추겠다.' 혹은 '율리아를 황비로 맞겠다.'는 말을 한 적도 없었고, 이를 서면으로 남기지도 않았다. 애초에 그들이 나눈 건 극히 사교적인 대화로서, 비유와 에둘러 표현하는 수사들만을 사용했으니 당연하다.

문제라면 한쪽이 작정한 사기꾼이라는 것 정도였다. 아니, 다른 한쪽도 뒷 공작을 꾸몄으니 무고하고 깨끗한 쪽은 없는 셈이다.

중요한 건 결국 누가 이기느냐는 것. 루크레티우스는 매우 여유롭고 뻔뻔한 태도로 말했다.

"자아, 말해 주지 않겠소? 내가 누구와 춤을 추어야 한다는 거요?"

"그, 그건……."

노마는 말문이 막혔다. 귀도 막히고 코도 막히는 기분이다.

다른 이들의 눈에는 공작부인 혼자 과대 해석하여 일을 추진하려다 낭패를 본 것으로 보이리라.

남편이 먼저 나서자, 부채 속에서 만족스럽게 웃으며 상황을 지켜보던 아내가 뒤따라 나섰다.

'맞은 데를 골라 때려야 공격이 더 잘 들어가는 법이거든!'

이런 상황에서는, 늘 미리 입을 맞추지 않아도 척 하면 척인 것이 그들이다. 비나는 마치 춤을 추듯 부드럽게 앞으로 나서서 율리아의 팔을 잡아당겼다.

"어머, 얼굴이 많이 상했네요, 율리아. 겨우 며칠 못 봤을 뿐인데 얼굴이 반쪽이 되다니, 무슨 일이라도 있었나요?"

그러자 율리아는 창백한 얼굴로 제 이모 쪽을 말끄러미 보았다. 여기서 율리아가 자신의 의사와 상관없이 이모에게 감금당했노라 말하면 일이 더 커진다.

율리아는 내내 노마에게 말했었다. 그만두라고. 그녀는 차분하게 가라앉은 눈으로 이모를 바라본다. 그 눈은 마치 깊은 호수처럼 흔들림 없이 고요했다. 그것을 보고 깨달았다. 율리아는 황후의 등장을 보고 조금도 놀라지 않았다.

'설마……!'

경악한 그녀에게 율리아가 다가와 낮게 속삭였다. 이모에게만 들릴 정도로 낮은 소리로.

"제가 몇 번이나 말씀드리지 않았었나요, 이모님. 그만두시라고요. 이모님은 절대 성공하실 수 없다고."

그 말은 사실이었다. 단지 율리아는 자신이 알고 있는 모든 것을 다 드러내 놓지 않았을 뿐.

며칠간 갇혀서 제대로 먹지도 않으면서 그리 연기를 했던 건가?! 경악과 배신감 다음으로 밀려드는 것은 지독한 모멸감과 수치심이었다. 노마의 입술이 바들바들 떨렸다.

"유, 율리아……!"

그녀의 부름에, 율리아는 가라앉은 표정으로 한 번 고개를 젓고는 이모의 곁을 스쳐 제 주인에게로 향했다. 그녀 스스로 택한 주인에게로.

"심려를 끼쳐 드려 죄송합니다, 황후 폐하."

황후는 보란 듯 웃으며 율리아를 노마에게서 떼어 내어 자신과 루크레티우스의 곁으로 데려왔다.

그녀의 목소리는 점점 상기되고 있었다. 누가 들어도 비나가 지나칠 정도로 즐거워하고 있는 것을 느낄 수 있을 정도로.

"어찌 그리 딱딱하게 말하나요. 내가 율리아를 얼마나 신뢰하는지는 온 황궁이 다 알고 있는데. 그래서 이번에 정식으로 부탁하고 싶었어요. 현재로서 유일한 황손인 베아트리체 황녀의 교육담당으로서 그 아이를 잘 보필해 주세요. 황녀를 믿고 맡길 만한 사람으로 가장 먼저 떠오른 것이 당신이었답니다."

비나의 목소리는 평소보다 유달리 간드러지고 또 녹아내릴 듯 다정했다. 그리하면 듣는 사람 중 하나가 매우 속이 터질 것이라 확신하고 하는 짓이었다. 물론 매우 효과가 좋았다. 노마는 복장이 터지기 일보 직전이었으니까.

율리아는 기쁘게 황제 부부의 청을 받아들였다.

"감읍할 따름입니다."

그에 루크레티우스는 기뻐하며 정식으로 선언했다.

"율리아 데 막시밀리앙에게 도르텐의 성을 내리고, 준남작 위를 내려, 황녀의 교육담당으로 삼겠다."

이제 율리아 데 막시밀리앙이 아니라 율리아 데 도르텐이 된 여인이 깊이 허리 숙여 영광을 받았다.

"율리아 데 도르텐, 감히 황은에 감읍하옵니다."

이것으로 율리아는 따로 독립하여 새 가문을 연 것이 된다. 지참금도 마련해 주지 않았으면서 딸이 황실에서 일하게 되자 빌붙으려 하던 본가나, 제 욕심으로 원치 않는 자리에 밀어 넣으려 하던 이모로부터 법적으로 떨어져 나올 수 있는 것이다.

"정식 작위 수여식은 나중에 하도록 하지."

그러자 황후는 남편을 향해 눈을 토끼처럼 뜨고 말했다.

그녀가 시작한다. 척.

"어머, 폐하. 제가 늦은 바람에 다들 연회를 제대로 즐기지 못하였네요. 이를 어쩌나."

그러자 그가 받는다. 착.

"이제부터 충분히 즐기면 될 일 아니오."

그는 능숙하게 아내의 말을 눙치며, 동시에 우아한 자태로 손을 올리며 허리를 살짝 굽힌다.

"자, 그러면 오늘 나의 첫 춤 상대가 되어주시겠습니까, 나의 사랑?"

"기꺼이, 나의 폐하."

비나는 두 손으로 풍성한 드레스 자락을 말아 쥐고 허리를 숙여 댄스 신청을 받았다. 그러자 대기하고 있던 궁내부장이 멍하니 굳은 무도회장의 악단 지휘자를 쿡 찔렀다. 그는 그제야 정신을 차리고 지휘봉을 들어 올렸다. 곧 아름다운 음악이 홀을 가득 채우기 시작했다. 마치 바람을 탄 새처럼 이 한 쌍의 고귀한 부부는 홀의 중심으로 나아갔다.

드디어 대연회 마지막 날 무도회의 첫 춤이 시작되었다.

황제 부부는 연이어 세 곡을 추었다. 조금도 쉬지 않고, 한시도 떨어지지 않은 채로. 이것이 매우 과시적인 행동임은 분명했다.

사방에서 조롱 섞인 시선이 한곳을 향한다. 물론 그 방향은 로넨시아 공작부인이었다. 그녀의 부채를 쥔 손이 부들부들 떨렸다. 노마의 떨리는 눈이 차례차례 그녀에게 이러한 모욕을 준 사람들을 향한다.

우아하고 당당하게 춤을 추는 중인 황제 부부. 그리고 얌전히 그 장면을 바라보고 있는 율리아. 그제야 그녀는 깨달았다.

'다, 다 함정이었어. 처음부터……, 나를 노린 함정이었던 거야! 폐태후가 실각하고, 시아버님께서 돌아가시니……, 이제 로넨시아 가에는 볼일이 없었던 거지.'

사냥이 끝나면 가장 먼저 사냥개가 버려진다. 그녀는 이제야 자신이 버려진 사냥개 신세임을 깨달았다. 아무리 신하의 입장이라 하나, 스스로 황제 부부와는 동등한 입장의 협력관계라 생각했다.

실제로 로넨시아가는 그러할 만한 자격이 있는 가문이었다. 그러나 이제는 아니라는 것을, 그러한 자격을 가진 것은 시아버지 코르넬리우스가 살아 있던 때에 한정되는 것을 깨달았다.

아니, 설사 코르넬리우스가 살아 있었어도 결과는 달라지지 않았을 거다. 루크레티우스가 코르넬리우스가 죽을 때까지 기다려 준 것은, 그가 이미 노쇠하여 수명이 길지 않았기 때문이다.

그러나 노마나 그녀의 남편 파비오는 달랐다. 앞으로 2, 30년은 더 정계에 남을 수 있다. 아마도 그녀나 그녀의 남편이 코르넬리우스와 같은 능력과 권위를 가지고 있었다하더라도, 루크레티우스는 그들을 그냥 두지 않았을 것이다. 아니, 그렇다면 더더욱 확실하게 그들을 잘라 내려 했을 거다.

서늘한 확신이 등줄기를 타고 흘렀다.

"어머니."

따스한 손길이 그녀의 덜덜 떨리는 손을 마주 잡는다. 노마는 그 상대를 확인하고 곧 얼굴을 풀었다.

"로벨."

"그리 찡그리지 마세요, 어머니. 아름다운 어머니의 얼굴이 다 상합니다."

그녀는 하나뿐인 아군인 아들에게 매달렸다.

황후가 등장하면서부터 반전된 분위기에, 그들의 주변엔 둥그런 빈 공간이 생겨 있었다. 모두가 그녀를 마치 역병에 걸린 사람이라도 된 양 피하는 것이다. 바로 조금 전까지만 해도 어떻게든 그녀의 권세에 들러붙으려 하던 자들이. 가증스럽기 짝이 없었다. 어쨌든 덕분에 그들의 대화는 멀찍이 떨어진 이들에게는 들리지 않았다.

"로벨. 우리가 완전히 당했구나. 이제 로넨시아의 이름이 땅에 떨어져 놀림감이 되어 버렸어!"

로베르토는 그럼에도 얼굴에 떠오른 미소를 지우지 않았다.

"뭐, 이렇게 된 건 아쉽지만, 그래도 아직 즐길 거리는 남아 있으니까요."

노마의 눈이 커졌다.

"즐길 거리? 무슨 말을 하는 거니?"

그녀는 진심으로 아들이 지금 무슨 말을 하는 건지 이해할 수 없었다. 지금 그들이 처한 상황은 누가 보아도 심각했다. 오늘로 그녀가 가진 사교계에서의 영향력은 말 그대로 절단 났다고 봐도 좋다.

그녀가 로넨시아가에 시집온 이유와, 시아버지의 못마땅한 시선을 견디며 가문을 간수해 온 그 모든 노력이 오늘 이 자리에서 끝난 것이다. 이 실패를 수습하고 복구하려면 아마도 몇 년으로는 불가능할 것이다.

그런데 아들의 말은 이상했다. 저 말을 듣고 있자니, 그녀가 수십 년을 노력해 온 모든 것이 다 아무것도 아니라는 양, 그리 들렸다.

'설마……'

그녀의 아들이, 그것도 가장 사랑하는 자식이 그녀의 모든 노력을 지리 히찮은 듯 취급하다니. 멍하니 아들을 올려다보는 어머니를, 그 아들은 어미의 심정이나 기분 따위는 조금도 알지 못하는 듯이 반응했다.

"저나 어머니의 계획대로 되었다면 좀 더 쉽고 즐거웠겠지만 어쩔 수 없죠."

마치 장난감이 부서진 걸 적당히 아쉬워하는 어린아이인 양. 그러고는 아이는 아직 남은 다른 장난감으로 흥미를 옮긴다.

노마는 아연실색하여 아들을 올려다보았다. 로베르토는 여전히 제 좋을 대로만 말하고 있었다.

"이렇게 된 이상, 율리아를 밀어 넣는 건 힘들어졌지만, 이미 황후에 대해 소문이 난 게 있지 않습니까? 그걸 이용하죠."

"뭐라고?"

어머니의 얼굴이 경악으로 굳는 것을 보고도, 로베르토는 조금도 이상함을 느끼지 못하는 모양이었다.

"어머니의 친구분들이 있죠? 그분들을 통해서 본격적으로 대연회 첫날의 스캔들을……."

더는 참지 못하고 노마가 아들의 말을 잘랐다.

"지금 황후의 불륜 소문을 공론화하자는 말이냐? 네가 조작한 그 소문을?"

"네. 왜 그렇게 놀라세요, 어머니?"

언제나처럼 다정하게 웃어 보여 어머니를 달래려던 로베르토는 어머니의 표정을 보고 정말로 놀라고 말았다.

그녀의 얼굴은 온통 일그러져 있었다. 그가 무슨 짓을 해도, 늘 다정하기 짝이 없던 어머니다. 자신의 어머니가 이런 표정을, 그리고 감정을 내보이는 걸 본 적 없는 로베르토는 고개를 갸웃했다.

"어머니?!"

그의 당혹한 부름이 그녀의 분노를 마지막으로 터뜨리는 트리거가 되고 말았다.

"로베르토 데 로넨시아…!"

주변에 다 들릴 정도로 외치지 않은 것이 그녀의 마지막 이성이었다. 지금 여기는 황제가 주최하는 대연회의 무도회장 안이었으니까. 분노하면서도 그녀는 주변을 살폈다. 이 말이 누구 귀에 들어가지는 않을까 저어하며.

"네가 정말로 미쳤구나!"

"어, 어머니?"

그녀는 소리를 최대한 낮추기 위해 안간힘을 쓰고 있었다. 이미 크게 낭패한 상황에서, 주변에 더 추태를 부리기 싫은 것도 있지만, 그보다는 대화 내용이 주변에 알려지면 더 큰 사달이 나는 것이 더 컸다.

"네가 만든 황후의 불륜 스캔들을 공론화해서 어쩔 셈이냐? 황후 폐위라도 주장하려고?! 황후의 불륜은 곧 반역이야! 선대에 있었던 비극을 잊었느냐?"

현 황제 루크레티우스의 친모 베아트리체 황후는 불륜의 모함을 쓰고 참수당했다. 아들인 루크레티우스가 보는 앞에서.

노마는 당시 상황을 기억했다. 처형 장면에 직접 입회하지 않았으나, 그녀는 적어도 베아트리체 황후에게 동정심을 가졌던 이 중 하나였다.

그러나 그녀가 베아트리체 황후를 동정한 것은 지금 그녀가 경악한 이유와는 별개였다. 개인적인 감정과 정치적인 문제가 별개라는 것은 너무나도 당연한 일이었으니까.

"황제 폐하께서는 자신의 모친이 불륜 누명을 쓰고 처형당하는 걸 직접 보셨어! 게다가 1황녀의 이름 역시 돌아가신 베아트리체 황후의 이름을 따서 지었지. 그분이 아직까지 자신의 어머니를 잊지 않았음이 이토록이나 분명한데, 사실도 아닌 황후의 불륜 스캔들을 공론화하겠다고?!"

이 말이 안 나올 수 없다.

"네가 정말 미친 게로구나! 가문을 아예 무너뜨릴 셈이니?"

"어머니……!"

로베르토가 얼굴을 일그러뜨리며 어머니에게 무어라 항의를 하려 했으나, 노마의 분노가 더욱 거셌다.

"이건 스캔들이 조작이 아니라, 진짜 사실이라도 위험한 일이다. 애초에 그 스캔들을 조작하는 것도 나는 반대했었다! 너무 위험하니까! 그런 일을 벌여 놓으면, 일이 어찌 되든 황후와 우리는 어느 쪽이든 한쪽이 죽어야 끝나는 싸움을 시작할 수밖에 없어! 그리고 황후가 그날 그 상대를 만난 것이 자신이 아니라 증명하면 끝나는 일이다. 증거가 없더라도 황후 쪽에서 증거를 못 만들 것 같더냐? 네가 어설

프게 조작한 것처럼 그쪽도 가능하지 않겠느냐? 그나마 다행히 그
스캔들은 소문으로만 돌고 있었고, 공론화된 적이 없었지. 그게 공론
화되면 당연히 일을 조작한 소문의 근원부터 파헤쳐질 거다!"

로베르토는 변명하듯 덧붙였다.

"어차피…… 누구도 모를 겁니다."

당시 현장에서 그와 아마린체를 목격한 귀부인들은 그와 따로 작
당한 이들이 아니라, 정말로 순수하게 우연히 조우한 이들었다. 이
일을 아는 건 아마린체 하나뿐. 그리고 그 여자는 자신에게 완전히
빠져 지배당하고 있다. 그는 그리 믿었다.

"그걸 어찌 알아?! 아들인 네가 내 명을 어기고 멋대로 움직이고,
조카인 율리아조차 나를 버리고 황후를 택하였는데, 한 핏줄도 아닌
너를 도운 이가 정말로 얌전히 너를 위해 입을 다물 거라고 믿니?!"

그녀는 아들이 태어난 뒤 처음으로 이렇게 격렬하게 분노하고 실
망했다. 아들이 수없는 스캔들을 만들고 다니며 골치를 썩이던 때
도, 작곡이니 하는 상스러운 일을 하고 돌아다닐 때도 미처 느껴
본 적 없는 실망감이다.

"황제께서는 이미 불륜 누명으로 처참하게 어머니를 잃은 경험
이 있으시다. 그런 상황에서 증거도 명확치 않은 황후의 불륜 스캔
들이 공론화되면, 그게 황제 폐하의 역린을 건드리는 게 될 터. 황
제의 분노가 내릴 게다! 네가 한 짓이라는 게 밝혀지면, 너만 끝나
는 줄 아느냐? 나나 네 아비나 네 형네 부부도 끝이야!"

로베르토가 무어라 말을 덧붙이려 하는 것도 노마가 직접 모조리
끊었다.

"그나마 황제 부부 사이가 갈라지는 것으로 보여, 내가 직접 나서

면서도 황후의 불륜을 직접 거론하지 않은 건 그 이유 때문이었던 거다. 잘된다면 다 얻을 수 있겠으나, 실패하면 모조리 잃을 게다. 그렇게 위험한 일을 자청해서 맡을 리 없지 않니! 그런데 황제와 황후의 금슬이 굳건한 것은 이리도 분명하니 쉽게 건드릴 수 없어!"

노마는 나직이 씹어뱉었다.

"연회가 끝나면 그 일을 도운 계집이 누구인지부터 고하거라. 네가 일을 터뜨리거나, 저쪽에서 소문이 모함이라 하며 본격적으로 일을 들고 나오기 전에 입을 영영 막아 버려야 한다."

"……."

아마린체를 죽여 입을 막으라는 이야기. 그 여자를 죽이는 건 상관없다. 딱히 아쉬울 것도, 슬플 것도 없다. 쓸모가 다하면 그 자신이 먼저 그 여자를 없앨 용의도 있다.

그러나 로베르토는 무언가 일이 단단히 잘못되어 돌아가기 시작했다는 느낌이 들었다. 그의 어머니부터가 그랬다. 그녀는 지금 로베르토를 철없이 날뛰는 멍청한 어린아이인 것처럼 내려다보고 있었다.

말도 안 된다. 그가 이러한 취급을 받아야 할 이유는 없었다. 아무리 그의 어머니라 해도 자신을 이리 다룰 권리는 없었다. 그의 안에서 분노가 용암처럼 들끓기 시작했다.

세 번째 곡이 끝났다. 황제와 황후는 우아하게 서로 절하며 인사를 마쳤다. 누가 보아도 여전히 한 쌍의 잉꼬처럼 사이 좋은 부부다.

그들은 부드럽게 웃으며 외따로 떨어져 있는 노마와 로베르토에게로 다가왔다. 황후 사비나는 만개한 꽃처럼 웃으며 노마에게 말을 걸었다.

"어머, 공작부인. 아드님과 춤 행렬에 끼시리라 생각했는데, 아직 안 추고 계셨었나요."

노마는 꿈틀거리는 얼굴 근육을 다잡으며 공손히 답했다. 이미 승패는 확실하게 갈렸다. 여기서 뻗대어 일을 악화시킬 생각은 추호도 없었다.

"제가 요즘 들어 무릎이 안 좋아져서요. 이리 신경을 써 주시니 감읍할 따름입니다."

그러자 비나는 다정히 웃으며 그녀의 건강을 걱정했다.

"저런, 빨리 나으시길 기도하겠어요. 그러고 보니……, 마람 온천 별궁 쪽의 온천이 관절염에 참 좋다고 하더군요. 로넨시아가도 그곳에 별장이 있었죠?"

"……예."

노마는 떨리는 손끝을 소맷자락으로 가리며 순순히 답했다.

참으로 너무나도 자비로워 눈물이 나는 황후였다. 이 정도에서 마무리해 줄 테니, 당분간 별장에 내려가 근신하고 있으라는 말을 이리 직접적으로 해 주다니.

그리고 정말 그리되면, 공작부인의 기세가 완전히 꺾였음이 제도 사교계 내에 대놓고 공표되는 것이나 매한가지가 되리라. 노마는 일이 이리 되기 전, 그녀가 한 말을 떠올렸다.

'부인. 나는 허수아비가 되어 줄 생각이 없어요.'

그 말대로다. 완패였다. 노마는 떨리는 목소리를 애써 정리하며
답했다.

"폐하의 말씀이 옳습니다. 잠시 요양을 하러 갈 필요가 있겠군요."

이번에는 황제의 말이 있었다.

"그러고 보니, 로베르토 공자는 아직도 제도 무도회에 참여한 뒤
누구와도 춤을 춘 적 없다지?"

로베르토는 주춤주춤하며 고개를 끄덕였다. 공작부인이 마치 아
들을 맹수에게서 보호하려는 듯 사이로 끼어든다.

"이 아이가 사교계 경험이 적다 보니 아직 어색하여 그러하답니다."

그러자 황제가 안타깝다는 듯이 혀를 찼다.

"그러하군. 이리 훤칠하게 잘생긴 영식이 아직 짝이 없는 건 참
으로 슬픈 일이야. 그런 의미에서 짐이 적당한 짝을 소개시켜 주려
하는데."

"네? 폐하?!"

"예?!"

전혀 예상 못한 황제의 선언에, 모자는 똑같이 경악했다.

루크레티우스가 손가락을 부딪치자, 딱 하는 소리가 울린다. 동
시에 문이 열리며 한 여인이 들어섰다.

"소개하지. 황후가 매우 아끼는 프리마돈나라네."

그쪽으로 시선을 돌린 이들은 모두가 놀라 입을 벌리고 말았다.
당연했다. 무도회장을 들어선 이는 검은 머리카락을 길게 늘어뜨
리고 있었던 것이다.

"검은 머리? 세상에……, 검은 머리를 가진 사람이 황후 폐하 외
에 또 있었나요?"

"그러면 그때 그 소문의 검은 머리가……."

"저 얼굴은……, 아마린체 토올 아닌가요? 그 저명한 소프라노인."

"하지만 아마린체는 원래 검은 머리가 아닌 걸로 아는데요?"

다들 당혹감에 휩싸여 소곤거리며 이야기를 나눈다.

루크레티우스는 덜덜 떨며 걸어온 검은 머리의 여인을 노마와 로베르토에게 소개시켰다.

"자, 지난번 공연 때 최고의 노래를 들려줬던 프리마돈나라네."

아마린체는 창백한 얼굴로 황제와 황후, 그리고 그 옆에서 아연실색한 공작부인과 로베르토에게 인사를 올렸다.

가장 놀란 것은 물론 로베르토였으나, 공작부인 역시 경악했다. 아마린체가 가발을 썼음은 조금이라도 눈썰미가 있는 이들은 바로 눈치챌 수 있었다. 게다가 그녀가 입은 드레스는 누가 보아도 일개 가수가 입을 수 있는 옷이 아니다. 이렇게 밝은 샹들리에 빛 아래 드러내자, 진짜 황후가 입은 옷에 비해 훨씬 조악한 옷의 질이 드러난다. 누군가가 상황을 조작하기 위해 만든 옷임이 티가 났던 것이다.

또한 그 모양새가, 스캔들의 원인이 된 사건에서 검은 머리의 여인이 입었다던 옷과 똑같았다. 목격한 귀부인들은 자신이 본 것을 상세히 떠들고 다녔던 것이다. 바로, 그 이야기 속의 차림새였다.

그걸 본 순간, 노마는 깨달았다.

'저 여자구나!'

로베르토가 황후에 대한 스캔들을 조작할 때 협력했던 인물임에 틀림없다. 그녀는 등줄기가 서늘해지는 것을 느꼈다. 황제와 황후의 여유 넘치는, 자신만만한 얼굴이 눈에 들어온다.

'전부, 모조리 다 눈치채고 증인과 증거까지 마련해 두고 있었던

건가?!'

발아래가 일시에 꺼져 들어가는 듯했다. 아득하다.

루크레티우스는 짐짓 의아하다는 듯이 물었다. 처음 듣는 이들은 황제가 정말로 아무것도 모른다고 착각할 수 있을 정도로 감쪽같았다.

"한데, 그대 모습이 특이하군? 본래 검은 머리가 아니었던 것으로 알고 있는데 말이야. 게다가 그 옷은…… 황후가 가면무도회에 나와 함께 참석할 때 입은 옷과 상당히 비슷하군. 자세히 보니 아니긴 하지만."

아마린체는 떨리는 목소리로 바닥에 무릎을 꿇었다. 그리고 제 손으로 가발을 벗어 들었다. 그녀의 붉은 머리카락이 선명하게 드러난다. 아마린체는 검은 가발을 앞에 놓고 말을 올렸다.

"두 분 폐하께, 감히 사죄를 청하려 합니다."

이번에 아마린체의 말을 받은 것은 비나였다.

"어머. 사죄라니, 무슨 사죄를?"

"지난 대연회 첫날 황후 폐하에 대한 망극한 소문이 돈 것은 저의 실수 때문입니다."

주변에 놀라움이 파랑처럼 번졌다.

검은 가발. 그리고 대연회 첫날의 소문. 모두가 알고 있는 이야기였다. 다시금 수군거림이 일렁인다.

아마린체는 이를 듣지 못한 듯 또박또박 설명을 계속했다. 과연 가수답게 목소리가 크면서도 명징해서, 멀리 있는 이들에게까지 선명하게 들렸다.

"……지난번 어전 공연 이후……, 저는 제게 그러한 영광을 주신 황후 폐하를 흠모해 왔습니다. 그러던 중 다시 황궁에서 공연을 하고 또 가면무도회에 참석하게 되어 지나치게 기쁨에 들떠 있었습니다. 그래서……, 흠모하는 황후 폐하의 모습을 가장하고 가면을 쓴 채 무도회에 참석하였습니다. 그런데 무도회에서 그만 로베르토 공자님께서……."

모두가 귀를 기울였다. 흥미진진한 이야기다. 그러자 사색이 된 노마가 나섰다.

"천한 가수 따위가 무슨 헛소리를 하는 게냐?! 내 아들이 무얼 어찌하였다고! 폐하! 이 여자는 지금 잠꼬대 같은 소리를……!"

그러나 그녀의 발버둥은 의미가 없었다.

"아니, 아마린체의 말을 다 들어 보도록 하지. 그 소문 때문에 나와 황후가 잠시나마 서로 오해하였던 것은 사실이니. 곧 그녀가 그러할 리 없음을 깨닫고 편지를 전해 이리 황후가 마음을 풀고 돌아와 주었지만 말이야."

루크레티우스는 노마를 제지하고, 아마린체의 손을 들어 주었다. 아마린체는 고개를 깊이 숙이고 다시 말을 이었다.

"로베르토 공자께서는 저를……, 처음에 황후 폐하로 착각하셨습니다. 그러나 곧 아님을 알게 되셨고, 밤의 열기에 취해 함께 밀회를 하다가……, 다른 분들의 눈에 띄고 말았습니다."

"무, 무슨 말도 안 되는……!"

발악하는 것은 노마 쪽이었다. 그러나 정작 로베르토는 말없이 아마린체를 바라보고 있었다.

그는 지금 상황 자체가 제대로 실감이 나지 않았다. 그는 아마린체라는 여자를 잘 안다고 생각했다. 저 여자는 분명히 그에게 빠져 있었다. 일찍이 그녀는 그가 죽으라 하면 얼마든지 기꺼이 죽을 수 있는 그런 여자였다. 그렇다고 생각했다.

그런데, 저 여자가 지금 그를 배신한 것이다. 분노보다 그의 머릿속을 채운 단어는 하나였다.

'어떻게?'

그는 이해되지 않았다. 어떻게 이 여자가 그럴 수 있는 것인지. 그는 이 여자가 감히 자신을 버리고 살 수 있으리라 생각할 수 없었다. 그리 살 수 있는 여자가 아니었다. 그런데 지금 아마린체는 그를 배반하고 황후를 위해 증언하고 있었다.

아마린체의 말은 계속 이어졌다.

"황후 폐하께서 저의 실수 때문에 참담한 소문을 듣고 있음을 알고, 도저히 가만히 있을 수 없었습니다. 그래서 오늘 이 공식적인 자리에서 말씀을 올리려 한 것입니다. 제 죄를 스스로 알고 있으니, 어떤 벌이라도 달게 받겠습니다."

로베르토는 여전히 믿어지지 않아, 그녀를 뚫어지게 바라보았다. 아마린체는 말을 마치고서, 아래로 숙이고 있던 고개를 들어올렸다. 그녀의 똑바른 시선이 숨김 없이 로베르토를 향한다.

"……!"

그녀는 조금도 지지 않고서, 그를 정면으로 응시했다. 단 한 번도 없었던 일이다.

그제야 그는 깨달았다. 이 여자는 그에게 지배당하고 있지 않았다는 것을. 완전히 지배하고 있었다는 것이 자신의 오만이었음을.

남은 건 통렬한 패배감뿐이었다.

대연회 마지막 날. 무도회는 성황리에 끝났다. 그러나 일은 아직
다 마무리되지 않은 상태였다. 일에 엮인 당사자들은 황제 부부의
부름을 받아 그대로 황후의 내실로 자리를 옮겼다.

"……."

"……."

어색한 침묵이 내려앉는다. 그야말로 몇몇 이들에게는 앉은 자리
가 가시방석이었다.

노마는 황후의 옆자리에 앉은 두 여자를 노려보고 있었다. 정확
히는 그중에서도 한 명, 아마린체를. 아마린체는 안쓰럽게도 바들
바들 떨고 있었다. 로베르토 모자의 시선이 그녀에게 집중되어 있
었던 것이다.

가장 먼저 운을 띄운 것은 비나였다. 비나는 집중적으로 시선을
받는 아마린체를 로베르토 모자의 시선 공격에서 구해 내기 위해
먼저 움직였다.

"꽤 즐거운 밤이었어요. 그렇지 않나요, 여러분?"

그러자 방 안의 시선이 모두 그녀에게 모인다. 비나는 여유롭게
제 머리카락을 빙글빙글 돌리며 자신을 보는 이들에게 웃어 보였
다. 결국 헛웃음을 흘리며 답한 것은 노마였다.

"하, 정말로 대단하시군요, 폐하. 제가 완전히 졌습니다. 이 정도
로 단단하게 준비하실 줄은 몰랐으니까요. 율리아에, 저 계집까지."

적어도 지금 노마가 감탄하고 있는 것 자체는 진심이었다. 그러자 비나는 상냥하게 웃었다.

"어머. 그리 단단히 준비한 건 아니었어요, 공작부인."

"……그러셨겠지요. 애초에 두 분이 다투신 것부터……, 그리고 황후께서 별궁으로 내려가신 것까지 전부 연기셨던 모양이군요."

처음부터 루크레티우스와 비나의 손바닥 위에서, 놀아나고 있었던 거다. 그녀가 아등바등대는 꼴을 보며, 이 젊다 못해 어린 부부가 그녀를 얼마나 비웃었을까. 노마는 새삼 아득한 수치심을 느꼈다.

비나는 아무렇지도 않게 답했다.

"그렇죠. 꽤, 즐거웠어요."

"황궁 모두가 황후 폐하와 황녀 전하의 모습은 머리카락 한 올 보지 못하였는데……, 대단하십니다."

노마는 조카딸을 노려보았다.

"그리고 유리 너도 미리 알고 있었고."

"……."

율리아는 답하지 않았다. 이모 쪽을 보지도 않는다.

그녀의 적의는 황제나 황후가 아닌 그들을 위해 자신을 위협한 이들에게로 향했다. 어찌 보면 당연했다. 황제와 황후에게 대놓고 적의를 드러낼 수 없으니, 만만한 쪽으로 튀는 것이다. 그리고 그 중에서는 율리아보다는 아마린체 쪽으로 더 큰 적의가 향했다. 어찌 되었건 율리아는 피 섞인 조카였고, 아마린체는 남인 데다 천하디 천한 가수였으므로.

비나는 그녀의 주의를 끌기 위해 다시 입을 열었다.

"공작부인. 일이 커진 건 아마린체 때문이 아니에요. 그러니 그리 죽일 듯이 노려보지 마세요."

"……폐하."

"애초에 공작부인이 과욕을 부리지 않았다면, 나도 황제 폐하도 일을 키울 생각은 없었어요. 후궁 문제는 공녀제의 폐지가 구체화 면서 끝날 일이었으니까요."

그 말을 루크레티우스의 싸늘한 목소리가 받았다.

"그런데 감히 비나를 위협하는 소문이 퍼지기 시작하더니, 그대 들이 도저히 용납할 수 없는 범위까지 움직이기 시작했어."

"……."

여기는 사석이다. 이미 모든 일은 결판이 났고, 선전관도 대동하 지 않았으며 공식적인 알현조차도 아니다.

때문에 루크레티우스는 살기를 감추려 하지 않았다. 그 살의는 이 자리에 그를 제외하면 유일한 사내인 로베르토를 노골적으로 노리고 있었다.

"짐은 너무나도 불쾌해."

"……."

"감히 비나를 노린 것도 용서할 수 없는 데다, 그 수단마저도 어 찌 그리 비겁한지……. 죽은 카틀레야가 울고 가겠군."

이 부분에서 노마의 불안한 예측은 그대로 들어맞았다. 처참히 처형당한 모후의 일이 황제의 마음에 남지 않았을 리 없다.

로베르토의 계략은 그에게 불쾌한 과거의 일을 떠올리게 한 것이 다. 이대로 카틀레야에 대한 분노의 기억이 아들에게까지 이어지 게 둘 수는 없었다. 그리되면 정말로 끝장이다.

노마는 식은땀을 흘리며 루크레티우스의 분노를 막아섰다.

"폐하. 부디 진노를 거두어 주소서. 다 제가 아들 교육을 제대로
하지 못한 탓입니다."

"내가 왜 그리해야 하지?"

노마는 자존심이고 뭐고 모두 버리고 루크레티우스의 앞에 무릎
을 꿇었다. 그녀가 지나치게 곱게 싸안아 키운 아들은 아직 실감하
지 못하고 있었으나, 지금 로베르토의 목숨은 경각에 달려 있었다.

증인도 증거도 분명하다. 오늘 아마린체의 증언은 애매하게 얼버
무려지긴 하였으나, 이를 파헤치면 충분히 로베르토가 이번 일을
꾸몄음을 공론화시킬 수 있다.

이미 눈치 빠른 자들은 오늘 일에서 로넨시아 가문이 지난 며칠
간 있었던 불미스러운 일에 연루되어 있음을 눈치챘으리라. 그들
중에는 로넨시아가와 척을 진 이들도 분명히 있었다. 그리되면, 로
베르토는 물론 로넨시아 가문 자체가 끝이다.

"황제 폐하. 황후 폐하. 부디, 부디…… 자비를. 돌아가신 시아버
님의 얼굴을 봐서라도, 불초한 아들의 목숨을 살려 주신다면 제가
할 수 있는 무엇이든 하겠습니다."

루레티우스는 고개를 모로 꼬았다.

"지금 이러한 자리를 베푼 것 자체가 코르넬리우스의 얼굴을 보
아서였어. 그가 죽기 전에 마지막으로 남긴 말을 들었기 때문이지."

"예?"

의아하게 올려다보는 노마에게, 루크레티우스는 나직이 웃으며
답했다.

"그는 아마도 이런 일이 있지 않을까 걱정했던 모양이야. 만약에
자신의 후손들이 안 좋은 일에 연루된다면, 적어도 단 한 번만 더

기회를 달라 청하더군. 그래서 나는 지금 기회를 준 거야. 대연회에서 그대의 아들을 바로 체포하라 명하지 않고, 이리 자리를 마련한 것으로 말이지.”

노마의 눈가가 가늘게 떨렸다. 잠시 루크레티우스를 바라보던 그녀는 고개를 떨어뜨리고는 간신히 대답을 내놓았다.

“……그 부모에 비해 한참 모자란 자식이요 며느리라, 망인ㄷㅅ이 눈을 감는 순간까지 그리 걱정하시게 하는 불효자라는 말씀이군요. 그리 돌려서 말씀해 주시니 감읍하옵니다.”

배배 꼬인 목소리에 루크레티우스는 말없이 웃었다. 어찌 되었건 그가 그런 의도로 한 말임은 분명했으니까. 노마는 가라앉은 목소리로 입을 열었다. 그 몇 분 사이에 십수 년은 지난 듯 급격하게 지친 목소리다.

“불초한 아들과 함께 이대로 영지로 내려가겠나이다. 그리하여 제가 죽을 때까지 제도 땅을 밟지 않겠사오니, 부디……, 부디……, 아들을 용서하여 주십시오.”

“어머니……!”

노마의 등 뒤에서 멍하니 있던 로베르토가 제 어미의 비굴한 말에 정신을 차린 듯 힐난하는 소리를 낸다. 그러나 평소 아들의 말에 늘 신실하게 귀 기울이던 어미는 지금만은 아들을 마치 없는 사람인 양 무시했다.

“너는 입 다물고 있거라!”

“아니, 어머니!”

정말로 화가 난 아들이 어미에게 무어라 말을 하려던 차였다. 그에게 날아든 것은 어머니의 질책 어린 말이나, 사촌 누이의 매운 손길이 아니었다.

바로 황제 폐하의 고귀하신 발길질이었다. 루크레티우스의 매서운 발길질이 로베르토의 정강이에 날아들었다.

-퍽!

"억!"

로베르토는 꼴사나운 비명을 지르며 그대로 주저앉고 말았다. 루크레티우스는 대놓고 이죽거렸다.

"그 어미가 아들의 죄를 대죄하고자 무릎을 꿇고 있는데, 정작 가장 큰 죄를 지은 아들이 그리 빳빳하게 허리를 펴고 있어서야 쓰나."

"폐, 폐하……! 부디 진노를 거두어 주소서!"

노마는 루크레티우스가 로베르토에게 가한 극히 사적인 폭력에 대해 감히 한 마디도 항의할 엄두를 내지 못했다. 지금 그들은 황제부부에게 목숨과 가문의 운명을 구걸해야 하는 상황이다. 무릎 꿇기를 아까워하거나, 아들이 황제의 분노에 몇 대 맞았다고 항의할 만한 상황이 아니었다.

그녀는 이제 숫제 바닥에 이마를 댈 기세로 머리를 조아렸다. 공작부인이라 하여 그리 드높던 자존심은 이미 모두 잊은 듯했다. 루크레티우스는 나직이 빈정거렸다.

"지금의 그대와, 일전에 내게 그리 당당히 고하던 이를 누가 같은 사람이라 볼까. 대단하시군."

그러자 비나가 나서서 루크레티우스의 손을 감아쥔다.

"참, 폐하도. 그리 과하게 진노하시면 옥체에 해가 됩니다. 가라앉히세요."

그리 자연스레 루크레티우스를 밀어내며 앞으로 나온 비나는 무를 꿇은 노마를 내려다보며 눈을 빛냈다.

"차라리 존경스러울 정도예요. 자식을 위해 모든 자존심을 다 버리셨다는 의미잖아요? 귀족이나 왕족 중에 그리할 수 있는 이가 얼마나 될까요? 전 진심으로 감탄했어요."

노마는 눈치를 보았다. 정말로 비나가 진심으로 감탄하고 있는 것인지, 혹은 그녀를 비웃고 있는 것인지.

그러나, 가늠이 되지 않는다. 결국 이리 답하는 수밖에.

"감읍……하옵니다."

비나는 생글생글 웃고 있었다. 지켜보는 노마 입장에서는 속을 긁히기에 충분한 표정이었다.

"한데 말이에요."

노마는 등줄기가 서늘해지는 것을 느꼈다. 더 무슨 말을 하려고, 저리 서두를 떼는 거지?

"저는 그리 안 보았는데, 공작부인께서는 참으로 쉬운 길만 가려 하시면서, 어찌 용서받기를 바라실까요."

이럴 때는 저리 예의를 다 갖춘 존댓말이 도리어 당하는 사람의 속을 긁는다. 노마는 어쩌면 황후가 아랫사람들에게 저런 말투를 고수하는 이유가 그러기 위해서가 아닐까, 하는 피해망상에 가까운 생각까지 해 버리고 말았다.

"무슨……, 말씀이신지?"

그러자 비나는 더더욱 방긋방긋 웃으며 노마에게 가까이 다가왔다.

"저는 고향에서 때때로 고명한 재상이나 대신이 실책을 저지르고서, 그에 대한 책임을 지고 사임하는 것을 종종 보아 왔답니다. 그리고……, 제 아버님께서는 그런 이들을 볼 때마다 이리 화를 내셨어요. 죄에 대한 책임을 지고 물러나는 것은 결국 책임을 피하는 것밖에 안 된다고요."

"……."

비나는 햇살처럼 환하게 웃었다.

"어찌 되었건, 공작부인께서는 여전히 제일가는 귀족가의 안주인이시죠. 저나 황녀들을 제외하면 가장 귀한 신분의 여성이세요. 그러하니 그만한 의무를 지고 계시는 거죠. 그리 무거운 의무를 지신 분께서 의무에서 도망치시겠다 말씀하시는 건 아니리라 믿겠어요."

노마는 잠시 멍하니 자신의 딸뻘인 황후를 올려다보았다.

"황후 폐하……."

비나는 더없이 상냥하게 속삭였다.

"그러니 앞으로도 충실하게 저를 도와주시리라 믿어요, 공작부인."

대답은 정해져 있었다.

길다면 길고 짧다면 짧은 일주일이었다. 그리고 이 두 사람에게는 매우 보람차고 즐거운 일주일이었다.

그 일주일간의 사기를 가능하게 해 주었던 통로를 따라, 두 사람은 사이좋게 손을 잡고 걸었다. 깍지 낀 두 손은 빈틈없이 서로 꼭 맞아들었다. 두 사람은 서로 장난치면서, 마치 춤을 추듯 빙글빙글 돌며 통로를 지났다.

"그런데 괜찮겠어? 로넨시아 공작부인을 그냥 놔둬도?"

비나는 까르르 웃었다.

"대체 어디를 그냥 놔뒀다는 거야? 자신만만하게 황후를 압박하고, 황제에게 사기를 칠 정도로 배짱 있는 여자를 아들을 빌미로 무릎 꿇고 앉아 바닥에 이마를 댈 정도로 굴복시켰는데. 모르긴 몰라도 아마 저 여자 입장에선 죽기보다도 굴욕적이었을걸, 오늘 일이."

루크레티우스는 고개를 끄덕였다.

"하긴, 아까 당신의 말에 감사의 인사를 하던 그 여자의 표정이 칼을 입에 무는 것 같은 표정이었지."

비나는 다정하게 속삭였다.

"그러니까 그 사람 죽이면 안 돼, 루크."

루크레티우스의 눈썹이 치켜 올라갔다. 그녀가 누구를 말하는지는 분명했다.

"진지하게 말하는 거야. 죽이지 마. 그 남자는 로넨시아 공작부인의 약점이야. 살려 둬야 개목걸이 역할을 할 수 있다고. 아끼는 아들을 잃은 어머니가 다 버리고 싸우겠다 들면 어쩌려고."

애초에 공작부인을 꺾고 굴복시켜 원하는 대로 부리는 데는 루크레티우스도 동의했다. 비나가 황후로서 황궁을 다스리고 있으나, 제도 사교계 전체를 그녀가 일일이 통솔할 수는 없었다. 이제 그녀를 제외한 가장 큰 세력을 가진 우두머리를 쳐내면, 당연히 사분오열되고 말 것이다.

모래로 만든 성 전체를 관리하는 것은 어렵다. 차라리 유력한 몇 개의 그룹으로 나누어 각 그룹의 머리를 관리하는 쪽이 낫다. 그러니 공작부인의 세를 크게 꺾어야 했고, 동시에 그녀를 완전히 내치지 않고 통제해야 했던 거다.

그렇게 본다면, 로베르토의 폭주는 결과적으로 비나와 루크레티우스에게 차라리 득이 된 셈이었다. 제 죄와 목숨으로 어미의 목에 걸린 개목걸이가 되었으니. 그러나 루크레티우스는 다 알면서도 불만이 있는 듯했다.

"그 얍삽한 놈을 살려 두라고? 설마 당신……, 진짜로 그놈에게 흔들리기라도 한 거 아니겠지……?"

비나는 입을 샐쭉이며 루크레티우스의 코를 살짝 꼬집었다.

"농담이라도 그런 말은 하지 마시죠! 말도 안 되잖아! 내가 한 말 잊었어? 그 남자 눈빛이 너무 싫었다는 거. 그 남자가 나를 보는 눈은 사람을 보는 눈이 아니었다고."

루크레티우스는 눈에 띄게 누그러졌다.

"그야 그렇지만……."

비나는 혀를 끌끌 찼다.

"의심하는 연기 한답시고 진짜로 그런 의심이 든 건 아니겠지?"

"당연히 아니지. 하지만……."

애매하게 말을 흐리는 루크레티우스의 태도에, 비나의 눈이 세모꼴이 된다.

"하지만, 뭐?"

루크레티우스의 손이 둥글게 휘며 그녀의 허리를 끌어안아 자신에게로 당긴다. 두 사람의 몸이 빈틈없이 밀착한다.

"하지만 그놈이 당신을 노린 건 분명하단 말이지. 내가 얼마나 그놈이 당신을 볼 때마다 그 눈을 파내 버리고 싶고, 손등에 키스했다는 입을 꿰매고, 당신의 손을 쥔 그 손을 통째로 잘라 버리고 싶었는지 모를 거야."

"……."

비나는 한숨을 쉬었다.

이제 이 남자에게 어지간히 익숙해져서, 어지간한 행동은 귀엽게 보일 정도로 콩깍지가 낀 그녀다. 그러니 어느 정도 질투하는 거야 귀엽게 볼 수 있었지만, 가끔 이렇게 결혼하기 전의 살벌함이 튀어 나올 때는 좀 암담했다.

"오버하지 마."

"이게 왜 오버인 건데?"

"그건 너무 과해. 그 남자가 미수라도 저질렀다면야 내가 앞장서서 화내면서 그렇게 하려 들었을지도 모르겠지만, 아니잖아?"

루크레티우스는 대놓고 툴툴댔다.

"당신은 너무 온건해."

"이제는 그래도 돼. 카틀레야가 아직 살아 있는 것도 아니고, 코로넬 왕자 같은 작자가 있는 것도 아니잖아. 당신도 우리 아이들에게는 평온한 제국을 물려주자고 약속했잖아."

이건 그들이 비나의 대관식 밤에 했던 약속이다. 당시 아직 베아트리체가 배 속에 있었고, 그들은 곧 태어날 사랑의 결정체를 위해, 앞으로 그리 살자 결심했다. 루크레티우스가 갖지 못했던 평탄한 나라와 안정된 가정을 그들의 아이에게 주기로. 이를 위해서 피를 최소한으로 흘리고 싶다는 것은 비나의 바람이었다.

온 하늘의 별이, 그대로 온 세계가 그들을 위해 쏟아져 내리는 듯한 밤이었다. 애정과 행복으로 완전했던 밤. 그날의 기억을 떠올리자, 루크레티우스의 표정도 조금은 풀린다.

"그래. 그랬지."

비나는 손을 뻗어 루크레티우스의 뺨을 쓰다듬었다. 마치 맹수를 칭찬하는 조련사 같은 태도다.

"그래요. 착하지?"

그러자 루크레티우스는 킬킬대며 비나의 손에 제 머리를 비볐다.

"당신은 꼭 나를 어린애처럼 대해. 그리고 신기한 건……, 당신이 그리 대하면 내가 정말로 어린애가 된 것처럼 느껴진다는 거야."

"나랑 있을 때는 그래도 좋잖아?"

"그래, 그렇지. 이제는 일절 빈틈을 보이지 않으려 애쓰지 않아도 좋지."

아마 비나를 만나지 못했다면, 루크레티우스는 이러한 기분을 평생 느껴 보지 못했을 것이다. 그녀와 함께 있으면, 그녀의 강인하고 견고한 자아에 기대게 된다.

부족하게나마 그의 유년기를 지켜 주려 노력한 어머니는, 어린 아들이 보기에도 지켜 주어야 할 나약한 사람이었다. 그런 어머니의 보호마저 빼앗긴 뒤에는, 그는 열 살에 이미 어른이 되었다. 되어야 했다. 그러지 않으면 살아남을 수 없었으니까.

그러나 이제는 그리하지 않아도 된다. 그녀의 말대로였다. 적어도 그녀의 앞에서만은 긴장을 내려놓고, 잠시만은 열 살 때의 어린 아이로 돌아가도 좋을 것이다.

"응. 알아, 비나."

루크레티우스는 마치 따스한 체온 속으로 파고드는 어린 짐승처럼 그녀의 품 안으로 파고들었다. 사랑스러운 아내의, 세상에서 가장 따스하고 보드라운 품속에서 그는 홀로 되뇌었다.

'뭐……, 죽이지만 않으면 되는 거겠지.'

그는 아내를 넘본 자를 그냥 넘길 수 있을 정도로 성인군자가 아니었다. 물론 비나가 피를 보길 꺼린다는 것은 잘 안다. 그러니 절대로 들키지 않을 작정이었다.

황실의 특명을 받고 파견된 경비병들이 아마린체의 거처 앞을 지키고 있었다. 그들은 아마린체를 찾아온 사내를 돌려보내려 했으나, 남자는 요지부동이었다. 약 30분간 그들은 옥신각신했다. 결국 이를 버티지 못한 것은 집주인이었다.

"……."

"……."

아마린체는 안에서 걸쇠를 걸어 놓은 채 겨우 얼굴이 반만 보이는 정도로만 문을 열었다. 열린 틈 사이로 드러난 그녀의 얼굴은 경계심으로 가득하다. 당연했다.

지금 경비병과 옥신각신하던 남자는 그녀의 목을 조른 남자였고, 그녀는 바로 며칠 전 그 남자의 음모를 고귀한 이들에게 알렸다. 그녀에게 해코지를 하려 해도 조금도 이상하지 않다. 로베르토는 목이 타는 듯이 그녀의 이름을 불렀다.

"린체……."

아마린체는 파리한 얼굴로 냉랭하게 답할 뿐이었다.

"돌아가요."

"린체! 어떻게 네가 내게 이럴 수가 있어?"

아마린체는 피식 웃었다.

"참 진부한 대사네요, 그거."

"너……! 네가 어떻게 감히!"

아마린체는 눈에 쓰였던 비늘이 떨어지는 듯한 기분을 느꼈다.

'이런 남자였나. 아니, 이것밖에 안 되는 남자였나.'

참으로 졸렬하고 또 비겁했다. 감히 황후를 상대로 음모를 꾸몄으면서, 이것이 실패하자 모든 원인을 관련된 이들 중 가장 약자인 아마린체에게 돌린다. 그리 화풀이라도 하려는 듯이 나타나, 그녀가 열어 줄 때까지 문을 부숴 버릴 듯이 두드려 댄 것이다.

그녀는 용기를 짜내어 날카롭게 외쳤다.

"돌아가세요. 제도 경비대까지 부르기 전에요!"

그러자 로베르토의 단정하던 얼굴이 무섭게 일그러진다. 그는 낮게 으르렁대듯이 그녀를 위협했다.

"네가 이럴 수는 없어. 넌 나를 사랑하잖아."

그러자 아마린체는 눈을 똑바로 뜨고 그를 노려보았다.

"한때는 그랬죠. 그리고 그건 내 인생 최대의 실수였어요."

"뭐라고?"

로베르토의 얼굴에 기가 막힌다는 표정이 스쳐 가자, 아마린체는 조금 통쾌한 기분이 된다. 이런 말을 할 수 있다는 것이 기뻤다.

"그래요. 지금도 당신에 대한 감정이 남은 건 사실이에요. 하지만 그게 내가 그분을 위험에 빠트릴 이유는 못 돼요."

"제대로 알지도 못하는 황후를 위해 나를 배신할 정도로? 말이 된다고 생각해? 그 여자가 뭐라고!"

"……."

아마린체는 여전히 기억했다. 그날, 처음으로 울렸던 박수 소리. 그리고 그 소리와 함께 파도처럼 퍼져 나가던 열기……. 그녀의 일생에 다시 없을 진정한 환호. 그렇기에 당당하게 이 남자에게 말할 수 있었다.

"나의 관객이시니까요."

"관……객?"

로베르토는 멍한 눈으로 아마린체를 보았다. 그녀는 그가 알던 여자와는 다른 사람이라도 된 듯 당당하게 말하고 있었다.

"여자로서 당신에게 미련이 남은 건 사실이고 걱정이 되었던 것도 사실이에요. 하지만 난 그보다는 가수로서 나를 지탱해 준 관객인 그분을 배신할 수 없어요."

아마린체는 이제 가수로서 최고의 자리에 섰다. 여자로서의 삶과 가수로서의 삶, 두 갈래에서 어느 쪽을 선택할 것인지 묻는다면 지금 그녀에게는 다른 선택의 여지가 있을 수 없었다. 그래서 그녀는 로베르토가 아닌 사비나 황후를 선택한 것이다. 미련이 남은 사내가 아니라, 자신을 그리 반짝이는 별처럼 봐 주던 관객을.

"그러니 돌아가요, 로베르토. 당신의 어머니는 당신을 보호해 주시겠죠."

"……."

"앞으로도 당신의 곡은 기대하고 있겠어요. 어떤 이름으로 발표할지는 모르겠지만, 어떻게 돼도 당신의 곡만은 최고일 테니까."

이건 진심이었다.

가수로서 관객을 선택한 만큼, 아마린체는 가수로서 그의 곡만은 진심으로 원하고 있었으니까. 남자로서의 그는 버릴 수 있어도, 작곡가로서의 그는 버리기 힘들었다.

멍하니 처음 보는 사람을 대하듯 바라보고 있던 로베르토의 얼굴이 마치 귀신처럼 일그러졌다. 오랫동안 아래 숨겨져 있던 용암이 터져 나오듯, 분노가 모습을 드러냈다.

남자가 움직인 것은 너무나도 순식간이었다. 두 경비병의 주의가 아마린체의 안전에 쏠려 있는 틈을 타 그의 칼이 순식간에 경비병을 찔렀다. 피가 아마린체에게까지 튀었다. 그녀는 파드득 놀라 그 자리에 굳어 버렸다.

"너 따위가……!"

다음 순간 그의 억센 손이 문틈 사이로 파고들어 아마린체의 가는 목을 거머쥐었다.

"악!"

애초에 한곳에 오래 머무는 일이나, 한 가지 일에 진득하게 붙어 있는 것이 성미에 맞지 않는 게 로베르토 데 로넨시아의 특성이었다. 그런데, 단 하나만은 질리지 않았다. 로베르토가 아카데미에서 배운 것들 중 가장 큰 흥미를 느끼고 재미를 붙인 것은 음악이었다.

귀족들은 교양을 기르기 위해 적당한 수준의 음악과 미술 등을 배운다. 각국의 귀족 영식, 영애들이 모인 아카데미에서는 상당한 전문가들을 초빙해서 음악에 대한 교육을 했다. 그중 저명한 음악가라는 교수는 로베르토를 보고 진심으로 감탄했다.

"당신은 천재예요."

그는 열성을 다해 로베르토를 가르쳤고, 다른 모든 과목에 대해서는 심드렁하던 로베르토도 음악에만은 진심으로 빠져들었다.

그중에서도 그가 가장 재능을 보인 것은 바로 작곡이었다. 로베르토는 교수의 지도를 받아, 쥬세페라는 가명을 써서 곡을 발표했고 이는 엄청난 반향을 불러왔다. 이때 아마린체와도 만나 잠시 연인 관계가 되었다.

그때만은 행복했다. 그러나 이는 너무나도 짧은 시간의 일이었다. 그의 어머니가 아들이 무슨 일을 하는지 알게 되었던 것이다.

노마는 천한 일을 한다며 그를 타박했고, 결국 그만두게 했다. 자괴감이 그를 내내 억눌렀다. 천한 일을 그만두지 못하는 자신에 대한 자괴감. 어머니에게 지배당하는 자신에 대한 자괴감. 결국 자신의 인생을 제 뜻대로 살지 못하는 지긋지긋함.

그럴수록 그는 여색에 빠져들었다. 쾌락에 탐닉하는 순간만은 모든 것을 잊을 수 있었다. 그리고 고귀한 신분의 여성들을 몰락시키는 것은 그에게 더없는 쾌감을 주었다.

어쩌면, 그저 화풀이였을지도 모른다.

그러나 그가 해외에서 무슨 짓을 벌여도 모두 어머니 손에 닿았다. 그녀는 제 입으로 호언장담한 대로 아들이 벌이는 모든 일을 어둠 속에 묻어 버렸다.

그가 함락시키고 나락에 떨어뜨린 여자들 중, 그의 어머니보다 신분이 높고 더 큰 권력을 가진 이는 없었다. 그가 벌인 모든 사고는 처음부터 존재하지 않는 것인 양 수면 아래로 가라앉았다. 그래서 궁금했다.

'어머니가 수습 불가능한 사람을 상대로 일을 벌이면 과연 어떻게 될까?'

그렇다. 어쩌면, 그는 처음부터 바라고 있었다. 모조리 실패하기를. 그래서 어머니도 도저히 어찌해 줄 수 없는 상황이 오기를. 그러나……. 이 하찮기 짝이 없는 여자가 이리 말한다. 더없이 당당한 태도로.

'나는 내 관객을 배반할 수 없어요.'

'당신의 곡만은 기대하고 있으니까.'

그 모든 말들이 그를 비웃는 것으로 느껴졌다. 당당하게 스스로 삶을 선택한 여자가, 자신을 조롱하는 것으로. 그리고 떠올리고 말았다. 보란 듯이 황제의 품에 안겨 당당히 웃던 검은 머리의 여인을.

누구든 황제의 아내라는 자리에 앉으면, 어디까지나 황제를 위한 부속품으로 전락하고 만다. 이는 당연한 일이었다. 신들의 왕으로서 일곱 자매 여신을 모두 아내로 삼아 세상을 낳았다는 주신 소노스처럼. 모든 세상과 이후의 신들이 모두 주신으로부터 비롯되었다. 막상 이들을 낳은 여신들은 이름조차 전해지지 않는다.

그와 같았다. 같아야 마땅했다. 하나, 사비나 황후는 그 황제의 품에 안겨서도 황제를 위한 부속품으로 남지 않았다. 그 두 여자가 그를 분노하게 한 것이다. 그래, 다 그들의 잘못이었다. 그들이 잘못한 거였다.

아마린체는 공포에 질렸다. 사내의 억센 손길은 그녀의 목을 조르고 머리카락을 잡아당겼다.

'이대론 죽을 거야!'

문을 여는 것이 아니었다. 좁은 틈이라 방심하는 것이 아니었는데. 아마린체는 뒤늦은 후회를 하며 눈을 질끈 감았다.

"······."

그러나 아무런 일도 일어나지 않았다.

아마린체는 의아해하며 눈을 떴다. 그리고 전혀 예상 못한 상황이 그녀의 눈앞에 펼쳐져 있었다. 로베르토의 잘생긴 얼굴이 붉고 흉하게 일그러져 있었던 것이다.

"커, 컥, 크억······!"

그의 목에는 다른 손이 감겨 있었다. 즉, 또 다른 사람이 그의 목을 조르고 있었다. 아마린체의 목을 쥔 손에서 힘이 빠지는 것과 동시에 로베르토는 바닥에 내동댕이쳐졌다. 개구리가 발에 밟혀 터지는 듯한 비명이 울렸다.

"끄악!"

깊게 후드를 눌러쓴 남자는 불쾌하다는 듯이 빈정거렸다.

"비명 소리도 짜증 나는 놈이군."

아마린체는 덜덜 떨며 두 남자를 보았다.

"누, 누구······?"

그러자 로베르토를 내던진 사내는 그제야 피식 웃으며 안심하라는 듯이 손을 흔들었다.

후드가 벗겨지며 찬란한 금발이 드러난다. 날카로운 녹색 눈동자와 마주하자, 아마린체는 이 사내가 누구인지 모를 수 없었다. 한번 보면 잊을 수 없는 외모를 가진 남자였다. 아마린체는 다시 경악하여 그대로 무릎을 꿇었다.

"폐, 폐하!"

그러자 루크레티우스는 제 입술 앞에 검지를 펼쳐 가져다 대고는 나직이 당부한다.

"쉬, 조용히. 들키고 싶지는 않아. 주변에 비밀로 하고 나왔거든."

아마린체는 바닥에 꿇어앉은 그대로 고개를 끄덕였다.

"이래서 일부러 경비를 붙여 줬는데. 이자가 생각보다 뛰어난 검술 실력을 가지고 있었군. 물론 나한테는 안 되지만."

루크레티우스는 사나운 기세로 로베르토의 등을 짓밟으며 한가하게 말했다. 상황과 전혀 어울리지 않는 말투다.

"황후가 가장 아끼는 가수가 이런 곳에서 죽어서는 안 되지. 곧 극장주가 그대에게 정식으로 요청을 할 거야. 처음으로 황실에서 인정한 황실 가수의 영예가 그대에게 내려질 터. 그걸 살아서 받아야지."

루크레티우스는 당장은 아니더라도 비세습 작위를 내리는 것까지 고려하고 있었다. 아마린체는 멍한 눈으로 황제를 올려다보았다.

"폐, 폐하."

"너무 그리 감격한 표정은 하지 말게. 나 좋자고 하는 일이야. 내 황후가 기뻐할 테고, 또…… 어찌 되었건, 노래만 들으면 자는 내가 그대의 노래는 졸지 않고 들을 수 있었거든."

물론 중간에 딴 생각은 했지만.

"폐하……."

아마린체는 순수한 기쁨에 젖었다. 그녀는 얼마 전 황궁에서 다른 이들이 황제 부부에게 하던 예의를 어설프게 따라 했다.

"감읍……하옵니다."

루크레티우스는 피식 웃고는 로베르토를 발로 한 번 더 걷어찼다. 다시 개구리 배가 터지는 듯한 비명이 울린다.

"컥!"

"그러니 안심하고 문을 닫고 들어가도록. 나는 이제 이자에게 볼일이 남아 있어서 말이야."

그제야 아마린체의 눈에 루크레티우스의 발아래 깔린 남자가 들어왔다. 그는 반쯤 눈을 까뒤집고 입에서 침을 흘리고 있었다. 호되게 얻어맞을 때 입안을 다친 건지, 피가 섞여 있었다. 조금 전 자신을 위협한 사내지만 그래도 아마린체는 걱정스러웠다.

"폐, 폐하. 그는 작곡가 쥬세페이자, 크리스티안입니다."

그냥 남자 로베르토 데 로넨시아는 전혀 걱정되지 않으나, 작곡가 쥬세페 혹은 크리스티안의 안위는 걱정된다. 정확히는 그가 미래에 뽑아낼 명곡들의 안위가.

루크레티우스는 나직이 혀를 찼다.

"알아. 공교롭게도 둘 다 황후가 좋아하는 작곡가들이더군. 작곡 실력과 인성이 꼭 비례하지는 않는 모양이야."

이 말에만은 아마린체도 격렬하게 고개를 끄덕일 수밖에 없었다. 어찌 되었건, 그녀는 그 인성 바닥임을 증명받은 남자에게 두 번이나 목을 졸렸으니까.

가수에게 목이 얼마나 중요한가 말이다.

"황후를 위해서라도 죽일 생각은 없고, 작곡을 못하게 만들 생각도 없으니 안심하도록."

그러자 아마린체는 눈에 띄게 안심했다. 그러고는 황제에게 인사하고 재빠르게 문을 닫아 잠갔다.

-찰칵!

문고리가 걸리는 금속음이 경쾌하다.

훗날 오페라 가수로서는 처음으로 데임의 작위를 받고 황실 가수가 되어 은퇴할 때까지 수백 회의 어전 공연에 참여하게 될 전설적인 여가수, 아마린체 토울은 참으로 눈치가 빠르고 현실적인 성격이었던 것이다.

루크레티우스는 기절한 사내를 부대 자루처럼 끌고 가 그대로 수로로 내던졌다.

-첨벙!

비나가 제도의 상하수로를 정비하는 사업을 시행 중이나, 원체 롬부르크가 넓다 보니 아직 다 정비되지 못한 곳이 많았다. 그러나 로베르토에게는 행운이게도, 루크레티우스가 그를 끌고 온 이곳은 얼마 전에 정비가 끝난 곳이다. 덕분에 수질은 괜찮은 편이었다.

기분 같아서야 오물 속에 내던져도 시원치 않지만, 정말 그랬다간 정체불명의 병을 앓다가 죽을 가능성이 높았다. 특히나 지금처럼 얻어맞은 상처가 많은 상황에서는. 비나에게도, 아마린체에게도 죽이지는 않겠다고 호언장담을 했으니 그럴 순 없었다.

찬물 속에 빠진 로베르토는 겨우 정신을 차리고 허우적거렸다.

"크헙! 컵!"

그는 한참 허우적거리다가 간신히 수로 가장자리 쪽으로 다가왔다. 물에 젖은 손이 화강암으로 포장된 길에 닿는다.

그때, 루크레티우스의 부츠가 그의 손을 거칠게 밟았다.

"끄아악!"

그리고 다시 첨벙. 아픔에 손을 놓친 그는 다시 수로 속에 빠졌다. 그가 허우적거리다 빠져나오려 하면 루크레티우스가 발로 걷어차거나 손을 지그시 밟아 다시 수로로 처넣는 상황이 서너 번쯤 반복되었다.

로베르토가 완전히 지쳐 물에 둥둥 뜰 지경이 되어서야, 루크레티우스는 그가 물 밖으로 나오는 것을 허락했다.

"쯧. 생각보다 근성이 약한 놈이군. 앞으로 다섯 번은 더 떨어뜨릴 생각이었는데."

"……."

로베르토는 간신히 물 밖에 나와 마신 물을 게워 내느라 무어라 대답하지 못했다.

"황후에게 감사하도록 해. 그녀가 이 수로를 정비하지 않았다면, 넌 오늘 배가 부르도록 오물을 들이마셨을 테니까."

그러자 막 물을 토하던 로베르토는 나직이 이죽거렸다.

"하핫! 황후 폐하께서 저를 죽이지 말라고 하기라도 하셨나 보죠?"

"글쎄."

로베르토는 대놓고 황제를 자극하기 위해 비웃으며 외쳤다.

"그래서 죽이지는 못해도 화풀이는 하시려고 이렇게 끌고 오신 겁니까? 일국의 황제 폐하께서 속이 좁으시군요!"

루크레티우스는 피식 웃더니, 방금 자신에게 이죽거린 남자의 입을 그대로 걷어찼다.

"크억!"

다시 익숙한 비명이 울리고, 무언가 하얀 조각 두어 개가 바닥에 튀었다.

"이런, 이런……, 이가 부러진 모양이군. 안 됐어. 그렇게 입을 좀 조심하지 그랬나. 속 좁은 사람 면전에서 속 좁다고 하면 당연히 화내겠지. 속이 좁은데 참을 리가 있나."

바닥에 로베르토가 흘린 피가 흥건하게 고였다.

"속 좁은 데다, 감히 아내를 넘본 작자에 대한 질투심에 휩싸인 사내가 너를 그리 쉽게 놔줄 리가 없잖나."

루크레티우스는 거듭 비꼬면서 허리에 차고 있던 칼을 뽑아 들었다.

스릉, 가슴 시리는 소리가 울린다.

로베르토는 본능적으로 뒤로 물러났다. 자신을 향하는 살기야 조금 전부터 흉흉했지만, 살기를 띤 상대의 손에 날붙이가 들리자 위협의 정도가 비교도 안 되게 커진다.

"큭……."

그는 마치 벌레처럼 엉덩이걸음으로 뒤로 도망치는 자신에 대한 혐오감에 휩싸였다. 어머니가 어찌해 줄 수 없는 일을 저질러서 모조리 다 망해 버렸으면 좋겠다 생각한 주제에, 목숨이 위험해지자 살려고 도망치다니.

'역겨워.'

루크레티우스는 낮게 혀 차는 소리를 내더니, 도망치려는 로베르토의 오른손을 걷어차려 했다. 그때, 로베르토는 반사적으로 손을 빼고 몸을 둥글게 굴렸다. 덕분에 루크레티우스의 발은 로베르토의 손이 아니라, 그 몸을 걷어차게 되어 버렸다.

－퍽!

뼛속까지 울리는 충격이 로베르토의 온몸을 휘감는다. 내장이 진탕이 되는 듯한 충격에, 그는 피거품을 흘리며 다시 기절했다. 다시 혀를 차며 그 꼴을 내려 보던 루크레티우스는, 대충 손으로 수로의 물을 퍼다가 로베르토의 얼굴에 뿌렸다.

몇 번 반복하자, 로베르토가 간신히 정신을 차린다.

"윽……!"

그는 고통과 추위에 덜덜 떨었다. 날은 과히 춥지 않으나, 그는 이미 다친 몸으로 물속에 있다가 빠져나왔다. 체온이 떨어지는 것은 당연했다.

새파란 얼굴로 덜덜 떠는 남자를 경멸 어린 눈으로 내려다보며, 루크레티우스는 검을 그의 목젖에 가져다 댔다. 놀라 급하게 숨을 쉬자, 지나치게 예리한 날에 살갗이 베여 피가 몇 방울 흘렀다. 그 날카로운 통증에, 새삼 로베르토는 목숨의 위협을 느꼈다.

머리 위에서 떨어지는 황제의 목소리는 조금 전 그가 떨어져 허우적댄 수로의 물보다 몇 배는 차디찼다.

"아까 아마린체는 네가 목을 조르자 제 목을 걱정했지. 가수에게 제 목만큼 중요한 게 있을까. 너, 내가 손을 걷어차려 하니까 몸으로 그걸 보호하더군. 꼴에 그래도 제 손이 귀하기는 한 모양이야."

"……."

로베르토는 그 말에 제 손등을 내려 보았다. 아까 수로에 오르려다 루크레티우스의 부츠에 몇 번 밟힌 탓에 상처가 심했다. 통증도 상당하다.

그래도 어디 부러지거나 심각하게 다치지는 않았다. 아직은. 아까 루크레티우스가 걷어차던 힘을 생각하면, 손등을 직통으로 맞았다면 뼈가 조각났을 것이다.

무의식적으로 그는 제 손을 지키려 애썼다. 가수에게 목이 목숨처럼 귀하다면, 작곡가에게 그만큼 귀한 건 결국 손이다.

루크레티우스는 나직이 명령했다.

"두 번 다시 나나 비나의 눈에 띄지 말아라. 널 살려 준 건 네가 살아 있어야, 너를 인질 삼아 네 어미를 부리기 편해서야. 그 네 어미조차도 대용품은 있어. 그러니 너를 살려 둘 이유보다 죽여야 할 이유가 더 커지면, 네 목숨은 그대로 끝날 거다. 내 눈들이 늘 너를 지켜볼 거고, 네가 필요 없다 여겨지면 그 즉시 내 칼들이 네 목을 자를 거다."

로베르토는 멍한 눈으로 황제를 올려보았다.

'정말로 살려 주려는 건가? 그것도 이렇게 쉽게?'

그에게 아내를 빼앗긴 남편 중에 용기 있는 자들은 칼을 들고 그를 쫓아오기도 했다. 직접 칼을 들고 와서 그에게 휘두른 데 성공한 유일한 남자인 황제가 이렇게 쉽게 그를 놔주겠다고?

황제는 로베르토의 계획을 모두 알고 있었다. 아마린체가 자신이 아는 모든 것을 미주알고주알 황제에게 일러바쳤을 테니 당연하다. 그런데, 다 알고도 살려 주겠다고?

그때였다. 마치 그의 마음속 물음에 답하기라도 하는 듯, 루크레티우스의 얼굴에 미소가 떠올랐다. 피비린내 나는 미소가. 순식간에 칼날이 내리쳐져 바닥에 박힌다.

"⋯⋯!"

칼은 로베르토의 오른손 검지와 중지 사이에 정확하게 박혔다. 살은커녕 솜털도 베지 않았으나, 칼날의 감촉이 느껴질 정도로 가까운 거리.

섬뜩함이 등줄기를 훑는다.

그제야 조금 전의 살해당한다는 공포보다 더한 공포가 그의 가슴을 검게 물들였다.

"⋯⋯사실 팔 정도는 받아 가려고 왔었다."

로베르토는 이를 악물었다. 덜덜 떨리는 턱을 억지로 벌려 가며 입을 열었다.

"하, 한쪽만⋯⋯, 한쪽만은 남겨 주십⋯⋯시오. 제발⋯⋯."

처음으로 그의 입에서 애원이 흘러나왔다. 두 팔을 다 잘리면 손에 펜을 들 수 없다. 펜을 들지 못하면 오선지 위에 악보를 그릴 수 없다.

루크레티우스는 다시 사납게 웃었다.

"근성이 없군. 두 팔 다 날아가도 입으로 펜을 물고 쓰면 되잖아."

로베르토는 손을 뻗어 황제의 바짓자락을 잡고 매달렸다.

"제, 제발⋯⋯! 제발, 폐하! 이대로 제도를, 아니, 제국을 떠나겠습니다! 그래서 영영 돌아오지 않겠습니다!"

그러자 루크레티우스는 고개를 저었다.

"그건 곤란해."

로베르토는 더럭 겁을 먹었다. 설마 그의 존재 자체를 용납할 수 없다 생각한 것일까? 그래서 아예 죽여 버리겠다 마음먹은 걸까?

"그리되면 크리스티안 보체티의 신곡을 사용한 극이 제도가 아니라 다른 곳에서 공연된다며, 비나가 슬퍼할 거야."

비나. 황후의 이름이 사비나이니, 황제의 말은 아마도 황후의 애칭인 모양이다.

"로베르토 데 로넨시아라는 인간은 참으로 짜증 나고 죽여 버리고 싶지만……, 애석하게도 크리스티안 보체티는 살려 달라는 사람들이 주변에 너무 많아."

루크레티우스는 선언했다.

"방자한 말들을 내뱉은 네 목과 말도 안 되는 계획을 세운 네 머리는 남겨 주겠다. 아까워하는 이들이 많으니 그 두 팔도 남겨 주지."

바닥에 박혔던 칼날이 뽑혀 나왔다. 그러나 그 칼은 그대로 칼집에 들어가지 않았다.

"그러나 감히 비나를 담은 이 눈 중 하나는 받아야겠다. 네가 저지른 짓에 비하면 참으로 가벼운 처벌이야. 아, 이 얼마나 자비로운 황제인가."

로베르토는 이를 악물었다. 황제의 칼날은 그의 미간에 닿아 있었다. 그가 저항하거나 도망치려 들면, 아마도 이 칼날은 그의 미간을 찌르거나 목을 날릴 것이다.

괴물의 발톱처럼 흰 칼날이 마치 대상을 가늠하듯 번갈아 가며 로베르토의 오른쪽 눈과 왼쪽 눈을 왔다갔다 한다. 로베르토의 이마에서 흐른 식은땀이 줄줄 흘렀다.

루크레티우스는 덤덤하게 물었다.

"양쪽 눈 중 주로 쓰는 눈이 어느 쪽이지?"

이것이 진정한 의미에서 마지막 자비이리라. 로베르토는 체념하고서 입을 열었다.

"오른…… 쪽입니다."

말이 끝남과 동시에 신속하게 칼날이 움직였다.

"억! 끄억! 으아아아악!!"

루크레티우스는 머리 안쪽까지 닿지 않게 신경 쓰면서 무표정하게 칼날을 쑤셔 넣었다. 저 머리는 비나가 사랑하는 노래들을 앞으로 더 만들 수 있는 머리다. 실수로 곤죽을 만들면, 비나를 위한 다른 대체품을 찾으려 고생해야 하니까.

그의 막귀로도 크리스티안 보체티라는 희대의 천재를 대체할 작곡가는 찾을 수가 없었던 것이다. 애석하게도. 루크레티우스는 혀를 끌끌 차며, 칼날을 천천히 한 바퀴 돌렸다.

밤거리 속으로 처절한 비명이 울렸다.

"아아아아악!"

그대로 놔두면 죽을 게 분명했기 때문에, 루크레티우스는 심부름꾼을 시켜 걸레 꼴이 된 로베르토를 제 집 앞에 던져 놓도록 시켰다.

그는 하늘을 보고 상쾌하게 발걸음을 옮겼다. 동이 트려 하고 있었다. 얼마 안 있으면 그의 사랑스러운 아내가 잠에서 깨어날 것이다. 오늘 밤에 있었던 더러운 일을 그녀가 알지 못하도록, 깨끗하게 씻고 그녀의 침실로 숨어들어야지. 그러려면 빨리 가야 했다.

루크레티우스의 발걸음이 한층 바빠졌다.

─짹짹짹.

황후궁의 아침은 새소리로 가득했다.

비나를 위해 루크레티우스의 특명을 받은 정원사들이 특별한 새들을 정원에 풀어 놓은 결과였다. 언젠가 예쁜 새소리에 잠에서 깨는 것이 기분 좋다고 한 비나의 발언 때문이다.

황후를 위해 온 대륙에서 엄선된 아름다운 목소리의 새들이 모였고, 멀리 도망치지는 못하고 정원 안에서만 날 수 있도록 세심하게 깃을 잘라서 정원사들이 관리했다.

가끔 비나는 베아트리체를 데리고서 정원에서 이 새들에게 모이를 뿌려 주고는 했다. 그 광경을 집무실에서 내려 볼 때면, 루크레티우스는 뿌듯함에 사로잡히고는 했다.

지금 그는 황후궁 침실 창문에서 정원을 내려다보고 있었다. 현재 정원에는 아무도 없었으나 며칠 전 봤던 가슴 뿌듯한 광경을 되새김질하고 있는 그였다. 세상에서 가장 중요한 두 여인이 햇살처럼 화사하게 웃고 있었던 그때.

'좋아. 내년에는 공물에 진귀한 새를 추가하라고 해야겠군.'

그렇게 공물을 바쳐야 하는 나라에서 들으면 경악을 할 결심을 하고는, 루크레티우스는 몸을 돌렸다.

고개를 돌리자, 흰 레이스 천개를 늘어뜨린 침대가 보인다. 비나의 침대. 그리고 지난 새벽, 그가 일을 마치고 숨어 들어와 사랑스러운 아내와 함께 잠자리에 든 침대다.

루크레티우스는 손에 든 작은 은제 베드 트레이가 흔들리지 않도록 조심하며 그 침대로 다가섰다. 그러자 푹 잠든 그의 사랑스러운 아내가 눈에 들어왔다.

달게 자는 것을 깨우는 것이 매우 가슴 아프지만 ―게다가 그녀가 피곤해 하는 원인이 바로 그이므로― 이대로 있다가 식사가 식어 버리면 안 되기 때문에 깨울 수밖에 없었다. 기척을 느낀 것일까. 여전히 잠든 채인 비나의 미간이 살짝 찡그려진다.

어떤 꿈을 꾸고 있는 걸까? 루크레티우스는 아내의 귓가에 장난기 가득한 목소리로 속삭이기 시작했다.

"비나……."

그러나 놀란 쪽은 비나가 아니었다.

가는 두 팔이 번쩍 움직여 루크레티우스의 귀를 잡았다.

"왁!"

"……!"

루크레티우스의 눈이 평소와 달리 토끼처럼 동그래지는 것을 보며, 비나는 까르르 웃었다.

"놀랐어?"

"……놀랐지. 일어났으면 말을 해 주지 그랬어."

분명히 밝디밝은 날이었다. 그런데 주변을 가득 채운 햇살마저 그녀의 미소 앞에선 빛이 바래는 듯했다. 비나는 다시 통통 튀는 목소리로 장난을 건다.

"정말 놀란 거 맞아?"

"맞다니까."

"어떻게 사람이 진짜로 놀라도 비명이나 소리도 안 질러."

루크레티우스는 아내의 핀잔을 웃어넘겼다.

"어쩌겠어. 그렇게 자라 온 걸."

실제로 루크레티우스는 그렇게 자랐다. 그는 생명이 오고 가는 부상을 입을 때조차, 비명을 내지른 적 없었다.

야생의 맹수들과 같은 이치다. 왕좌를 차지한 맹수들의 우두머리는, 자신이 약해진 것을 티 내서는 안 됐다. 약해진다는 것은 곧 죽음을 의미했으므로.

이 황궁은 가장 가혹한 야생의 전장이었다. 그 가운데서, 열 살에 어머니를 여의고 맨몸으로 그 전장을 거쳐 온 루크레티우스는 결국 제 감정을 전부 숨기는 사람으로 자라났다.

사적인 감정은 누르고 죽인다. 심지어는 제 감정마저도 분석하고 이용하는 것이 기본이다. 루크레티우스에게는 숨쉬는 듯이 당연한 일이었다.

비나는 그것이 안타깝고 불만이었다.

"당신, 내 앞에서는 좀 더 솔직해져도 된다니까."

이미 그녀가 수없이 반복해 온 말이다.

루크레티우스는 변명하듯 답했다.

"당신 앞에서는 정말로 솔직해지는 거야. 궁내부장도 그걸 볼 때마다 놀라는 거 보면 모르겠어?"

맞는 말이기는 했다. 실제로 그는 비나의 앞에서 더욱 솔직하고 생기 있어진다. 처음 만났을 때와 비교하면 정말로 많이 변했다. 날카로운 가시를 미소인 척 온몸에 두르고 있던 남자였으니까.

그래서 쉽게 믿을 수 없었지만, 결국은 빠져들어 버렸다.

"응. 나도 알아."

그는 그녀의 세계였다. 그녀가 한 세계를 잃고서 가지게 된 그녀의 모든 것이었다.

자연스럽게 두 사람의 입술이 맞닿았다.

"우와, 이게 다 뭐야?"

비나는 루크레티우스가 자신의 무릎 위에 얹어 준 은제 베드 트레이를 보고 놀라서 물었다.

트레이 위에는 간단한 아침식사가 소박하게 차려져 있었다. 옆에는 따끈한 홍차도 있다. 비나는 아직 온기가 남은 빵을 들어 올리며 물었다.

"설마 당신이 직접 만들었을 리는 없고……."

황궁에서 황제가 음식을 만드는 꼴을 주변에서 두고 볼 리 없다. 시도를 안 해 본 건 아니지만, 그때마다 요리장 이하의 모든 주방 인원이 바닥에 오체투지를 해 대는 통에, 아내에게 직접 만든 음식을 먹여 주는 일은 포기하기로 했다.

"그래도 홍차는 내가 직접 우렸어."

"어, 진짜?"

비나는 진심으로 놀랐다.

황제가 차를 직접 우리는 것도 말이 되지 않는다. 아마 주변의 눈을 피해 몰래 했겠지. 그녀는 루크레티우스가 숨어서 그녀를 위해 차를 우리는 장면을 상상하며 웃음 지었다.

그녀는 가장 먼저 흰 도자기 찻잔을 감아쥐었다. 따스한 온기가 손아귀 안을 감돈다.

"고마워. 잘 먹을게."

루크레티우스는 장난기 넘치는 미소로 그녀의 감사를 받아쳤다.

"그냥 말로만 고맙다고?"

'바로 조금 전에도 키스해 놓고는.'

비나는 눈을 흘기면서도, 루크레티우스의 뺨에 가볍게 키스했다.

침대에 마주 앉아 한가로이 식사를 한다. 너무나도 평화롭고 행복한 광경이다. 루크레티우스는 작게 속삭였다.

"나중에 누가 될지는 몰라도, 후계자가 장성하고 나면 우리 단둘이 여행을 가는 거야."

"여행?"

"그래. 이 세계 전체를 보는 건…… 무리겠지만, 대륙 전체는 볼 수 있겠지. 나도 황궁에 태어나고 자라서 못 본 곳이 많아. 어린 시절에는 지리서나 역사서를 보며 그런 곳들이 실제로는 어떻게 생겼는지 상상해 보고는 했었어."

"나도 비슷한 경험이 있어."

"역시 우리는 통하는군."

비나는 고개를 끄덕였다.

"그래, 그때는 함께 여행을 가자. 그리고……, 그때는 진짜 내 손으로 만든 아침식사를 당신에게 가져다줄게. 매일매일."

영원히 계속될, 행복한 아침의 광경이었다.

8. 크렌시아 부부 사기단

8. 크렌시아 부부 사기단

　로넨시아 공작부인 노마는 굳은 얼굴을 한 황제의 앞에서 깊이 고개 숙여 마지막으로 자신의 주장을 덧붙였다.

　"부디, 찢어지는 가슴으로 황실과 폐하를 위해 친히 별궁으로 피하는 용단을 내리신 황후 폐하의 뜻을 꺾지 말아 주소서."

　그러고는 깍듯한 예를 취하고는 물러난다.

　―탁. 문이 닫혔다.

　"……."

　그리고 황제는 조금의 미동도 없이 노마가 사라진 곳을 보고 있었다. 아, 미동도 없다는 것은 부정확한 표현이다. 그의 입꼬리가 미미하게 실룩거리고 있었다. 그때 길게 드리워져 있던 커튼 뒤에서 낭랑한 박수 소리가 울렸다.

　―짝, 짝, 짝!

　루크레티우스는 제 입을 막아 터지려는 폭소를 참으며 천천히 커

틈 뒤로 걸어갔다. 그곳에는 부들부들 떨리는 입을 애써 누르며 주
저앉아 조용히 박수를 치고 있는 그의 사랑스러운 아내가 있었다.

분명히 황궁에는 남편과 싸우고는 황녀와 함께 별궁에 내려가 있
다고 알려져 있는 그녀가, 황제의 집무실 구석에 숨어 있는 것이
다!

그들의 시선이 마주쳤다.

"……."

결국 못 참고 먼저 터져 버린 것은 비나 쪽이었다.

"푸, 푸하하하하핫! 내가! 내가 당신 황비 들이라고 별궁으로 내
려간 거래! 크흐흡! 화, 황실을…… 위한 용단……! 크하하합!"

숫제 배를 잡고 바닥을 구를 기세였다. 그녀가 먼저 터지자 애써
참으며, 공작부인의 수작을 다 알면서 직접 상대해야 했던 루크레
티우스도 터졌다.

"와하하하하하핫! 진짜 걸작이었어! 찢어지는, 찢어지는 가슴이
래! 크하하하하, 커, 커흡!"

지나치게 웃음을 참았기 때문일까. 루크레티우스는 막판에 사레
가 들리고 말았다. 거하게 기침을 하는 루크레티우스의 등을 두드
려 주면서도, 비나는 웃음을 멈추지 못했다.

"푸흡! 푸흐흐흐흡!"

"크하하하핫, 케흑! 콜록!"

루크레티우스도 미친 듯이 웃으랴, 동시에 기침하랴 아주 바빴
다. 둘은 눈물까지 흘릴 기세로 웃어 댔다. 비나는 눈가에 남은 눈
물을 찍어내며 중얼거렸다.

"아, 정말이지……. 간만에 너무 웃었어. 너무 웃어서 입이 다 아

파. 덕분에 *엔돌핀* 좀 돌았겠네."

루크레티우스는 이제야 간신히 기침이 진정된 듯했다.

"*엔돌핀?* 당신 고향 언어지? 그건 또 뭐야?"

"대충 몸에 좋은 물질이라고 생각하면 돼. 웃으면 몸 안에서 나온대."

"이거 공작부인 덕분에 *엔돌핀* 샤워라도 받는 것 같군."

역시 그의 어휘 응용력은 뛰어났다.

두 사람은 다시 한바탕 웃다가 배 근육이 당겨 그만 두기로 했다. 흐뭇한 시선으로 그녀를 보던 루크레티우스가 묻는다.

"그렇게 좋아? 재밌어?"

그러자 비나의 고개가 열렬하게 위아래로 움직인다. 위, 아래, 위, 아래!

"응! 최고야! 멋져! 짜릿해!"

루크레티우스는 즐거워서 바닥을 구를 지경인 아내를 흐뭇한 표정으로 보았다. 그러고 보면 그가 세상에서 가장 사랑하는 여자는 꽤 성격이 나빴다. 이렇게 싫어하는 사람을 상대로 작정하고 엿 먹이거나 사기를 칠 때, 그녀는 마치 살아 있는 것을 실감하는 것처럼 생기가 흘러 넘쳤다.

"어차피 저쪽이 선수를 친 거니까, 우리가 미안해하거나 죄책감 가질 필요도 없지. 찜찜하지도 않아. 정말이지 최고의 상대야!"

비나가 저렇게 즐거워하는 걸 보는 건 오랜만이다. 그러고 보면 카틀레야가 죽은 뒤 너무 평화롭기만 해서, 이런 소소한 즐거움(?)을 챙길 일이 없었다. 오페레타를 보고 즐거워하던 때보다 더더욱 생기발랄한 비나를 보며 루크레티우스는 흐뭇하게 마주 웃었다.

비나가 묻는다.

"당신은 안 즐거워?"

"당연히 즐겁지. 아, 이거 뭐라고 했었더라. 당신 고향말로, *당근이지*라고 하던가?"

비나는 다시 폭소를 터뜨렸다. 이번에 루크레티우스는 그녀가 왜 웃는지, 알지 못했다.

그들도 처음부터 이 웃기는 낚시질을 계획한 것은 아니었다.

처음에 루크레티우스와 비나는 공작부인이 본격적으로 움직이는 것을 막는 걸로 충분하다고 생각했다. 공작부인이 알지 못하는 사이에, 기습적으로 공녀제를 폐지하는 것으로 그녀의 예봉을 꺾었다. 공작부인의 성향상 앞으로 얼마든지 빌미를 더 만들어 줄 테니, 천천히 하나씩 기세를 꺾어 완전히 발아래 꿇리는 것으로 충분하리라, 그리 생각했었다.

그런데 그들도 공작부인도 예측하지 못한 방향에서 일이 바뀌기 시작한 것이다. 그 아들인 로베르토가 갑작스럽게 사고를 치기 시작하면서, 오히려 예정보다 진행이 빨라졌다.

좋다고 해야할지 나쁘다고 해야할지, 어찌 되었건 그 덕분에 부부는 본의 아니게 비밀 데이트를 즐기는 부수입도 얻게 되었다.

그들은 공작부인과 로베르토를 낚기 위해 보란 듯이 소문을 날라

줄 여자들 앞에서 싸우는 연기를 펼쳤다. 성급하게 아내의 정절을 의심한 남편과, 부당하게 의심받고 슬퍼하는 아내 역할을 연기하는 건 꽤 고역이었다. 사전에 합의를 하긴 했지만, 싸움을 연기하는 도중 그들이 나눈 대화는 전적으로 즉흥적으로 짜낸 것이었다.

그 진지한 대사를 읊으면서, 비나는 몇 번이나 웃음이 터지려는 것을 참기 위해 혀를 깨물었는지 모른다. 실수로 진짜로 피도 났다. 덕분에 눈물을 짜내기는 쉬웠으니 소득은 있었지만.

그 직후, 비나는 황궁을 떠나는 척했다. 물론 마차에 탄 것은 검은색 가발을 쓴 대역이었다.

비나는 자신의 침실에 남았다. 대연회 마지막 날 가장 극적으로 모습을 드러내려면 그 전까지는 머리카락 한 올까지 숨겨야 한다.

어미의 손이 필요한 베아트리체 역시 황후궁의 침실에 남아 있었다. 상황을 모두 알고, 그들의 신변을 돌보는 것은 사만다와 아그네스 둘뿐이었다.

안 좋은 일이 있었다는 이유로 사만다와 아그네스는 시녀들과 하녀들에게 휴가를 주어 쉬게 했다. 그리고 직접 비나와 베아트리체의 시중을 들어 주었다. 황후와 황녀의 식사는 아그네스가 관리하는 로네스 별궁에서 만들어져 그녀의 손에 의해 황후궁으로 날라졌다. 덕분에 비나는 상당히 여유 넘치는 하루하루를 보낼 수 있었다.

정원에 산책을 못 나가는 것은 답답하긴 했지만 루크레티우스와 돌아다니면서 알게 된 비밀통로가 많아, 그곳으로 돌아다니는 것만 해도 충분했다.

지금 그녀가 황제의 집무실에 나타난 것도 비밀통로를 통해서였다.

사만다와 아그네스를 제외하면 지금 상황을 정확히 아는 것은 율리아뿐이다. 율리아는 자청하여 제 이모의 곁에서 상황이 돌아가는 것을 감시하겠노라 했다. 그리 청하며, 율리아는 단 하나만을 부탁해 왔다.

'폐하, 감히 한 가지를 청하옵니다. 부디……, 이모님의 목숨과 가문은 부디 남겨 주십시오. 욕심이 과하셨다 하여도, 이모님께서는 저와 언니를 챙겨 주신 분이십니다. 부디, 이렇게 간청 드립니다.'

비나는 율리아의 청을 받아들였다. 애초에 그녀는 공작부인을 완전히 쳐내거나, 로넨시아 공작가를 멸문시킬 생각까지는 없었던 것이다.

그녀와 비나의 예측대로 상황이 다급해지자, 공작부인은 조카를 강제로 잡아 두는 강수까지 저질렀다.

루크레티우스는 혀를 찼다.

"율리아는 식사까지 거부하고 있다지? 고생이군."

비나는 길게 한숨을 쉬었다.

"아무리 그 정도는 해야 공작부인이 눈치를 못 챌 거라고 해도, 그렇게까지 할 필요는 없는데 말이야."

"우리와 공작부인 사이에 끼어서 가장 난처한 입장일 테지. 고생도 하고 있고. 그에 합당한 보상은 해야겠어."

비나도 고개를 끄덕였다. 그때, 루크레티우스가 생각났다는 듯이 말을 꺼낸다.

"아, 그리고 저번에 어전 공연을 맡겼던 극장주가 궁내부장에게 재미있는 이야기를 했더군."

"뭐라고?"

"가면무도회의 프리마돈나가 우리를 만나고 싶어 한다는 이야기."

비나의 눈이 반짝거렸다.

"그거……."

"그래. 무언가 재미있는 얘기를 하나 더 들을 수 있을 것 같아. 아마린체 토울은 로베르토 그 작자와 개인적인 친분이 있는 것 같았으니까."

비나는 나직이 중얼거렸다.

"좋은 소식이면 좋겠어. 좋아하는 작곡가에 이어서 좋아하는 가수에게까지 실망하고 싶지는 않다고."

루크레티우스는 조금 시무룩해진 아내를 최선을 다해 위로했다.

그녀는 지금 집무실 의자에 앉아 서류를 보는 남편의 책상 위에 앉아 있었다. 아무리 대연회 기간이라도 정무가 멈추는 일은 없다. 덕분에 루크레티우스의 테이블 위에는 서류가 잔뜩 쌓여 있었다.

그녀의 손이 매우 자연스럽게 책상 위를 짚는다. 그곳은 루크레티우스의 펜을 쥔 손이 움직여 이서를 하려던 방향. 그녀의 손가락 아래에서 서류가 살짝 구겨졌다.

"비나."

"응?"

아무것도 모른다는 듯이 방긋이 웃는 아내의 얼굴은 너무나도 사랑스럽다. 그러나 그녀가 지금 야기하는 상황은, 사랑스러워하고 싶어도 불가능했다. 마치 사람의 주의를 끌려는 고양이처럼 남편의 서류 처리를 방해하는 중이니.

루크레티우스는 결국 졌다. 아내의 허리를 끌어안아 제 무릎 위에 앉히며 툴툴거렸다. 비나는 냉큼 앉는다.

"공식적으로 여기 없다고 이래도 되는 거야?"

비나는 할 일이 없었다. 그녀는 깔깔대며 손끝을 뻗어 루크레티우스의 옷깃을 건드렸다. 살금살금, 단추를 건드리다가 빼내는 모양새가 더없이 장난스럽다.

"그러니까 더 이러고 싶은 거야. 나는 안 해도 되니까, 해야 하는 사람을 방해하는 게 꿀처럼 재밌는 거지."

루크레티우스는 어이없다는 듯 웃었다.

"정말이지 너무하는데. 이 이상 서류 처리가 밀리면 밤에 당신이랑 리체 곁에 가서 잘 시간도 없을 거라고."

비나가 황궁을 나간 척하고 있어도, 루크레티우스는 매일 밤 비밀통로를 통해 그녀의 침실로 향했다. 그래서 여우 같은 아내, 토끼 같은 딸과 함께 행복한 시간을 보냈던 것이다.

그런데 이렇게 방해받아 버리면, 아내의 침실에 숨어들 여유마저도 없어지고 말 터다. 비나는 코웃음을 쳤다.

"흐흥. 그건 당신 사정이겠지."

비나의 늘씬한 다리가 마치 살아 움직이는 생물처럼 루크레티우스의 허리를 휘감는다. 그에 루크레티우스는 손끝을 세워 비나의 등에서 허리로 이어지는 곳을 슥 훑어 내렸다. 품 안의 가녀린 몸이 파르르 떨린다. 한 차례 고양이처럼 떤 비나는 나른하게 웃으며 속삭였다.

"역시 당신도 리체랑 같이 있느라…… 좀 많이 참았잖아. 아니야? 그동안, 나를 원하지 않았어? 내가 지금 당신을 원하는 것처럼."

"……."

그녀의 말은 사실이었다. 지난 며칠간, 루크레티우스는 그녀의 침실에서도 둘만의 시간을 가지지 못했다. 평소라면 두 사람만의 시간을 보내는 동안, 베아트리체는 다른 침실로 보내져 유모와 시녀들의 보살핌을 받았다.

법도를 따지자면 젖을 떼고 바로 황녀궁으로 나가야 하지만, 비나가 적어도 다섯 살 때까지는 아이를 곁에 두고 싶어 했기에 황녀의 침실은 황후궁 안에 마련되어 있었다.

황후를 모시는 시녀들은 한결같이 황자 탄생을 바라고 있었으므로, 황제 부부의 개인적인 시간을 만들어 주기 위해 열심이었다.

그런데 지금은 눈에 띄어서는 안 되니, 당연히 황녀도 사만다와 아그네스의 철통방어를 받는 침실 안에서만 생활해야 했다.

도리어 아이는 어머니의 옆에 답싹 붙어 있을 수 있어서 기뻐했다. 아내와 딸이 기쁘면 루크레티우스도 기뻤다. 단둘이 있을 수 없다는, 한 가지만 제외하고는. 그런데 지금 비나가 먼저 유혹해 오고 있는 것이다.

"하아……."

루크레티우스는 열에 들뜬 한숨을 쉬었다. 그가, 비나의 유혹을 거부할 수 있을 리 없었다.

"정말이지……, 그런 말을 하면 참을 수가 없잖아."

그는 아내를 안아 올리며 입술을 삼켰다.

"읍!"

평소와 달리 한층 격정적이었다. 아마도 장소가 정무를 보아야하는 집무실이기 때문인 것도 있을까.

"으응……!"

조금은 배덕적인 기분에 젖어, 두 사람은 서로를 탐닉했다. 불쌍한 서류들만이 구겨져 바닥으로 팔랑팔랑 떨어져 내렸다.

"아! 아파! 그만!"

"응? 그렇게 아파?"

루크레티우스는 의아한 눈으로 아내를 보았다. 그리고 자신의 손을 본다. 손안에 쥐어진 끈을.

그는 지금 조금 전 자신이 풀어 버린 코르셋 끈을 다시 조이고 있었다.

"평소보다 훨씬 살짝 조인 건데."

비나는 나직이 툴툴거린다.

"어차피 지금은 남들 눈앞에 보일 필요 없으니까 대충 해 줘. 진짜 매번 해도 코르셋 조이는 건 익숙해지지가 않는다니까."

루크레티우스는 고개를 끄덕이며 코르셋을 대충 조인 다음 매듭을 지어 마무리했다. 그리고 그 위로 다 구겨져 버린 드레스를 입혀 준다.

원래대로라면 시녀들과 하녀들 대여섯이 달려들어 시중을 들어야 하는 일이나, 지금은 도울 수 있는 사람이 하나뿐이다. 덕분에 세상에서 가장 귀한 남자의 드레스 시중을 받으며 비나는 한숨을 쉬었다.

"정말이지……. 물론 내가 먼저 자극하기는 했지만, 이렇게까지 할 건 없잖아."

그러자 루크레티우스는 비나의 어깨를 끌어안고서, 이마에 키스하며 키득거렸다.

"당신 말대로 먼저 유혹한 건 당신이잖아? 나는 착실하게 유혹당한 죄밖에 없어. 그리고……."

"그리고?"

"당신도 좋았잖아."

능글맞게 웃으며 끌어안는 남편을, 비나는 피식 웃으며 볼을 손끝으로 콕콕 찔러서 옆으로 떼어 놓았다.

"가려는 거야?"

"응. 이미 충분히 방해했으니까. 남은 시간 동안은 열심히 일하시라고 비켜 드려야지. 지금쯤이면 리체도 낮잠에서 일어났을 거야."

역시 딸을 재워 놓고 나온 모양이다. 루크레티우스는 이대로 아내를 끌어안고 한 번 더 불태울까 하는 심술궂은 생각을 했지만, 곧 접었다.

그랬다간 진짜로 화낼 것이다. 그는 세상에서 비나가 화내는 것이 제일 무서웠다. 결국 루크레티우스는 입맛을 다시며 물러섰다.

비나는 벽난로로 다가가 부지깽이를 난로 옆에 패인 틈에 쑤셔 넣더니, 당겼다가 뒤로 밀었다.

그러자 기잉- 하는 기이한 소리와 함께 벽난로가 통째로 돌아가며 거대한 검은 구멍이 드러났다. 집무실에서 황후궁의 침실까지 직접 이어지는 비밀통로다.

비나는 작게 하품을 하며 속삭였다.

"그러면 갈게."

"응."

"오늘 밤도 일하느라 너무 늦지는 말고."

"……그건 좀 자신이 없네. 당신이 방해해 준 덕분에 말이야."

"음. 그러면 어쩔 수 없겠네. 그래도 몸 상할 정도로 일하지는 말고. 알았지?"

"걱정 마."

루크레티우스는 웃으며 벽난로의 구멍 속으로 사라지는 아내를 배웅했다. 그리고 그의 시선은 천천히 해야 할 일이 가득가득 쌓인 테이블 쪽으로 향했다.

"……."

엉망이 되어 구겨진 서류들이 테이블을 중심으로 바닥에 둥글게 떨어져 있다. 그는 잠시 하늘을 올려다보다가, 다시 시선을 아래로 내린다. 그러고는 한숨을 쉬며 바닥에 떨어진 서류를 일일이 주워서 펴는 작업을 시작했다.

결국 그가 업무를 끝마치고 새벽녘 황후궁의 침실에 들어섰을 때, 비나와 베아트리체는 이미 꼭 끌어안고 잠든 뒤였다. 루크레티우스는 잠시 사랑스러운 여자들을 내려다보다가, 딸의 이마와 아내의 뺨에 키스를 날리고는 두 사람이 깨지 않도록 조심조심하며 침대로 숨어들었다. 대륙을 호령하는 황제 폐하의 기세 따위는 온

데간데없이, 그저 한 명의 팔불출만 남아 있을 뿐이었다.

대연회 마지막 날 연회가 사흘 남은 밤이었다.

9. 이세계 가족계획

9. 이세계 가족계획

평화로운 나날이 흘렀다.

오늘은 오랜만에 반가운 손님들이 오는 날이었다. 때문에 비나는 꼼꼼히 몸단장을 했다. 사만다가 들어와 몸단장을 거의 마친 황후에게 아뢰었다.

"두 분 폐하, 조금 전 토루카 후작 일가가 도착했다고 합니다."

"고마워요. 이제 나가면 되겠네요. 자, 폐하……."

비나의 채근에 루크레티우스는 나직이 탄식했다.

"이런. 조금 더 즐기고 싶었는데 말이야."

그는 비나의 머리를 빗어 주던 빗을 내려놓았다. 지금 화장대 앞에 앉은 황후의 곁에서 시중을 들어 주는 이는, 황공하게도 황제 한 명뿐이었다.

그러나 시녀들은 이러한 상황에 익숙했다. 황후의 머리를 빗어 주는 것은, 황제의 극히 사적인 취미 중에 하나였다. 그녀가 황비

시절부터 지속된 것이기도 하다.

그는 비나의 핀잔에도 순순히 이를 포기할 생각이 없어 보였다. 요즘 비나는 차라리 남편이 단장시켜 주는 손길에 익숙해져 있었다.

루크레티우스는 막 빗질을 마친 윤기 넘치는 검은 머리카락에 가볍게 입술을 눌렀다. 기분 좋은 향기가 코끝을 감돈다.

"흠. 역시 나의 황후는 머리카락 한 올까지 완벽한 여자야."

시립한 시녀들 중 신참들이 소리 내지 않고 표정만으로 꺅꺅거리는 것이 느껴졌다. 율리아 같은 고참들은 이제 이런 일 한두 가지에 놀라지 않았다. 하루 이틀 봐 온 것이 아니니 말이다.

비나는 피식 웃었다.

"이러다가는 다들 기다릴 거예요. 몸도 무거운 사람을 오래 기다리게 하면 안 되잖아요?"

"알았어. 금방 끝내도록 하지."

루크레티우스가 손을 흔들자, 율리아가 빠르게 그의 명령을 눈치채고 움직였다. 이미 옷과 다른 것은 전부 준비가 끝났다. 남은 것은 장신구뿐. 시녀들이 황후의 장신구를 들고 다가왔다. 색색의 반짝이는 장신구들이 햇볕 아래 빛났다. 루크레티우스는 신중하게 장신구 하나, 하나에 시선을 던졌다.

"다들 황후의 머리를 장식하기에는 조금씩 손색이 있지만……, 어쩔 수 없군. 어느 것이 좋으려나."

그때였다. 앳된 목소리가, 그러나 절도 있는 어조로 끼어들어 왔다.

"실례지만, 아바마마."

비나와 루크레티우스의 시선이 화장대 옆의 소파로 모였다.

레이스로 장식된 녹색 드레스 자락 아래로 작은 구두가 달랑달랑 허공에서 움직였다. 부모의 시선을 끄는 데 성공한 것은, 올해 갓 다섯 살이 된 1황녀 베아트리체다.

근래에 들어 급격하게 철이 든 황녀는 매우 우아하고 위엄 넘치는 황실 예법을 구사해서 부모를 서운하게 했다.

"제가 어마마마의 장신구를 골라 보아도 될까요? 실례가 되지 않는다면요."

나이에 걸맞게 목소리는 매우 앳되고 귀여웠다. 그러나 말투는 전혀 다르다. 외모도 다섯 살 나이에 맞게 깨물어 주고 싶을 정도로 사랑스러운데, 저런 딱딱한 예법이라니!

아마 비나와 루크레티우스에게 귀나 꼬리가 있었다면, 순식간에 축 처졌을 것이다. 그 정도로 근래 들어 나타난 딸의 변화는 두 부부에게 상당한 안타까움을 남겨 주고 있었다.

'좀 아이다운 짓을 해 줬으면…….' 하는 것이 두 부부의 바람인데 말이다.

저렇게 정중하게 부탁하는 것이 아니라 떼를 쓰거나 응석을 부렸더라면, 루크레티우스는 바로 함박웃음을 지으며 딸의 응석을 받아 주었으리라.

루크레티우스는 그 바람을 잠시 접어 두었다. 어찌 되었건, 어머니의 머리를 장식할 장신구를 직접 고르고 싶다는 딸의 바람을 외면할 수는 없었으니 말이다.

"그래. 우리 리체가 한번 골라 보렴."

베아트리체가 몇 번이나 풀네임으로 불러 달라고 또박또박 청해도, 꿋꿋이 애칭으로 부르는 것이 소심한 아빠의 고집이었다.

"감사합니다. 아바마마."

아이는 공손하게 머리를 숙여 인사했다. 그리고 소파에서 내려왔다. 아니, 내려오려 시도했다.

"……."

실패했지만.

어른의 키에 맞춰진 소파의 높이에, 아이의 다리는 너무 짧았던 것이다. 구두를 신은 작은 발을 아무리 뻗어 보아도 여전히 허공에서 허우적거리기만 한다. 베아트리체는 잠시 부아가 치미는 듯이 볼을 부풀리다가 '핫!' 하고 깨달았다. 이것은 너무나도 어른스럽지 못한 행동이다! 황녀답지도 못한 행동!

아무리 조숙하다고는 해도 아직 아이는 아이였다. 어른스럽게 굴려고 노력하는 도중에도 아이다운 어설픈 태도가 아직 남아 있었다. 부부는 그걸 바로 눈치채고 잠시 피식 웃었다.

한발 늦게 상황을 눈치챈 율리아가 다가와 베아트리체를 안아서 소파에서 내려 주었다. 간신히 소파의 구속(?)에서 벗어난 소녀는 스스로 우아하다고 믿는, 그러나 실제로는 아장거리는 걸음으로 장신구를 든 시녀들에게 다가갔다. 시녀들이 어린 황녀가 장신구를 보기 쉽도록 상자를 내려서 보여 주려는 참이었다.

황제가 성큼성큼 다가오더니 딸을 번쩍 들어올렸다. 아이의 녹색 눈동자가 동그랗게 커졌다.

"아바마마!"

그 안에 담긴 질책에도, 루크레티우스는 조금도 개의치 않았다. 어른스럽게 보고 싶었는데, 결국 아버지의 품에 안겨 아이처럼 보게 된 것이 마음에 들지 않는 듯했다.

아직 젖살이 빠지지 않은 베아트리체의 볼이 또 부풀었다. 그러나 곧 아이는 눈앞에 반짝이는 보석들의 향연에 불만마저도 다 잊었다.

베아트리체의 녹색 눈동자가 속에 별이 든 듯 반짝거렸다. 조금 전까지 몸에 안 맞는 큰 옷을 억지로 입으려 애쓰던 아이가 다시 제 나이대로 돌아간 듯했다.

가끔 놀랄 만큼의 영특함을 보여 주는 딸이지만 이런 순간에는 제 나이답게 귀엽게만 보인다. 마찬가지로 부드러운 미소로 딸을 보던 루크레티우스가 물었다.

"그러면 리체가 한번 골라 보겠느냐?"

"예. 아바마마."

아이는 고개를 끄덕거렸다 여전히 홀린 듯 예쁜 장신구에서 시선을 떼지 못한 채다. 비나 역시 구슬이 구르듯이 웃으며 물었다.

"어느 게 엄마에게 어울릴 것 같니?"

갓 깐 삶은 달걀처럼 뽀얀 아이의 이마에 처음으로 주름이 진다. 황녀는 심각하게 고민에 빠졌다. 아이의 시선을 따라 루크레티우스는 품에 안은 딸을 이리저리 올렸다 내렸다 하며, 아이가 장신구를 고르는 것을 도와주었다.

"리체가 고른 장신구는 리체의 어머니를 더욱 아름답게 만들어 주겠지."

그러자 아이는 부드럽게 웃으며 말했다.

"하지만 어마마마께서는 장신구를 하나도 안 하셔도 세상에서 가장 아름다우세요."

"그렇지. 역시 우리 리체가 똑똑하구나. 외모만이 아니라 어머니의 머리도 닮은 모양이야."

저 당연하다는 듯 비나의 얼굴에 금칠을 하는 부녀의 환담은 세 살 때나 지금이나 똑같았다. 시녀들이 부드럽게 웃는 소리가 들렸다. 루크레티우스는 당연하다는 듯이 고개를 끄덕였다. 비나의 얼굴이 붉어졌다.

'왜 부끄러움은 내 몫인 건데?'

본인이 한 말도 아니고, 해 달라고 한 말도 아닌데 말이다.

비나의 부끄러움을 아는지 모르는지 부녀는 진지한 대화를 계속했다.

"그래, 그렇지. 리체의 어마마마는 세상에서 가장 아름답지."

비나는 자신의 손발이 오그라들 것 같은 기분을 느꼈다.

'그, 그만!'

그러나 이를 대놓고 말할 수는 없었다. 시녀들의 눈이 있는데, 자신을 칭찬하는 남편의 팔불출 짓을 대놓고 핀잔 줄 수가 없었던 것이다. 게다가 쓸데없이 진지한 딸의 말에 태클을 걸기도 힘들다. 결국 비나 혼자만이 손발이 오그라드는 고통 속에 남겨졌다.

베아트리체는 상당히 오래 고민했다. 꽤나 장고長考였다.

한참 만에 아이의 자그마한 손이 장신구 중 하나를 가리켰다.

"저게 어마마마께 어울릴 것 같아요."

아이가 고른 것은 보석을 얇게 깎아 내어 날개 모양으로 이어붙인 이어커프였다.

"……."

"……."

루크레티우스와 비나 모두 잠시 할 말을 잃었다.

그리고 다음 순간, 루크레티우스는 홍소하며 아이의 뺨에 한번 입맞춤을 했다.

"역시 우리 공주님답군. 눈이 높아."

베아트리체는 아버지에게 칭찬받은 것이 기쁜지 웃으며, 순순히 율리아의 품에 안겼다. 황제가 손을 흔들자, 황녀가 고른 장신구를 들고 있던 시녀가 이를 바쳤다. 그의 손안에서 빛나고 있는 이어커프는 여전히 푸른빛의 아름다움을 뽐내고 있었다. 그 빛은 조금도 바래지 않았다. 마치 그가 사랑해 마지않는 그의 아내처럼.

루크레티우스는 이를 직접 비나의 귀에 달아 주었다. 언젠가 처음으로 함께 무도회에 나가기 직전처럼 찰랑거리는 파란 보석이 그녀의 귓불 아래에서 달랑거린다. 작고 예쁜 귀와 드러난 목선의 아름다움이 장신구 덕분에 배가되는 듯하다. 그는 만족스럽게 웃었다.

비나는 그의 에스코트를 받아 몸을 일으켰다.

"리체가 이걸 고르다니, 신기하네요."

목소리에서 웃음기가 묻어났다.

"나도 놀랐어. 아무것도 모르는 아이가 보기에도 이게 당신에게 그만큼 잘 어울린다는 뜻이겠지."

다시 루크레티우스의 품에 안긴 베아트리체는 만족스럽게 어머니를 바라보고 있었다.

"역시 아름다우세요!"

"역시 리체의 눈은 정확하다니까."

……정말이지, 남 부끄러운 부녀가 아닐 수 없다.

그제야 그들은 겨우 정원으로 나설 수 있었다. 예정보다 조금 많이 늦어진 시각이었다. 비나는 한탄했다.

"이런. 손님들을 너무 기다리게 했네요."

날씨가 좋은 봄이라, 손님맞이는 정원에서 하게 되었다. 유달리 붉은 머리카락을 가진 사람의 비중이 높은 일행이 황제 부부가 오는 것을 발견하고 예의를 표했다.

"황제 폐하, 황후 폐하를 뵙습니다."

"황녀 전하를 뵙습니다."

비나는 환하게 웃으며 다가갔다.

"어서 일어나세요, 릴리아나. 몸도 무거우면서⋯⋯."

릴리아나는 곱게 웃으며 남편의 부축을 받아 몸을 일으켰다. 비나의 걱정대로, 그녀의 배는 둥글게 부풀어 있었다. 비나는 릴리아나의 손을 잡아 직접 테이블로 이끌며 물었다.

"산달이 두 달 뒤쯤이었죠? 입덧은 좀 어떤가요?"

대신 대답한 것은 릴리아나의 바로 뒤를 따라오던 로젤리아였다. 이제 나이가 열넷이라 어엿한 아가씨가 된 로젤리아는 어린 시절의 활기참 대신 침착한 태도로 새침하게 언니를 뒤따르고 있었다.

"안녕하세요, 폐하. 이번에는 쿨린 때보다 더 심해서, 한 달 전쯤부터 겨우 제대로 식사를 할 수 있게 되었답니다. 그나마 다행이지요."

비나는 고개를 끄덕였다.

"그래요, 로젤리아. 확실히 릴리아나가 두 달 전에 봤을 때보다는 조금 살이 붙은 것 같네요. 그때는 너무 마른 채로 배만 불러서 얼마나 걱정했나 몰라요."

사적으로는 올케와 시누이 관계가 되는 세 여자는 화기애애한 대화를 나누며 시녀들이 마련한 자리로 다가갔다.

비나는 릴리아나의 치맛자락에 매달린, 올해 네 살이 되는 쿨린을 보았다. 아이는 어설프게나마 예의를 차렸다.

"황후 폐하, 안녕하세요."

아이는 엄마를 닮은 빨간 머리가 인상적인 소년이었다. 아마도 성장하면 제도 내에 미남으로 소문이 자자하리라. 성품도 엄마를 닮은 것인지 수줍고 소극적이었다.

"그래, 쿨린. 못 본 사이에 많이 컸구나."

그러자 옆에서 활달하게 끼어드는 목소리가 하나 더 있었다.

"오랜만에 뵈어요. 황후 폐하!"

이미 미소의 꽃을 만개시키고 있던 비나의 얼굴이 더욱 화사하게 빛난다. 몇 년 전, 처음 만났을 때의 로젤리아를 떠올리게 하는 빨간 머리카락의 소녀다.

"그래. 오랜만이구나, 마거리트."

비나는 손을 뻗어 아이의 빨간 고수머리를 쓰다듬어 주었다. 아이들은 참으로 빨리 자란다. 그 사실을, 비나는 마거리트를 볼 때마다 새삼스레 깨닫게 된다. 막 황궁에 든 직후 처음 만났던 카틀레야는 당시 마거리트를 임신 중이었다. 그런데 그 배 속에 있던 아이가 벌써 이렇게 자랐다.

'내가 벌써 이렇게 오래 이 세계에서 살고 있다는 실감이 나네.'

선대 황제의 3황녀 마거리트. 선황이 사망한 이후 태어난지라, 선황 소생의 자녀들 중 가장 어리다. 그러나 그 신분은 황녀들 중에서 세 번째로 높았다. 루크레티우스가 릴리아나 자매를 법적으로 자신의 생모인 베아트리체 황후의 아래로 옮겼기 때문이다. 황족의 지위를 따질 때 나이보다 앞서는 것이 바로 모친의 지위였으므로.

반역자인 폐태후의 소생을 적통으로 놔두는 데에 초반에는 부정적인 여론이 많았다. 그럼에도 루크레티우스가 릴리아나 자매의 신분을 유지시킨 것은, 전적으로 자비를 베풀어서만은 아니었다.

우선 릴리아나 세 자매와 그들 소생은 루크레티우스에게 있어서 가장 가까이 두고 다루기 편한 스페어였기 때문이다. 루크레티우스 본인이 자식을 얻지 못하거나, 얻더라도 만에 하나 잘못될 경우를 생각해야 했으니 말이다. 그러한 만약의 경우 계승 순위가 앞서는 것은 1황녀의 소생들이다.

릴리아나의 성정은 극히 심약했고, 또한 카틀레야의 일로 황제 부부에게 큰 마음의 빚을 지고 있었다. 게다가 반란 때문에 릴리아나의 외가이자 시가인 토루카 후작가는 가세가 반 토막이 나, 황권에 위협이 되지 못한다.

릴리아나의 신분을 낮추었다가는 다른 외가나 시가가 건재한 황녀가 1황녀 자리를 가로챌지도 모른다. 그렇게 하느니 차라리 릴리아나를 그 자리에 두는 것이 낫다고 판단했던 것이다. 루크레티우스에게 있어서 릴리아나는 여러모로 편하고 안전한 말이었다. 또한 이지드와 혼약이 이루어진 로젤리아 역시 제노아와의 친선을 위해서라도 적통 황녀 신분을 유지해 줄 필요가 있었다.

비나 역시 이에 대해서는 잘 알고 있었다. 아니, 릴리아나와 클로디스가 가장 잘 알고 있으리라. 그렇기에 그들은 최선을 다해 몸을 낮추고 살았다. 때문에 세간에서는 토루카 후작가를 이리 불렀다.

황가의 개라고.

클로디스는 이에 대해 조금도 개의치 않았다. 실제로 황궁 안에서 클로디스와 토루카 후작가를 두고 그리 모욕한 자들이 있었다. 물론 당사의 면전이나 황제의 앞에서 그런 것은 아니다. 그럴 만한 담도 없는 자들이었으니.

그저 저들끼리 숙덕거리는 자리에 우연히 클로디스가 지나가다 자신에 대한 험담을 듣게 되었을 뿐. 클로디스는 그에 대놓고 말해 주었다.

—황실의 개라니. 충신에게 최고의 극찬이군요.

대놓고 비꼼을 들은 이들은 안색이 파랗게 질려 어딘가로 사라졌다고 했다. 클로디스는 이 일을 직접 루크레티우스나 비나에게 알리지 않았다. 물론 벽에 붙은 귀가 황제 부부에게 자신이 한 말을 전하리라는 것은 알았으리라.

사건을 전해들은 루크레티우스는 파안대소하며 평했다.

—그래. 내가 나쁘지 않은 개를 들였군.

아마 클로디스는 저 말을 들으면, 도리어 웃었으리라. 참 난 사람들이라면 난 사람들이다.

'참, 그 주인에 그 신하라니까.'

비나는 새삼 그렇게 생각하며 발걸음을 옮겼다. 그녀의 옆에서 베아트리체가 어머니의 우아한 걸음걸이를 따라 하며 걸었다. 물론 아직 작은 발과 짧은 다리 덕분에 조금 아장거리는 걸음이 되었지만 말이다.

이렇게 가족 모임이 되면 중심이 되는 것은 늘 집안의 안주인과 아이들이다. 루크레티우스와 클로디스는 적당히 예의를 차린 인사를 나누고는, 각자 부인과 아이들의 들러리가 되어 자리로 따라갔다.

오랜만의 떠들썩한 가족모임이었다.

아이들은 달콤한 간식을 배부르게 먹고는 자기들끼리 웃으며 정원으로 뛰어나갔다. 시녀들이 빙 둘러서 귀한 혈통의 아이들을 돌보았다. 어른들은 그 모습을 웃으면서 바라보고 있었다. 그 어른의 기준은 로젤리아까지였다.

내내 1황녀로서 위엄을 지키려 아직 안 어울리는 점잖을 빼고 있던 베아트리체도 제 또래의 친척들이 모이자 다시 제 나이 대의 어린아이로 돌아갔다. 분홍빛 뺨이 상기된 것이 더없이 보기 좋았다.

아이들이 다 같이 정원의 꽃과 풀벌레를 보며 와르르 웃는 웃음소리가 마치 햇살처럼 부서진다. 그것을 흐뭇하게 바라보던 릴리아나가 놀란 눈을 했다.

"아……!"

그리고 부푼 배를 쓰다듬었다. 곁에 앉은 비나가 물었다.

"어머. 태동인가요?"

"네, 아주 씩씩해요. 도리어 쿨린 때는 태동이 너무 없어서 걱정될 정도였는데 말이에요."

"신기하네요. 쿨린 성격이 배 속에 있을 때부터 그랬던 모양이에요."

"그러면 이번에는 활달한 아이가 나올 모양이에요."

그러자 옆에서 클로디스가 고개를 절레절레 저었다.

"저는 둘째도 성격은 릴리나 쿨린을 닮았으면 좋겠습니다. 이모들을 닮는다면……, 제가 정말로 죽어날지도 모릅니다."

클로디스의 과장된 엄살에 모두가 웃었다. 말은 저리해도, 클로디스가 제 사촌누이이자 처제인 로젤리아와 마거리트를 딸처럼 아끼는 것은 모두가 잘 알았다.

특히 친아들인 쿨린과 나이 차이가 별로 나지 않는 마거리트는 거의 딸이나 마찬가지였다. 나중에 마거리트의 혼처가 정해지면 아예 장인 행세를 할 거라고 비나와 루크레티우스는 예상하고 있었다. 지금 후작저로 전해지는 제노아의 선물들도 못마땅하게 보고 있는 판에 말이다.

비나는 새삼 국혼이 얼마 남지 않았음을 깨닫고 물었다.

"그러고 보면 국혼 준비는 잘 되어 가고 있나요, 로젤리아?"

그러자 로젤리아의 얼굴이 새빨갛게 달아올랐다. 머리색과 얼굴색의 구분이 힘들 지경이었다.

"예, 폐하. 걱정해 주신 덕분에요."

그러자 릴리아나의 얼굴에 그늘이 졌다. 거의 제 손으로 키우다시피 돌본 여동생이 먼 나라로 시집가게 되는 것이다. 물론 이지드 왕자는 본래 두 명의 부인을 두는 고국의 관습에도 로젤리아 한 명만을 비로 들이겠다 공언할 정도로 결혼 전부터 로젤리아를 배려하고 있었다. 그것이 외교적인 이유에서든, 혹은 감정의 발로이든 긍정적인 일이다.

로젤리아 본인이 이지드 왕자를 이리도 깊이 사모하고 있으니, 더없이 좋은 혼담이다. 그에 대해서는 릴리아나도 안도하고 있었다. 그러나 이러한 조건 때문에 안심하는 것과, 그래도 멀리 떠나 보내야 하는 사실에 슬퍼하는 것은 별개의 문제였다. 언니의 기색을 눈치챈 로젤리아는 울상을 하고 언니의 손을 잡는다.

"언니……."

잠시 슬픔을 주체하지 못했던 릴리아는 곧 자신의 감정을 억눌렀다. 그리고 애써 웃으며 말했다.

"……행복해야 한다, 로즈. 꼭. 편지 자주 하는 거 잊지 말고."

"응. 걱정하지 마, 언니."

로젤리아는 환하게 웃었다.

"그리고 아직 1년이나 남았어. 그동안은 꼭 언니 곁에 붙어 있을 테니까."

"그래."

비로소 릴리아나의 얼굴에 완전한 미소가 떠올랐다.

그리고 약 두 달 뒤 어머니를 닮은 붉은 머리를 가진 여자아이가 태어났을 때, 릴리아나는 딸에게 로젤리아라는 이름을 붙여 주었다. 아직은 좀 시간이 흐른 뒤의 이야기다.

그들의 대화를 들으며 루크레티우스는 머릿속으로 계산하고 있었다.

'제노아로 보낼 지참금과 혼수는 어느 정도로 해야 하려나…….'

비나가 알면 매정하다고 화를 낼지도 모르지만, 루크레티우스로서는 당연한 일이다.

제노아는 상당히 중요한 외교 대상이었고, 현 국왕은 제 적자인 코로넬 왕자의 목을 치면서까지 제국과의 관계를 지키기 위해 애썼다. 거기에 '여신의 푸른 눈물' 건도 있다.

제국의 입장에서도 최대한으로 성의를 보일 필요가 있었다. 이를 위해 역대 최대 규모의 국혼을 위한 혼수품과 지참금을 준비하는 중이었다. 아마 재무부는 비명을 지를 테지만, 후궁 폐지로 축소한 예산에 비하면야 새 발의 피다.

한편 비나는 흐뭇하게 다정한 두 자매를 바라보았다. 어려운 때를 힘겹게 이겨 낸 두 자매가 행복한 것은, 보기만 해도 기쁘다. 특히나 저들의 행복에 비나 본인이 공헌한 바가 있는 것을 생각하면 더더욱. 조금 뿌듯함을 느끼며 비나는 그들을 보고 있었다.

그때였다. 참 닮은 사이좋은 자매지간을 보고 있자니, 더없이 그립고 아련한 목소리가 떠올랐다.

—비나야…….

언니.

나이 차이가 많이 나지 않는 자매지간이라 친구처럼 자랐다. 싸우기도 많이 싸웠지만, 그 이상으로 친밀했었다.

비나의 시선이 사촌들과 어울려 노는 베아트리체에게 닿았다. 아이의 까만 머리채가 봄바람에 나부낀다.

'그러고 보니…… 닮았네.'

루크레티우스가 비나를 닮았다고 마음에 들어 하던 베아트리체의 눈매와 입매에서 그리운 얼굴의 환상이 묻어난다.

새삼 의문이 들었다.

'언니가 리체를 보면 뭐라고 할까?'

아마 엄청나게 놀라겠지. 갑자기 이렇게 큰 조카가 뚝 떨어졌다며 기겁을 할 거다.

'그리고 세상에서 제일 조카를 예뻐해 주는 이모가 됐을 텐데.'

그럴 것이다. 틀림없이.

자리가 파한 것은 저녁 무렵이었다. 오랜만에 루크레티우스와 비나, 베아트리체 셋 외에 다른 사람들도 다 모여 떠들썩한 저녁식사까지 마친 뒤였다.

릴리아나는 로젤리아와 함께 조금 떨어진 곳에서 너무 신나게 놀다가 넘어져 버린 마거리트를 돌보고 있었다. 클로디스는 꾸벅꾸벅 조는 쿨린을 안고 덕담 겸 인사를 건넸다. 루크레티우스와 비나에게만 들릴 정도의 목소리로.

"이제 슬슬 다시 좋은 소식은 없으십니까?"

그러자 루크레티우스가 미간을 찌푸렸다.

"리체 하나로 족해."

이미 여러 번 들은 말이다. 클로디스가 혀를 찼다.

"근래에 들어 괜히 저희들을 귀찮게 구는 이들이 있어서 하는 소리입니다."

루크레티우스의 눈썹이 치켜 올라갔다.

"직계 적통이 베아트리체 전하 한 분뿐인 상황이니, 쿨린을 놓고 저희에게 선을 대려는 자들도 있습니다."

"그건 알고 있어."

루크레티우스의 목소리에서 불편한 심사가 그대로 드러났다. 당연하다. 클로디스의 주변은 당연히 루크레티우스가 상당히 주의해서 사람을 뿌려 둔 상황이다. 당연히 불온한 움직임이 있는 것은 파악하고 있다.

루크레티우스에게 자식이 베아트리체 하나밖에 없는 이상, 쿨린은 가장 유력한 황위 계승권자 중 하나였다. 아직 여제가 옹립된 전적이 없는 것을 생각하면 베아트리체의 가장 강력한 라이벌이라고도 할 만하다.

온건하게 보아도 쿨린의 중요성은 그대로다. 베아트리체가 여제로서 즉위하게 된다 해도, 황권의 안정과 정통성을 공고히 하기 위해 그 남편으로 쿨린을 선택하는 것도 나쁘지 않은 방법이다.

루크레티우스 본인도 인지하고 있었고, 그 역시 선택의 여러 안 중 하나로 놓아두고 있기도 하다. 그래도 루크레티우스로서는 여러모로 불편한 사실이었다. 그런데 그걸 이유로 들어 클로디스가 '둘째' 압박을 해 올 줄은 몰랐다. 그가 드러낸 불쾌감에 클로디스는 한발 물러났다.

"그저 걱정 많은 신하의 불안감 때문이라 여겨 주십시오. 어찌되었건 황실의 후사는 튼튼한 편이 좋습니다."

"……."

클로디스는 한숨을 쉬었다.

"두 분 폐하께서 조금만 덜 무서우셨고, 쿨린이 자질을 보였다면야 아비로서 저도 욕심을 냈을지도 모르겠습니다만……, 제가 보기에도 쿨린은 조용히 살아야 맞는 아이라서 말입니다."

루크레티우스는 나직이 웃었다.

"효자로군. 아비를 위해 그리 태어나 준 셈이니."

클로디스는 가볍게 고개를 숙였다.

"예, 지당하십니다."

그렇게 클로디스는 바로 꼬리를 말았다. 서로 말한 바대로, 참으로 서열정리가 지나치게 잘되어 있는 주종이다. 두 사람의 대화를 들은 비나는 곰곰이 깊은 생각에 빠져 있었다.

릴리아나 부부가 다녀간 뒤 비나의 머릿속에서 내내 떠나지 않는 생각이 있었다.

'둘째……라.'

사촌들 사이에서 환하게 웃으며 뛰어다니던 베아트리체의 얼굴. 벌써 아련해지려는 언니의 얼굴. 거기에 클로디스가 한 말까지.

비나는 둘째에 대해서는 애매한 생각밖에 없었다. 낳을 생각이 없다기보다는 전혀 생각지도 못하고 있었다는 것이 옳다. 오히려 신경 쓰고 있던 것은 루크레티우스 쪽이다.

그는 진심으로 두려워하고 있었다. 비나가 사랑의 결실인 베아트리체를 낳았을 때, 루크레티우스는 누구보다 기뻐했지만 동시에 누구보다 두려워했다. 비나 자신보다도 더욱. 임신 기간 동안 비나가 겪은 고생에 난산까지 겹치자, 그는 비나를 잃을 가능성이 있다는 것 하나만으로도 둘째에 대한 생각을 접었다.

베아트리체가 다섯 살이 되도록 두 번째 임신 소식이 없는 것은 우연이 아니었다. 루크레티우스 본인이 나름대로 피임을 위해 노력하고 있었기 때문이었다.

그 성과가 지금까지 이어졌다. 내내 비나는 그에 대해 별다른 생각이 없었다. 아니, 차라리 고마워하고 있었다. 그 정도로 루크레티우스가 비나를 걱정하고 아끼고 있다는 증거였으므로. 그런데 지금 처음으로 비나는 그 사실에 조금 짜증이 났다. 욕망이 생겨버렸기 때문이다.

'둘째 갖고 싶어!'

사비나라는 여자는 한번 꽂힌 건 가져야 직성이 풀리는 여자였다.

그녀는 일단 남편을 조금 떠보기로 했다. 당연하다. 가족계획은 부부 사이의 협의가 기본이었으니까.

비나는 두 사람의 대화를 누구도 들을 수 없는 상황을 기다렸다. 바로 루크레티우스의 애마 캐논의 잔등에 다정하게 타고 있는 상황을 말이다.

루크레티우스가 말고삐를 몰고 비나는 그 앞에 안기듯 앉아 있었다. 그야말로 지나치게 다정한 한 쌍이었으나, 황제 부부의 금슬이 좋은 것을 황궁 안에 모르는 이는 없었다. 딴죽을 놓을 이도 없다. 들리는 소리는 오로지 말발굽 소리뿐. 다그닥. 다그닥. 기운 좋은 캐논은 부부를 한 번에 태우고도 여유롭게 거닐고 있다.

비나는 은근하게 말머리를 열었다.

"그러고 보니까…… 리체가 꽤 외로워 보이지 않아?"

첫째에게 친구를 만들어 주자. 둘째를 가질 때의 가장 일반적인 이유다.

"그래? 그러면……."

비나는 이어질 말을 기다렸다.

"말동무를 해 줄 배동을 구해 보도록 할까. 적당한 가문에서 후보들을 내라고 해야겠군."

"……."

비나는 당황했다. 진심으로 당혹했다.

당연했다. 그들은 사랑에 빠지기 전부터 이미 손발이 지나치게 잘 맞는 사람들이었다. 척 하면 척이었으니까. 그런데 이런 동문서답이라니! 처음 경험하는 일이다!

비나는 진심으로 혼란에 빠졌다. 이 인간이 지금 정말로 못 알아듣고 저러는 건가? 아니면 다 알아듣고 싫다고 저렇게 회피하는 건가? 어느 쪽인 거지?

비나는 혼란에 빠진 상태로 남편을 빤히 보고 있었다. 그러자 루크레티우스가 의아하게 아내를 바라보았다. 나이에 안 어울리게 순진무구한 표정.

"왜 그래, 비나?"

"……."

비나는 시선으로 루크레티우스의 잘생긴 얼굴을 뚫어 버릴 기세였다.

'정말 못 알아듣고 저러는 거야, 아니면 알아듣고도 저러는 거야?!'

혼란은 짧았다.

이미 비나가 루크레티우스의 곁에서 함께한 지가 몇 년이던가. 둘이 서로의 마음을 확인하기 전에도 계산하는 바를 다 들여다보던 그녀다. 못 알아볼 리 없다.

비나는 결론을 내렸다.

'이 화상이 어딜⋯⋯!'

비나는 엄하게 남편을 불렀다.

"루크."

"왜, 비나?"

해맑게 바라보는 남편의 얼굴은 조금도 찔리는 것이 없다는 듯이 해맑다. 그러나 비나는 그 안에 숨겨진 표정을 이미 손바닥 보듯 훤하게 꿰뚫고 있었다.

"제대로 대답하시지."

그러나 루크레티우스는 의뭉스럽게 넘어가려 했다.

"글쎄. 무슨 말인지 모르겠는걸?"

"내가 왜 이렇게 노려보는지 모른다고?"

"흠. 그야 나의 아름다운 얼굴을 자세히 보기 위해서 아닌가? 당신은 내 얼굴을 참 좋아하니까 말이야."

그러면서 그가 화사하게 웃으면 비나의 강렬한 욕구가 치밀어 오르고 만다. 바로 남편의 옆구리를 공격하고 싶은 욕구가!

비나는 루크레티우스의 허리를 사정없이 꼬집어 주었다.

'──!'

소리 없는 비명이 승마장 안에 메아리쳤다.

효과는 확실했다. 이리저리 미꾸라지처럼 빠져나가던 남편의 입에서 제대로 된 대답을 뽑아낸 것이다. 루크레티우스는 아픈 옆구리를 쓰다듬으며 서글프게 답했다.

"후계자 문제는 걱정할 것 없어."

"하지만……!"

루크레티우스는 낮게 혀를 찼다.

"클로디스의 말이 당신을 꽤 불안하게 한 모양이야."

"아니, 난 그게…….'

그러나 루크레티우스는 다 이해한다는 듯 우수 어린 눈빛으로 아내의 입술에 키스해서 그녀의 항변을 막아 버렸다.

"읍!"

루크레티우스는 상냥하게 속삭였다. 평소에는 참 좋아하지만, 지금은 진정 쓸모없는 다정함이다.

"걱정하지 마. 클로디스도 릴리아나도 우리에게 적대할 인물들은 아니야. 설마 정말로 미쳐서 그렇게 된다고 해도 이미 감시망은 이중 삼중으로 쳐져 있지. 우리나 리체의 적은 못 돼."

그건 비나도 이미 잘 알고 있었다. 별로 걱정하는 문제도 아니다. 그러나 이를 해명할 기회는 주어지지 않았다.

루크레티우스의 잘생긴 얼굴은 참으로 화사하게 빛났다.

"후궁 문제 때도 그렇고 나와 리체의 상황을 지나치게 걱정할 필요는 없어. 내게도 리체에게도, 무엇보다 당신의 안위가 가장 중요하니까."

이렇게 진지하게 그녀를 걱정하여 상냥한 말을 하는 남편은 정말 효과적으로 비나의 말문을 막아 버렸다. 그 앞에서 '그런 사정 다 상관없고, 내가 둘째를 가지고 싶어.'라고 말하자니…… 뭔한 것이다. 상대방은 정치적인 이유, 배우자의 건강과 안위에 대한 염려를 진지하게 말한다. 그런데 그 앞에서 그냥 '내가 그러고 싶어.'라고 말하자니 생각 없이 떼쓰는 아이가 되는 느낌이다.

비나가 멈칫하는 사이 루크레티우스는 상냥하게 아내를 안심시켰다.

"다행히 리체가 건강하고 영민하니, 걱정할 건 없을 거야."

참으로 복장이 터지는 다정함이었다. 지금, 비나 입장에서는.

비나는 머리를 싸쥐고 한탄했다. 잠시 후회했다.

'그때 그런 말을 하는 게 아니었어……!'

베아트리체를 임신했을 때 비나는 불안했었다. 자신의 세계도 아닌 곳에서 가족도 없이, 홀로 아이를 가졌고 곧 낳을 상황이었다. 입덧도 힘들었고, 호르몬 문제인 건지 감정도 제대로 제어가 안 되었었다. 그러다 보니 참으로 과한 감상에 빠져, 루크레티우스에게 자신이 잘못되면 아이에게 자신에 대해 전해 달라는 소리를 했었던 것이다.

당시에는 진지했다. 당연하다. 실제로 여성에게 임신과 출산은 목숨을 걸어야 하는 일이니까. 그때는 처음이니 더욱 두려웠다.

그러나 지금은 아니었다. 이미 한 번 해 봐서 그런지 더 잘할(?) 자신이 있었다. 그런데 남편이 안 도와주고 있는 것이다.

'안 되겠어.'

비나는 결정을 내렸다.

'그냥 지르자!'

사만다의 눈이 동그랗게 커졌다. 친애하는 황후가 내민 어떠한 그림 하나 때문이었다. 황후가 직접 그린 듯 어설픈 그림은 그녀가 처음 보는 민망함을 담고 있었다. 일부는 그녀도 아는 것이나, 재질이 일반적인 것과 현격하게 달랐다.

"네, 폐하? 그, 그러니까……. 이러한…… 것을 말씀이십니까?"

정숙한 귀부인의 얼굴은 민망함과 경악으로 가득 차 있었다. 떨리는 말소리가 그녀의 부끄러움을 증명했다.

그녀는 부군인 거스트 백작과의 사이에 이미 이남일녀의 자식을 둔 중년 여성이다. 그러나 지금 비나가 그녀에게 보여 준 '것'은 처음 보는 듯했다.

하긴, 당연하다. 이건 이 세계에는 없는 것이었으니. 적어도 비나는 본 적 없었다. 지구에서도 별로 관심 없던 것인데……. 비나역시 낯이 뜨거워지려는 것을 억눌렀다. 그냥 뻔뻔해지기로 했다.

"예. 이건…… 제 고향에서는 아내가 이러한 옷을 해 입고서 남편을 맞이하면 금슬이 좋아져서, 100년을 갈 수 있다고 알려져 있답니다."

비나는 여전히 필요할 때면 고향 일을 잘 팔아먹었다. 무고한 선생의 얼굴을 암살자로 만들어서 팔아먹지 않나, 김치찌개를 보물처럼 귀한 음식으로 만들지 않나. 그러니 있지도 않은 관습을 만들어내는 것쯤은 예사다. 이젠 입에 침도 안 바르고 잘 한다. 어차피 그녀의 주장에 이의를 제기할 수 있는 사람은 같은 한국인뿐이다.

그 과거에 이곳에 왔다는 윤영이나, 미래에 오게 될 누군가가 아니면 비나가 새빨간 거짓말을 하고 있다는 것도 알 수가 없다. 이미 그녀는 지르기로 결심했다. 안면몰수하고 뻔뻔하게 나가기로 했다. 날조는 리얼할수록 효과적이다!

"실제로 좋은 금슬로 역사에 이름이 남은 어느 왕과 왕비도 이러한 것을 실천했다 하더군요."

"그, 그런가요?"

사만다는 안면을 붉히면서도, 황후의 고향인 머나먼 이국의 문물에 대해 흥미를 느끼고 비나의 부탁을 최선을 다해 들어주려 노력했다. 황제 부부의 금슬은 곧 국가의 중대사였으므로. 이미 과하게 넘칠 정도로 좋지 않나 하는 것이 주변 사람들의 감상이지만, 황제 부부의 금슬은 좋을수록 좋다. 특히 아직 젊은 부부에게 아이가 하나뿐이니, 신하 된 입장에서는 돕는 것이 도리였다. 사만다는 주인의 명령을 충실히 지켰다. 그녀가 비밀리에 데려온 사람이 황후궁에 들어 비나의 치수를 재 갔다.

그리하여 약 일주일 뒤, 그녀는 비나가 원하는 것을 완성하여 가져다 바쳤다. 상자를 열어본 비나는 만족스럽게 고개를 끄덕였다.

"좋아요. 제가 부탁한 그대로군요."

이제 가장 강력한 무기도 준비가 끝났다. 시기 계산 역시 완벽하다. 결전의 때는 바로 오늘 밤! 비나는 홀로 불타올랐다.

정무에 힘쓰다 보니 루크레티우스가 아내의 침실로 들어온 시각
은 꽤 늦은 때였다. 자주 있는 풍경이다. 제국은 드넓었고, 강력한
황권이 구축되었다는 것은 곧 그만큼 황제의 힘이 제국 구석구석
에 미친다는 의미였으므로.

근래 루크레티우스는 꿈을 하나 가지게 되었다. 제국을 잘 다스
려 장차 베아트리체에게 넘겨주고, 아내와 대륙 전체를 여행하며
보낸다는 아름다운 꿈을 말이다.

대륙 전체를 돌아다니려면 체력이 건재해야 한다. 노구를 이끌고
대륙을 돌아다니는 것은 지나치게 힘들 것이 분명하니. 사랑하는
아내를 그렇게 고생시킬 수는 없다. 그러니 최대한 빨리 황권을 안
정시키고, 체력에 여유가 있을 때 대륙 일주를 시작해야 한다.

그렇다. 그는 상당히 진지하고 구체적으로 이 계획을 세우고 있
었다. 그리고 노후에는 다시 제국으로 돌아와 자식의 효도를 받으
며 평화롭게 보내면 된다. 그야말로 완벽한 계획이다.

그러려면 일찌감치 딸에게 제국을 넘겨주어도 무리가 없도록 황
권을 단단하게 구축해 두어야 한다. 집단속부터 잘해 놔야 여행을
다닐 수 있지 않겠는가. 그래서 그는 오늘도 정무에 힘쓰다 늦은
시각 아내의 침실로 향했다.

황제와 황후는 각자의 침실을 가지고 있지만, 황제의 침실은 쓰이지 않은 지 오래되었다. 결혼 후 루크레티우스는 정말로 손에 꼽을 정도를 빼고는 늘 아내의 침실에서 잠을 잤기 때문이다. 그렇기에 그에게 침실은 곧 황후궁의 침실을 의미했다.

막 침실에 들어섰을 때, 루크레티우스는 놀라고 말았다.

"······이게 뭐지?"

늘 보아 온 침실이다. 그런데 낯설었다.

바로 어젯밤 그는 이곳에서 잠들었고, 오늘 아침에 떠났다. 그런데 갑자기 침실의 분위기가 완전히 달라져 있었던 것이다!

우선, 침실 안의 조명이 달랐다. 방 안 전체가 붉은색의 빛에 잠겨 있었다. 이불 위에는 정열적인 붉은색의 장미꽃잎이 한가득 흩뿌려져 있다. 거대한 침대 위로 늘어진 천개 역시 평소와는 다른 붉은색 레이스로 장식되어 있었다.

침대 옆 사이드 테이블 위에 놓인 것은 로제와인과 크리스털 글라스 두 개. 늘 우아하고 정숙하던 황후의 침실이 아닌 것 같았다. 무엇보다 가장 다른 것은 그를 기다리고 있던 방의 주인이었다.

테이블 앞에 앉아 있던 비나가 천천히 몸을 일으켰다. 루크레티우스는 순수하게 살짝 실망했다. 비나가 평범한 가운을 입고 있었기 때문이다.

이렇게 갑자기 정열적으로 변한 방의 분위기를 생각하면 비나 역시 조금은 바뀌어 있어야 하지 않나 하는 생각이 조금 들었던 것이다. 그래서 조금, 아주 조금 아쉬웠다. 놀라서 눈을 크게 뜨고 있던 루크레티우스는 다시 보통의 그로 돌아왔다. 여유로운 미소로 아내에게 다가간다.

"우리 황후 폐하께서 또 무슨 바람이실까?"

그때, 루크레티우스의 시선과 발걸음을 모조리 잡아 놓는 상황이 벌어졌다. 바로 비나가 걸치고 있던 가운을 벗어던진 것이다. 얌전한 디자인의 가운이 그녀의 몸을 타고 흘러내렸다. 그리고 드러난 것은…….

－꿀꺽.

루크레티우스는 절로 침이 목울대를 울리며 넘어가는 것을 느꼈다. 그는 지금 눈앞에 드러난 자극적인 상황에 지나치게 놀라 할 말을 잃었다.

지금 비나는 속이 다 비치는 반투명한 슬립 원피스를 입고 있었다. 그 안쪽에는 맨몸이 드러나 있지는 않았다. 그러나 처음 보는 디자인의 위, 아래 속옷은 도발적인 붉은색. 시선이 자꾸만 그곳으로 향한다.

분명히 조금 전 집무실을 나올 때 물을 마시고 왔건만, 때도 아닌데 목이 탔다. 꿀꺽. 그는 다시 마른침을 삼키며 아내를 불렀다.

"비, 비나?"

루크레티우스가 보아 온 비나는 늘 자신만만하고 당당했고, 침실해서도 그랬다. 그런데 이렇게까지 도발적인 것은 처음이다. 루크레티우스는 당혹했다. 진심으로. 약간은 두려움도 느꼈다.

'이게 뭐지? 갑자기 무슨 상황인 거지?'

비나는 자신만만하게 입꼬리를 끌어올렸다. 그녀에게는 자신이 있었다. 반드시 성공하리라는 자신이!

그녀가 천천히 다가왔다. 가는 손이 루크레티우스의 목을 그러안았다. 그러자 달콤한 향기가 확 풍겨 왔다.

"저기…… 비나?"

"왜?"

"내가 뭐 잘못했나?"

"……."

루크레티우스는 진지했다. 잠시 말없이 남편의 뒤통수를 때리고 싶어진 비나는 대사를 그르치지 않기 위해 인내심을 발휘했다.

"아니."

루크레티우스의 숨소리가 거칠어졌다.

"나한테 뭔가 화가 나서…… 이러면서 나한테 손가락도 대지 못하게 하는 벌을 준다거나…… 그런 벌칙은 아니겠지?"

"……아, 아냐."

비나는 순간적으로 대체 자신의 이미지가 남편에게 어떻게 박혀 있는 건지 회의감을 느낄 뻔했다. 그렇게 심하게 놀려먹었었나? 비나는 황급하게 변명하듯 덧붙였다.

"그냥…… 우리가 결혼한 지도 벌써 5년이 넘었잖아? 슬슬…… 조금 다양하고 색다른 시도를 해 봐도 좋지 않나 하는 생각이 들어서 말야."

그러자 색색거리던 루크레티우스의 숨소리가 본격적으로 거칠어지기 시작했다. 내내 묶여 있다가 풀려난 짐승처럼, 그의 손이 거칠게 튀어나와 비나의 허리를 감싸 안았다. 동시에 격정적인 키스가 비나에게 퍼부어졌다.

"으응!"

비나는 해일처럼 넘쳐 흘러오는 남편의 열정에 휩쓸렸다. 이성이 휘발될 정도로 찌릿한 감각. 계획이 무사히 성공했다는 감상을 떠올릴 여유도 없었다. 그녀는 곧 둘째니 목적이니 하는 것은 전부 다 잊고 그녀의 하나뿐인 남자에게 빠져들었다.

늘 그러했지만, 오늘 그는 더더욱 정열적이고 섹시했다. 이 남자의 이러한 면을 다른 사람에게 자랑하지 못하는 것이 아쉬울 정도다. 아니, 비나는 곧 고개를 저었다.

'이런 좋은 건 나만 봐야지.'

루크레티우스는 그녀만의 남자였다. 절대 다른 여자에게 그의 이런 은밀한 면까지 공유할 생각은 없었다. 루크레티우스만이 비나의 그러한 면을 아는 것처럼, 비나만이 루크레티우스의 그러한 면을 알 자격과 권리가 있었다. 그는 온전히 그녀만의 것이었으므로.

열정적으로, 그러나 소중하고 조심스럽게 그녀를 매만지던 루크레티우스가 조심스럽게 물어 왔다.

"저기, 비나······."

"응? 왜?"

그는 뭔가를 걱정하듯 말을 꺼내기를 꺼려했다. 비나는 순간적으로 설마 하는 생각이 들었다.

'설마 날짜, 눈치챈 건가?'

조금 자존심도 상했다. 이성이 날아갈 정도로 자신에게 빠져들게 만들었다고 자신했는데, '그 문제'까지 생각할 이성이 남아 있다는 데에. 그러나 그녀의 생각은 전혀 예상치 못한 방향에서 깨어졌다.

루크레티우스는 얇디얇은 슬립을 손가락 끝으로 건드리며 속삭였다. 매우 조심스럽게.

"이거····· 찢어 봐도 될까?"

비나는 전혀 생각 못한 루크레티우스의 말에 그만 폭소를 터뜨리고 말았다. 그러곤 사랑스러운 남편에게 바짝 매달려 속삭였다.

"얼마든지."

남자의 눈에 불꽃이 튀었다.

그날 밤은 참으로 열정적인 밤이었다. 비나가 그 뒤로 이틀간 노곤해할 정도로.

비나는 '목적'을 위해서만이 아니라, 가끔 부부생활에 활력을 불어넣기 위해 이런 이벤트를 해 봐야겠다고 마음먹었다.

실제로 종종 루크레티우스는 비나를 위해 선물하거나 로맨틱한 분위기를 연출하기 위해 노력하고 있었다. 비나도 나름대로 그에 부응하려 하고 있었는데, 이번 일이 가장 효과가 좋았던 것 같다. 그만큼 만족스러운 결과였다.

그리고 비나는 두근거리며 결과를 기다렸다.

약 3주 뒤, 비나의 몸은 그녀에게 결과를 알려 주었다. 무거운 몸으로 일어난 아침, 침대 보료가 붉게 물든 것을 발견하고 말았던 것이다.

'꽝이네…….'

그늘진 얼굴로 그 장면을 보고 있자니, 루크레티우스가 옆에서 혀를 찼다.

"이런, 이번에는 좀 빠르군."

그는 이미 비나의 월경 주기는 전부 외우고 있었다. 원래는 궁의와 시녀들이 관리하는 일이지만, 늘 함께 잠자리에 드는 루크레티우스 쪽이 비나의 몸 상태 변화에 더 민감했다.

비나가 생리 증후군의 여파에 혼자 북 치고 장구 치며 노력한 시도가 실패한 충격까지 겹쳐 우울해하는 사이, 루크레티우스가 먼저 움직였다. 시렁줄을 당겨 대기 중인 시녀를 부른 것이다.

"기침하셨습니까, 폐하."

오늘 담당 시녀는 아그네스였다. 아그네스와 신입 시녀 두엇, 그리고 하녀 10여 명이 침실로 들어왔다. 황제와 황후를 한 번에 시중 들기 위한 대인원이다.

"그러면 폐하……."

평소처럼 주인 부부를 시중 들려던 아그네스는 루크레티우스의 표정이 조금 다른 것을 눈치챘다. 그리고 그의 고갯짓을 따라 가까이 온 그녀의 눈에 침대 상태가 보였다.

아그네스는 고개를 끄덕이고는 하녀들의 절반을 내보냈다. 이미 몇 년을 지근거리에서 비나를 모신 그녀다. 비나가 생리 때 어떤 상태인지, 어떤 반응을 보이는지 잘 알고 있었다.

비나는 생리통이 꽤 심한 편이다. 적어도 하루 이틀은 침대에서 몸을 따뜻하게 하고 누워 있어야 했다. 주변에 사람이 많은 것도 평소보다 더욱 싫어하기 때문에, 이때가 되면 시중인은 최소한으로 했다.

하녀들이 침대의 보료를 갈았고, 궁의 레기아가 불려왔다. 레기아는 비나의 상태를 검진하고 이렇게 말했다.

"월경 자체는 때가 조금 이른 걸 빼면 특별하지는 않습니다. 건강도 나쁘지 않으시고요. 그런데 평소보다 통증이 더 심하시니, 이틀은 몸을 따스하게 하고 푹 쉬십시오."

레기아는 잘 듣는 진통제와 몸을 편안하게 해 주는 약재를 직접 지어 주고 갔다. 시녀들은 데운 돌과 진통에 좋은 허브를 넣은 찜질용 주머니를 만들어 비나에게 가져다주었다. 그것을 받아 든 것은 루크레티우스였다.

"아, 폐하……."

"내가 직접 하지."

그는 아그네스의 손에서 찜질 주머니를 받아 들었다. 그리고 침대 안에 누워서 끙끙대는 비나에게 다가갔다.

"자아, 비나―."

비나는 아픈 짐승처럼 앓는 소리를 냈다.

"으응……."

"잠시만."

루크레티우스는 신음을 흘리는 비나의 이불을 열었다. 추운 날씨도 아닌데 조금이라도 찬 공기가 들면 절로 이맛살이 찌푸려졌다. 루크레티우스는 비나의 배 위에 찜질용 주머니를 올려 주었다. 그리고 다정한 손길로 식은땀으로 가득한 비나의 이마를 닦았다.

"많이 아파?"

"……조금."

아픈 것은 평소와 비슷했다. 그런데도 더 힘든 것은, 아마도 지금 그녀에게 이 통증과 출혈이 통렬한 실패의 결과이기 때문이리라. 잔뜩 기대하고 있었는데, 몸이 실패 판정을 내려 주는 상황인 것이다. 짜증이 확 밀려오는 것과 생리통과 기타 등등이 합쳐져 평소보다 더욱 심하게 앓게 된다. 꽤나 꼴사납다. 혼자서 시도하다가 실패했다고 이러고 앓는 꼴이라니. 루크레티우스가 알면 얼마나 황당해할까.

'쪽 팔려서 절대 말 못 해.'

무거운 눈꺼풀을 들어 올렸다. 흐린 시야에 사랑하는 남자의 얼굴이 가득 들어온다. 빛나는 금발과 아름다운 녹색 눈이 지금은 걱정으로 가득하다.

역시 지나치게 잘생겼다, 이 남자. 게다가 이렇게까지 다정하고 상냥하다. 그녀에게만. 지금 그녀에게 있어서 세상에서 가장 완벽한 남편이었다, 루크레티우스는.

레기아가 준 약을 먹고 찜질주머니를 배에 올리고 있자니 천천히 몸이 나아지기 시작했다. 점차 통증이 누그러지고 몸이 가벼워지자 가라앉아 있던 기분이 평상시에 가깝게 회복되었다.

루크레티우스는 점심때까지 정무를 미뤄놓고, 비나의 곁을 지켰다. 시녀들이 가져온 스프를 직접 떠먹여 주기까지 했다. 비나는 심히 민망했다.

"진짜 어디 아픈 것도 아닌데, 이럴 필요까지는 없어."

그러나 루크레티우스는 요지부동이었다.

"아니, 아픈 거 맞아. 그러니까 얌전히 남편의 간호를 받으시죠.

황후 폐하.”

그리 말하며, 루크레티우스는 은제 스푼을 들어 비나의 입가에 대 주었다.

“이럴 때는 내가 해 주는 거 다 받으면서 그냥 편하게 쉬라고. 당신이 그러는 걸 보는 게 내 행복이야.”

이쯤 되면 거절할 수가 없다. 비나는 작게 입을 벌렸다.

따스한 온기 어린 액체가 입안으로 흘러 들어왔다. 그냥 스프가 아니라, 루크레티우스의 마음이 그녀의 몸에 흘러 들어오는 기분이었다. 그 온기가 몸을 치유시키는 듯한 느낌. 비나는 그 온기에 안겨서 결심했다.

‘아, 역시……. 이 남자의 아이라면 또 갖고 싶어.’

남편은 모르는 그녀의 결심이 굳어졌다.

첫 시도가 실패하고 약 한 달이 흘렀다. 비나는 첫 실패에서 나름대로 교훈을 얻었다. 그래서 이번에는 계획을 단단히 세웠다.

‘이번에는 반드시……!’

그날 저녁 식사를 마치고 딸과 놀아 준 뒤, 황후는 갑작스런 현기증을 느껴 평소보다 이르게 침실로 가서 누웠다. 소식을 들은 루크레티우스는 바람처럼 달려왔다.

“비나!”

걱정 가득한 표정으로 달려온 그를 시녀장 사만다와 아그네스가 맞았다.

"황후의 용태가 안 좋다고?"

그가 힐난하듯 묻자, 시녀들은 황공하다는 듯이 머리를 조아렸다.

"갑자기 현기증을 느끼시어 침실로 모셨습니다."

"궁의는?"

"황후 폐하께서는 필요 없다 하셨지만, 곧 레기아 님이 도착하실 예정입니다."

"잘했네."

루크레티우스는 바쁜 걸음으로 침대로 다가가 천개를 열었다. 침대 위에 누운 아내의 얼굴을 보자 마음이 놓인다. 걱정한 것보다 안색이 나쁘지 않았기 때문이다. 그는 조금 누그러진 목소리로 속삭이며 아내의 옆에 앉았다.

"비나."

반짝. 비나가 눈을 뜬다. 그리고 생긋이 웃는다.

루크레티우스의 눈이 커졌다. 지금 그의 눈앞에서 웃는 아내의 얼굴은 도저히 아파서 누운 사람으로는 보이지 않았다. 안색도 생기 있고, 눈빛도 평소처럼 총명하게 반짝였다.

"비나?"

비나가 방긋 웃으며 가볍게 몸을 일으켜 루크레티우스의 허리를 날렵하게 잡아채며 매달렸다. 힘이 모자라 그가 비나에게 종종하듯이 단번에 안아서 끌어들이지는 못했다. 그렇다고는 해도, 도저히 아픈 사람이라고는 볼 수 없는 힘이었다. 솔직히 말하자면, 얼굴도 전혀 아파 보이지 않았다.

루크레티우스는 바로 깨달았다. 정신 차리니 시녀들이 전부 나가고 없었다! 레기아를 불렀다고 하더니 궁의가 오는 기미도 없다.

아무리 황제가 찾아와 있다고는 해도, 황후가 아프면 당연히 시녀들이 곁에서 간호한다. 하녀들까지도 안절부절못하며, 황후가 아프면 황후궁 전체의 분위기가 뒤숭숭해지는 것이 보통이다. 그런데 생각해 보면 그런 기미가 전혀 없었다.

게다가 아픈 황후를 놔두고 이렇게 기다렸다는 듯이 시녀들이 빠져나간다? 있을 수 없는 일이다. 주인이 정말로 아프다면……. 루크레티우스는 고개를 돌렸다. 아프긴커녕 윤이 나는 비나의 얼굴이 시야를 채웠다. 비나는 혀를 쏘옥 내밀고 있었다.

"당신……!"

루크레티우스는 어이가 없어서 중얼거렸다. 시녀들까지 한통속이었던 모양이다. 아프지 않는 것은 정말 다행이지만, 대체 무슨 생각으로 꾀병을 부린 것인지 모르겠다.

그가 무어라 아내에게 항의를 하려던 찰나였다. 비나의 입술이 그에게 빠르게 다가왔다. 부드럽고 촉촉한 입술이, 그의 이마에 가볍게 촉 하고 베이비키스를 했다. 남자의 항의는 매우 간단하게 막혀 버렸다.

"……."

그 다음은 오른쪽 볼. 그 뒤는 왼쪽 볼이다. 이제 루크레티우스는 느긋하게 기다리고 있었다. 그런데 정작 느낌이 안 왔다. 루크레티우스가 의아하여 물었다.

"제일 중요한 입술은?"

그러자 비나가 샐쭉 웃으며 속삭인다.

"눈 감아야지."

루크레티우스는 한번 허탈하게 웃고 얌전히 눈을 감고 아내의 키스를 기다렸다.

─촉.

마치 잘 익은 과일의 속살처럼 싱그럽고 촉촉한 입술이 그의 입술에 닿았다. 간질이듯, 혹은 장난치듯 그의 입술을 건드리는 움직임은 너무나도 감질났다. 루크레티우스는 참지 못하고 그 탐스러운 과실을 단번에 삼켰다. 달콤한 향내가 그의 목마름을 충족시켰다.

"으응!"

조금 전 비나의 장난 같던 입맞춤과는 전혀 다른, 잡아먹는 듯한 키스였다. 꾀병을 부린 죄로 루크레티우스는 아내를 한참 동안 용서해 주지 않았다. 걱정시킨 값은 톡톡히 받을 참이었으니까. 남편을 걱정시킨 죄로, 비나는 숨이 차서 할딱거릴 때까지 키스의 형벌을 받았다.

"……하아."

간신히 놓여난 비나는 어쩐지 조금 아쉬운 듯한 한숨을 쉬었다. 그녀의 가슴이 가쁘게 오르내렸다. 루크레티우스는 흐물흐물해진 비나를 침대 위에 다시 뉘어 주며 물었다.

"그런데, 갑자기 꾀병은 왜 부린 거야? 궁 안에 당신이 현기증으로 쓰러졌다는 소문이 다 났다고."

그러자 비나는 자신만만하게 생긋 웃었다. 조금 전의 그 미소다.

"그야 남편을 걱정한 아내의 배려지."

"배려?"

꾀병이 배려라고?

루크레티우스가 어이없어하는 것을 보며, 비나는 부드러운 미소를 얼굴 가득 띠었다. 그녀는 잘 알고 있었다. 웃는 얼굴에 침 못 뱉는다는 고향의 격언은 다른 세계에서도 통했다. 특히나 그녀의 남편에게, 그녀 자신의 미소는 더더욱. 루크레티우스는 그녀의 미소에 참으로 약했으니까. 비나는 사르르 웃으며 속삭였다.

"요즘 당신 일 때문에 너무 바빴잖아? 그래서 거의 날이 밝을 때가 돼서야 내 얼굴만 보고 가는 경우도 있었고 말이야."

"그건…… 그랬지."

루크레티우스는 아내의 페이스에 슬슬 말려들어 가고 있었다.

"당신이 아무리 건강하다고 해도 그렇게 무리하다가는 쓰러질지도 몰라. 나처럼 꾀병이 아니라, 진짜로 말이야."

"그래서?"

비나는 확신했다. 조금만 더 당기면 넘어올 것이다. 루크레티우스는 비나에게만은 참으로 쉬운 남자였기 때문이다.

"잠시 휴가를 가지는 건 어때? 어차피 내가 아프다는 소문은 내 났으니까, 로네스 별궁에서 단 이삼일이라도 쉬는 거야. 내 간병을 한다는 핑계를 대고 말이지."

"……."

아직 대답은 안 했지만, 루크레티우스는 꽤 혹한 것 같았다. 그가 걱정할 것까지 미루어 짐작해서 비나는 미리 해결책을 던진다.

"로네스 별궁은 지척이니까, 정 급한 일이 있으면 가져오라고 하면 될 거야."

"그건…… 그렇지만……."

이제 거의 다 되었다. 비나는 마지막 결정타를 날렸다.

"온천 별궁에 다녀온 뒤로 단둘만의 시간을 거의 못 보낸 것 같아서 아쉬워. 당신은…… 아냐?"

대답은 이미 정해져 있었고, 루크레티우스는 그 답만 하면 되었다.

❧❧❧

그렇게 비나의 계획은 이루어졌다. 황제 일가는 황후의 와병을 핑계로 사흘간 로네스 별궁에서 잠시 휴식을 취하기로 했다.

가을 수확제와 이어질 대연회 준비로 한창 바쁜 와중이라 재무부와 외무부는 비명을 질렀다. 그러나 황제가 그동안 지나치게 무리한 것이 사실이고, 연이은 혹사로 황후가 쓰러졌다는데 어쩔 것인가. 반대할 명분이 없었다. 그저 그들은 사흘 뒤에 돌아올 황제를 위해 그들은 일감을 열심히 황제의 집무실 책상 위에 쌓는 데 힘쓸 뿐이었다.

루크레티우스는 별궁으로 이어한 다음 날 아침, 실로 오랜만에 늦잠을 잤다. 늘 잠든 아내가 깨지 않도록 그 옆에서 조심스레 빠져나오던 것이 그의 일과 시작이었던 것이다. 이렇게 오래, 느긋하게 잠들어 있는 건 정말로 오랜만이었다.

꿀처럼 단 잠이었다. 몸이 새삼 지쳐 있었음을 깨달으며, 그는 사랑스러운 아내를 끌어안고 행복한 잠 속에 안겨 늦게까지 허우적거렸다.

눈부신 점심 무렵의 햇살이 레이스 커튼을 뚫고 안쪽까지 비쳐든다. 천개 안쪽의 침상 위쪽까지 마침내 햇살이 숨어들기 시작하자 루크레티우스의 눈이 서서히 떠졌다.

"응……."

아직 잠에 취한 그는 무의식적으로 손을 뻗었다. 부드럽고 나긋한 아내의 몸을 찾는 것이다. 꼭 끌어안고 자고 있었는데 품 안이 허전했다.

"……."

그런데 이상했다. 손끝에 걸리는 것은 천뿐이었다. 부드러운 비단 침구의 감촉은 좋았지만, 그가 원하는 것은 아내의 피부 감촉과 체온이었다. 그런데 침구에는 온기의 흔적도 흐렸다. 루크레티우스의 눈이 번쩍 떠졌다.

"비나……?"

그는 벌떡 몸을 일으켰다. 오래 눌려 있던 탓에 실로 오랜만에 머리가 까치집이 되었다. 비나는 늘 루크레티우스가 갓 자고 일어나도 머리가 전혀 헝클어지지 않는다면서 얄미워했었는데, 이 모습을 보면 틀림없이 까르르 웃을 것이다. 그런데 그 웃어 줘야 할 비나가 옆에 없었다. 그는 더럭 겁이 났다.

몇 년이나 함께 살면서 조금 덜해졌으나, 그는 여전히 비나보다 늦게 잠들고 먼저 일어났다. 빌레네 공국의 성에서, 그가 잠든 사이 비나가 사라졌던 때의 기억이 그렇게나 큰 충격이었던 탓이다. 그렇게 비나가 사라진 자리에 덩그러니 남아 있던 편지와 숲을 헤매다 발견한 거대한 검은 구멍 앞에 서 있던 비나의 모습. 다시 떠올리기 싫은, 그가 살면서 처음 경험한 강렬한 두려움이었다.

이제는 어느 정도 안심할 수 있게 되어서, 깜빡 잠들어 버렸다.

그런데 자고 일어났더니 비나가 그의 품 안에 없는 것이다. 그는 천개를 확 열어젖히며 밖으로 몸을 빼냈다.

"비나!"

그러자 방 한구석에서 대답이 있었다.

"응, 왜?"

루크레티우스는 황급하게 그곳으로 고개를 돌렸다. 궁의가 보면, 그러다 목이 상하지 않을까 걱정될 정도로 격렬한 움직임. 그리고 루크레티우스는 조금 전의 불안감이고 뭐고 모조리 잊어버렸다. 눈앞에 전혀 예상하지 못한 광경이 펼쳐져 있던 것이다.

"비, 비나……?"

루크레티우스는 멍하니 중얼거렸다. 비나가 빙글 돌면서 묻는다.

"아까부터 왜 자꾸 이름만 불러? 이제 일어났어? 너무 곤하게 자길래 안 깨웠어."

그렇게 말하는 비나의 모습은 평소와 달랐다. 너무나도. 루크레티우스의 입이 딱 벌어질 정도로.

지금 그녀는 얇은 옷 한 겹만을 입고 있었다. 단순히 그 사실만이었다면, 루크레티우스도 놀라지 않았을 거다. 그런 건 자주 보았으니까. 그들은 부부사이였으므로. 그런데 지금 비나가 입고 있는 무언가가 상당히 이질적이었던 것이다.

그건 바로 어제 루크레티우스가 입고 있던 셔츠였다. 비나는 지금 그것 하나만 걸치고서 서 있었던 것이다!

"……."

─꿀꺽.

루크레티우스는 다시금 목을 타고 넘어가는 침 소리를 들었다. 그

소리가 마치 천둥소리처럼 크게 들렸다. 비나가 고개를 갸웃했다.

"왜 그래?"

침의를 입을 때보다 훨씬 짧아진 옷자락 아래로 늘씬한 다리가 드러난다. 아찔했다. 당장에라도 훤하게 드러난 침실 창문에 검은 커튼을 치고 싶은 지경이었다. 여기는 삼 층이고, 감히 황제와 황후의 침실 창문을 엿볼 무도한 이는 없다는 것을 알면서도. 비나는 마치 채근하듯이 다시 물었다.

"왜 그러는데, 루크?"

루크레티우스는 갈등했다. 정말로 모르는 걸까? 저 여자가 지금 전혀 모른 채 저러고 있는 건가? 그러나 갈등은 짧았다.

'그럴 리가 없지…….'

그가 사랑하는 여자는 그 정도로 순진하지 않고, 멍청하지 않았다. 그렇기 때문에 루크레티우스가 더더욱 사랑하고 있으니 말이다. 루크레티우스는 피식 웃으며 아내의 장난에 장단을 맞춰 주기로 했다.

"그건 왜 입고 있는 거야?"

"글쎄……."

비나는 눈매를 가늘게 접으며 말꼬리를 흐렸다. 동시에 긴 소매를 팔락거렸다. 옷이 길어서 손이 드러나지 않는 상태다. 그대로 두 팔을 휘두르니 정말로…… 귀여워 보였다.

루크레티우스가 아무래도 키도 크고 팔다리가 비나보다 길다 보니, 옷이 전체적으로 헐렁헐렁했다. 덕분에 잘 모르고 보면 남편의 셔츠를 입은 게 아니라 그냥 침의를 입은 듯 보였다. 그러나 그게 아니라는 걸, 루크레티우스는 잘 알고 있었다.

지금 비나는 이 상황이 어떻게 보일지 잘 알고 이러고 있었다. 모를 수가 없다. 긴 소맷자락으로 제 입가를 가리며 '우후훗.' 하고 웃는 모양새를 보면 틀림없다. 머리 위와 엉덩이 뒤로 여우 귀가 쫑긋거리고 여우 꼬리가 살랑거리는 것이 보이는 듯한 착각이 일었다. 루크레티우스는 평정을 찾으려 애쓰며 이상하게 여우짓 중인 아내에게 다가갔다.

"어제 내가 입은 옷이라 냄새날 거야."

"상관없어. 당신 냄새…… 좋으니까."

비나는 예쁘게 생긋이 웃었다.

"……."

이러면 도저히 참을 수가 없어지지 않나. 루크레티우스는 비나를 번쩍 안아 들었다.

"알았어. 항복."

비나의 까르르 웃는 웃음소리가 흘러넘쳤다. 루크레티우스는 그녀를 안고 다시 침대로 들어가며 한탄했다.

"왜 자꾸 이러는 건지 모르겠어. 내 심장에 안 좋다고."

비나는 눈웃음치며 물었다.

"그래서, 싫어?"

이번에도 대답은 정해져 있었다. 루크레티우스는 그것을 입에 올리기만 하면 되었다.

"그럴 리가."

그야말로 꿀이 넘쳐흐르는 사흘간이었다. 그동안 비나는 자의 반 타의 반으로 침실 밖으로 나오지 못했다. 그 마지막 날 밤. 이제 내일이면 다시 본궁으로 돌아가야 하는 그 밤이었다.

비나는 꿈을 꾸었다. 지나칠 정도로 생생한 꿈이었다. 그녀는 이러한 꿈을 한 번 꾼 적이 있었다. 짙은 밤하늘에서, 너무나도 어여쁜 황금빛 새가 춤추듯이 내려왔다. 그러고는 그녀의 품속으로 뛰어들었다. 새가 품 안으로 뛰어드는 순간, 비나는 잠에서 깨어났다.

"……아!"

눈앞에는 곤하게 잠든 남편의 얼굴이 가득 차 있었다. 그는 비나가 도망이라도 갈세라 꼬옥 끌어안고 있었다. 그 안도감 넘치는 체온과 든든함 속에서 비나는 미소 지었다.

아직 확실해지려면 한참은 남았을 것이다. 그러나 비나는 이미 확신하고 있었다. 언제, 어떻게 말하면 좋으려나. 그녀는 다시 혼곤한 잠 속으로 빠져들며 잠시 고민했다.

고민은 길지 않았다. 그리 심각하지도 않았다. 그녀가 어떻게 말해 주건, 아마 틀림없이 루크레티우스는 많이 놀라고, 또 세상에서 제일 기뻐해 줄 테니까.

약 두 달 뒤, 레기아는 비나의 임신 사실을 진단해 주었다. 식사 자리에서 남편과 딸에게 임신 사실을 깜짝 발표한 비나는 놀라고 말았다. 남편의 반응이야 예상한 바였는데, 딸의 반응은 그녀의 예측을 뛰어넘었기 때문이다.

 —여자아이면 좋겠어요. 남자아이면 그 아이가 당연히 황제가 될 테니까요.

 베아트리체의 입에서 저 말이 나온 순간, 진심으로 놀랐다. 직후에는 걱정이 되었으나, 이제 생각이 굳어졌다. 그 사실에 대해서는 남편의 말대로였다.

 —그래. 차라리 리체가 배짱이 남다른 게 다행이라고 여겨야겠지.

 루크레티우스는 선황이 아니고, 비나 역시 선황후도 카틀레야도 아니다. 그러니 그들이 어찌 키우는지에 따라 베아트리체와 배 속의 둘째가 어찌 살아갈지도 결정되리라. 사서 걱정할 시간에 아이들을 어떻게 잘 길러서 그런 일이 생기지 않게 할지 고민하는 것이 더 생산적이었다.

 그때였다. 그녀를 끌어안고 누운 남편의 손길이 그녀의 관심을 채근하듯 뺨을 쓰다듬은 것은. 마치 고양이가 핥는 듯, 사랑스럽고 조심스러운 움직임이었다. 비나는 키득거리며 고개를 틀었다.

 "간지러워."

 그러자 루크레티우스는 더욱 응석을 부리듯 그녀에게 자신의 몸을 더욱 밀착했다. 커다란 손이 비나의 등 뒤에서 감싸 안고, 한쪽 손은 그녀의 아랫배에 가만히 닿는다. 당장에라도 깨질 듯한 작은 유리구슬을 매만지는 것처럼, 조심스럽고 섬세하기 짝이 없는 손길이었다.

"그…… 뭐라고 하더라? 아이가 생겼을 때 꾸는 꿈, 그거 또 꾼 거야?"

비나는 고개를 끄덕였다.

"*태몽* 말하는 거지? 응. 꿨어."

"맞아, *태몽*. 이번에는 뭐였어? 지난번에는 왕관을 쓴 잘생긴 검은 말이 당신을 들이받는 꿈이랬지?"

루크레티우스는 베아트리체의 태몽을 되새기며 신기해했다. 이곳에는 태몽에 대한 개념이 없었다. 정말로 안 꾸는 건지, 꾸고도 모르고 넘어가는 것인지는 모르겠지만, 비나는 두 아이에 대한 것을 모두 꾸었다.

그러고 보면 한국에 있을 때 들은 이야기 중에 아이가 잘못되거나 하는 경우 태몽에서 미리 보이는 경우도 있다고 들은 기억이 있었다. 두 번 모두 큰 이상 없이 생생하고 건강했으니, 아이들도 그렇겠지. 어차피 미신이긴 하지만 그래도 안심이 되었다. 비나는 둘째 태몽을 궁금해하는 남편에게 약 두 달 전 꾼 꿈을 설명해 주었다.

"금빛 새였어. 그러고 보니까 당신 머리색이랑 똑같은 색이었네. 그런 예쁜 새가 내게로 날아 들어오는 꿈이었어."

루크레티우스는 비나의 목소리를 새겨 놓을 듯이 귀 기울여 들었다. 그리고 작게 키득거렸다.

"리체 때는 들이받았다더니, 이번에는 얌전하게 날아들었다고 하니…… 조금은 얌전한 아이려나. 입덧은 좀 덜하다고 했지?"

"응."

"천만다행이군."

이어진 루크레티우스이 말에 비나는 눈을 크게 떴다.

"당신이 그렇게 원해서 가지게 된 아이니, 잘 키워 보자고."

비나는 놀라서 몸을 돌렸다. 그녀를 뒤에서 안고 있던 남편의 얼굴이 정면으로 돌았다.

루크레티우스의 표정은 평온했다. 그리고 매우 행복해 보였다. 그녀가 그의 곁에 남기로 결심한 날 이후로 늘 그랬던 것처럼.

"당신……?!"

꿀이 녹아내릴 것 같던 루크레티우스의 눈빛에 곧 장난기가 가득 차올랐다. 비나는 입을 딱 벌렸다.

"대체 언제부터 눈치챈 거야?"

"처음에는 몰랐어. 그런데 생각해 보니 당신이 갑자기 적극적이 되던 때가 그때쯤이더라고."

생각해 보면 당연했다. 루크레티우스는 비나의 월경 주기를 다 외우고 있었다. 베아트리체 이후 임신을 피하던 때에, 루크레티우스는 철저하게 날짜를 전부 계산하고 있었으니 말이다. 비나는 볼을 부풀렸다.

"알면 알았다고 그냥 말을 하지!"

루크레티우스는 기분 좋게 웃는다.

"당신이 아닌 척하는 게 너무 귀여웠거든."

"으으."

비나는 쪽팔려서 얼굴을 가리고 신음을 했다. 그런 그녀의 손을 용서 없이 치우면서 루크레티우스는 여전히 웃었다. 새빨개진 얼굴로 비나는 볼멘소리를 중얼거렸다.

"그러면서 아까는 왜 그렇게 놀란 척한 거야?"

아까 루크레티우스는 둘째 소식을 듣고 먹던 빵을 떨어뜨렸다. 그게 연기였다고? 조금 얄미운 생각이 들었다. 허리를 조금 꼬집어 줄까……, 생각하던 찰나였다. 루크레티우스의 변명 혹은 설명이 이어졌다.

"아, 그건 진짜 놀란 거야."

"알았다며?"

"당신이 둘째 가지고 싶어서 수작을 부리는 거야 알았지. 그런데 그렇다고…… 진짜로 이렇게 빨리 생길 줄은 몰랐으니까…….”

"아, 하긴…….”

그들이 베아트리체 이후로 나름대로 피임을 잘해 오긴 했지만, 그동안 전혀 실수가 없었던 건 아니었다. 그 몇 번의 실수는 둘째로 이어지지 않고 넘어갔었다. 그러니 이렇게 두 번 만에 바로 성공할 줄은 미처 예상하지 못할 만했다.

비나는 은근한 목소리로 물었다. 아까 딸에게 했던 질문을 남편에게 돌렸다.

"당신은 아들이 좋아, 딸이 좋아?"

그러자 전혀 예상 못한 반격이 돌아왔다.

"그러는 당신은? 나는 당신이 좋은 쪽이 좋아."

"…….”

뭐지, 이 완벽한 대답은? 비나는 당황했다. 루크레티우스가 무어라 답하든 거기에 조금은 꼬투리를 잡아서 놀려 줄 의욕이 만만이었는데 말이다. 실패했다.

루크레티우스는 자신만만하게 웃었다.

"만점짜리 대답이었던 모양이군."

"으으. 분하지만 부정할 수가 없네."

루크레티우스는 비나를 폭 끌어안으며 속삭였다.

"아까도 말했지만, 걱정할 건 없어."

"……응. 알아."

비나 자신도 이미 쿨린을 임신하고 불안해하던 릴리아나에게 그리 말한 바 있었다.

자신이 어찌할지에 따라 아이들의 미래 역시 결정될 거라고. 반드시 어두운 과거가 그대로 미래로 이어질 거라 두려워할 필요는 없다고. 용감하게 현실의 기쁨을 향해 손을 뻗으면 충분하다고 말이다. 이제는 자신에게 그렇게 말해 줄 때였다. 그리고 배 속의 아직 어린 생명에게도.

'걱정하지 마. 다 잘될 거야.'

사랑하는 남편의 체온이 그녀의 속삭임을 든든하게 감싸 안았다.

베아트리체는 어머니의 배가 둥글게 부풀기 시작하자 조금 불안해하는 것 같았다. 여전히 나이에 안 맞게 점잖음을 가장하고 있어도 아직은 어설프다. 비나는 환하게 웃으며 딸의 아이다운 걱정을 불식시켜 주었다.

"걱정하지 마렴, 리체. 아무리 배가 불러도 터지지는 않는단다.
세쌍둥이라도 터지는 일은 없어."

그러자 베아트리체가 커다란 녹색 눈을 동그랗게 뜬다.

"그, 그런 바보 같은 걱정은 하지 않았어요."

이렇게 답하는 아이의 통통한 볼은 평소보다 조금 홍조가 져 있
었다. 어머니가 정무를 보는 옆에서 책을 읽고 있던 아이는 아닌
척하면서도 어머니 배 속의 동생에게 관심이 퍽 많았다.

비나가 '아.' 하고 탄성을 지르며 배를 쓰다듬자, 본인이 더 놀라
벌떡 일어났다. 그대로 놔두면 궁의를 부를 기세라 비나는 황급하
게 이유를 말해 줘야 했다.

"아, 아기가 배 속에서 움직였단다."

다섯 살짜리의 동그란 눈이 더더욱 커진다.

"우, 움직여요?"

"그래, 당연하지. 엄마 배 속에 살아 있으니까. 리체도 그랬단다.
정말이지 활발했었어."

베아트리체는 경이로운 표정으로 어머니의 부푼 배를 내려다보
고 있었다.

"만져 보겠니?"

아이는 잠시 갈등하는 듯했다.

"······그래도 되나요?"

"당연하지. 리체가 언니······ 아니면 누나인걸."

베아트리체는 조심스럽게 다가와 비나의 부푼 배 위로 조그만 손
을 올렸다. 마치 베아트리체의 손길을 눈치채기라도 한 것처럼 아

이가 배 속에서 다시 한 번 놀았다.

"아!"

"아기가 리체에게 인사를 하는구나."

비나는 아닌 척하면서도 잔뜩 상기된 아이의 표정을 보고 미소 지었다. 그러리라고 생각은 하고 있었지만, 예상대로 잘 되어 갈 것 같은 예감이 강하게 들었기 때문이다.

아마도 베아트리체는 곧 태어날 동생을 처음 만나는 순간부터 사랑하게 될 것이다. 그리 확신하며, 비나는 더없이 사랑하는 두 아이를 한꺼번에 끌어안았다.

두 번째 임신 기간은 내내 평탄했다. 입덧도 그리 심하지 않았고, 몸 상태도 임신 중인 것을 생각하면 매우 컨디션이 좋은 편이었다. 조금 일찍 산기가 있었던 베아트리체와 달리, 둘째는 예정일을 조금 넘기고 세상에 나왔다. 잘은 모르지만 꽤나 느긋한 성격의 아이가 아닐까 하고 루크레티우스는 웃었다.

그런 것치고는 출산에 걸린 시간은 또 짧았다. 3시간 만에 태어나 산파는 순산이라고 웃으며 아이를 받아 올렸다.

"2황녀 전하께서 탄생하셨습니다!"

건강한 황녀의 순간에 모두가 기뻐했다. 물론 일부는 황자를 바랐기에 조금은 아쉽다고 뒤에서 이야기했다. 그러나 감히 황제와 황후 앞에서 드러내는 이는 없었다.

비나와 루크레티우스는 두 딸 모두 황자로 태어나지 않아 애석하다는 말을 듣도록 놓아둘 생각이 없었다. 아직은 모르는 일이나, 장차 아들이 태어나더라도 똑같은 일일 것이다.

루크레티우스는 식은땀 가득한 얼굴로 누운 아내의 이마에 키스했다.

"정말 고생했어."

첫째 해산 때의 불만을 이번에 루크레티우스는 해소할 수 있었다. 이번에는 비나의 해산 때 내내 곁을 지키는 데 성공한 것이다.

산파가 첫 목욕을 시킨 뒤 둘째 딸을 루크레티우스에게 데려왔다. 그는 약간 떨리는 손으로 강보에 싸인 딸을 안아 들었다.

비나는 속으로 생각했다.

'그래도 발전했네. 리체 때는 아예 덜덜 떨려서 저러다 애 떨어뜨리지 않을까 싶었는데.'

이번에는 꽤 안정적으로 둘째 딸을 안아 드는 데 성공했다. 그는 눈물을 흘릴 듯 감동적인 눈으로 두 번째로 얻은 사랑의 결정체를 내려다보았다. 그리고 그 아이를 침대에 누운 아내의 품에 안겨 주었다.

"자아……."

비나는 고개를 들어 강보 안을 보았다. 병아리 색처럼 샛노란 금발이 가장 먼저 보였다. 비나의 얼굴에 부드러운 미소가 번졌다. 그녀는 남편에게 작게 속삭였다.

"당신 닮았네."

루크레티우스는 약간 아쉬운 듯 속삭였다.

"이번에는 더 당신을 닮기를 바랐는데 말이야. 크면서 당신을 닮기를 바라야겠어."

비나는 고개를 저었다.

"아니, 얼굴은 당신 닮는 게 낫다니까. 리체 때 성공했으니, 둘째
도 성공할 거야."

비나는 확신에 차 있었다. 루크레티우스는 조금 시무룩했다. 그
때 방구석에 얼음 동상처럼 서 있는 첫째 딸이 눈에 들어왔다. 아직
여섯 살도 되지 않은 베아트리체로서는 생경한 경험이었을 것이다.

비나는 안심하라는 듯이 웃으며 딸을 손짓으로 불렀다. 베아트리
체는 주춤주춤하면서 천천히 부모에게, 그리고 처음 만나는 여동
생에게 다가왔다.

루크레티우스가 강보를 받아 들고 아이의 눈높이에 맞게 내려 주
었다. 베아트리체는 기대와 긴장으로 가득한 표정으로 강보 위로
얼굴을 들이밀었다.

녹색 눈이 동그래졌다. 한참 만에 베아트리체는 울먹거리면서 소
리쳤다.

"빨갛고 쪼글쪼글해요! 어, 어디 아픈 거 아니에요?!"

해산실 안은 폭소로 뒤덮였다. 가족이 완전하게 만난 첫날이었다.

시간은 빠르게 지나갔다. 아이들이 크는 것을 보면 그걸 실감하
게 된다. 둘째가 태어난 게 엊그제 같은데 벌써 첫째가 일곱 살이

된 것이다.

'벌써 이렇게 시간이 흐른 건가……'

저 아이가 갓 태어나서 처음 품에 안았던 것이 어제 같은데, 이제는 어엿한 작은 숙녀가 되어서는 그림 교습까지 받고 있었다.

율리아가 직접 골라 추천한 베아트리체의 그림 스승은, 근래 사교계에서 이름 높은 화가 린델 부인이었다. 여성이 화가와 같은 예술을 취미가 아닌 직업으로 삼는 것은 드문 일이라, 비나는 그녀를 눈여겨보고 있었다. 때문에 그녀를 근래에 들어 후계자로 본격적으로 거론되는 중인 베아트리체의 그림 선생으로 낙점한 것이다. 그녀의 그림 자체도 꽤 마음에 들어 곧 초상화도 하나 의뢰할 생각이었다.

비나는 황후 자리에 있었으니, 당연히 루크레티우스가 그리게 한 초상화가 이미 몇 개 있었다. 대관식 직후, 그리고 베아트리체를 낳은 지 얼마 안 되었을 무렵이었다. 두 초상화 모두 상당한 솜씨로 그려진 것이었다.

'하지만 그다지 내 취향은 아니었었지.'

그러고 보면 그녀가 직접 화가를 골라서, 자신의 초상화를 의뢰한 적은 없다.

초상화. 이 세계에 오기 전 비나에게는 낯선 단어다. 초상화라는 단어를 들으면 기억나는 것은, 마리 앙투아네트 같은 역사 속의 인물이 그려진 교과서 속의 초상화였다. 그 그림들은 언뜻 보기에도 매우 훌륭한 솜씨로 그려진 것들이었으나, 이 세계에서 비나를 그린 화가들의 솜씨 역시 그에 못지않았다.

한국에서라면 사진을 찍는 일이 아마 비슷한 일이었을까. 가족끼리 어린 시절의 앨범을 보며 추억을 되새기거나, 친구들과 함께 찍은 사진을 보며 웃던 기억들이 떠오른다. 살짝 가슴 아린 기억들. 그렇게 가족이나 친구들과 사진을 찍어 앨범을 남기는 느낌으로 그림을 남겨야겠다는 생각이 들기 시작한 건 리젤로테를 낳은 뒤의 일이었다.

사랑스럽기 그지없는 두 아이에게, 먼 훗날에 소중한 추억이 될 수 있도록. 그리고 10년, 20년의 시간이 지난 뒤에는, 나이가 든 루크레티우스와 함께 젊은 날의 아름다웠던 추억을 되새길 수 있도록.

'그래. 초상화만이 아니라, 가족들이 함께 있는 그림을 많이 그리게 해야겠어.'

꽤 의미 있는 그림이 되리라. 결과물이 정말 마음에 든다면, 나중에는 자식들에게 물려주어도 좋지 않을까, 그렇게 생각하고 있었다.

'어쩌면 내가 교과서에서 본 초상화처럼, 나중에 후손들이 내 초상화를 볼지도 모르지…….'

그때였다. 옆에서 작은 옹알거림이 들렸다.

"아우우―."

비나는 고개를 돌렸다. 옆에 마련된 요람에 누워 있던 리젤로테가 막 잠에서 깬 모양이다.

"그래. 우리 로티."

아이의 작은 칭얼거림은 곧 잦아들었다.

참 다행스럽게도 둘째는 정말로 순한 아이였다. 베아트리체도 그다지 힘든 아이는 아니었다고 했는데, 그래도 첫째 때는 모든 것이 힘들고 또 불안했었다. 경험이 생긴 상태에서 도리어 더 순한 둘째를 대하자니, 속된 말로 거저 기른다는 기분을 이해할 것 같았다.

잠시 동생의 목소리가 들린 곳에 시선을 준 베아트리체는 어머니가 동생을 안아 드는 것을 보고, 다시 눈앞에 펼쳐진 이젤로 시선을 돌렸다.

잔뜩 긴장한 린델 부인은 황녀를 위해 목탄으로 선을 그리는 방법과 물감의 사용법을 가르쳤다. 그녀가 긴장한 것은 당연했다. 베아트리체 황녀의 미술 교육이 시작된 지는 얼마 되지 않았고, 오늘 황후가 처음으로 딸의 미술 공부를 참관하는 자리였으므로.

스승의 설명을 주의 깊게 듣던 베아트리체가 린델 부인에게 물었다.

"스승님. 제가 직접 한번 그려 봐도 될까요?"

"네. 얼마든지요."

린델 부인은 그림에 서툰 황녀를 위해 간단한 정물을 준비했다. 석고로 만든 정육면체와 유리병, 과일 등이다. 그녀는 친절하게 학생의 의사를 물었다.

"자아, 어떤 것을 그려 보시겠습니까?"

그러나 베아트리체의 대답은 예상외였다.

"저 정물들을 그리고 싶지 않습니다."

"예, 예?! 그, 그러면 어떤 것을 그리고 싶으신지."

그러자 베아트리체 황녀가 마치 꽃처럼 화사하게 웃었다.

"어마마마와 동생을 그려 보고 싶습니다."

"아!"

베아트리체는 정중하게 물었다.

"어마마마, 로티를 안고 계신 지금 그 모습을 그려 봐도 될까요?"

그러자 비나는 환하게 마주 웃었다.

"얼마든지. 기대되는구나."

이리도 영민한 황녀다. 린델 부인은 물론, 시중드는 시녀들까지 모두 기대에 찼다.

아직 황자가 없는 상태에서 2황녀가 태어나자, 루크레티우스는 베아트리체의 거처를 자신이 황태자 시절 지내던 곳으로 독립시켜 내보냈다. 사실상 후계자 내정 의사를 표명한 것이다.

그에 대해 걱정하는 소문들이 많았다. 아직 황제 부부가 젊은데 벌써 1황녀를 후사로 세우는 건 이르지 않느냐는 의견이 대세였다. 물론 그 아래 깔린 것은, 과연 여자가 제국의 주인으로서 적합하겠느냐 하는 의심의 눈초리였다.

그러나 정작 베아트리체 황녀의 주변에 있는 이들은 그러한 걱정을 하지 않았다. 도리어 부모가 지나치게 조숙한 것을 걱정할 정도로, 베아트리체 황녀는 참으로 영민했던 것이다. 그런 황녀이니, 아무리 처음 배우는 그림이라도 응당 눈부신 재능을 선보이지 않을까 모두가 기대했다.

베아트리체는 모델로 선 어머니와 동생을 유심히 관찰하며, 자신 있게 목탄을 움직이기 시작했다.

"……."

비나는 큰 딸을 위해 둘째 딸을 안고서 꽤 긴 시간을 가만히 서 있었다. 아무리 리젤로테가 겨우 돌 지난 아이라고 해도, 안고 계속 한 자리에 한 자세로 서 있자니 팔도 허리도 아팠다.

"리체. 이제 움직여도 되겠니?"

어차피 초상화는 하루 이틀로 그려지는 것이 아니다. 그러니 나중에 다시 그릴 때 자세를 잡아 주면 될 것이다. 베아트리체는 자신만만하게 고개를 끄덕였다.

"예, 어마마마. 스케치는 거의 끝났어요."

"그래? 정말 빠르구나."

비나는 얌전히 잠든 리젤로테를 유모의 품에 안겨 주고 베아트리체와 린넬 부인에게로 다가갔다. 이젤 뒤에 가려 두 사람의 얼굴은 전혀 보이지 않았다. 비나는 꽤 큰 이젤 옆으로 돌아서서 그림에 기대에 찬 시선을 던졌다.

"……."

"……."

굳은 비나의 등 뒤에서, 린넬 부인의 난처한 침묵이 함께 이어졌다. 그녀의 난처함을 비나는 백분 이해했다. 동시에 깨달았다. 그녀의 딸은 장소와 시대를 잘못 타고난 것이 틀림없었다. 이 세계 이 시대에 태어날 것이 아니라 21세기 지구에서 태어났어야 했다. 그랬으면 추상화가로서 명성을 날릴 수 있었을지도?

광활한 캔버스 위에 펼쳐진 것은 그야말로 기괴한 선의 애매한 집합체였다. 비나는 애써 웃으며 말했다.

"잘 그렸구나. 음…… 여기 이게 나인 거니?"

베아트리체는 볼을 부풀렸다.

"아니요. 그건 어마마마 뒤쪽의 커튼을 그린 거예요."

천 뭉치와 사람이 구분 가지 않았다.

"으음, 그렇구나……."

비나는 애매하게 웃었다.

그녀는 이러한 그림이 어쩐지 익숙했다. 언젠가 보았던 자신의 유치원, 초등학교 시절 미술 실기 평가의 바닥을 기는 성적이 머리를 스쳤다. 그게 베아트리체에게 이어진 모양이다. 비나는 속으로 통탄했다.

'어쩜. 아빠의 노래 실력도 받았는데, 하필이면……, 내 그림 실력이라니. 최악의 조합이잖아. 일부러 그렇게 하려고 해도 힘들겠다.'

얼마 전 음악 선생의 얼굴을 창백하게 만들던 베아트리체의 엄청난 노래 실력을 떠올린 비나는 슬픔에 젖었다. 그림과 음악 양쪽 모두 나이를 감안해 보아도, 재능은 눈을 씻고 찾으려 해도 찾을 수 없는 지경이었다.

"으음…!"

종이를 긁는 목탄이 조금 신경질적이다. 베아트리체 본인도 제대로 그려지지 않는 것에 짜증이 난 듯했다. 목탄을 놔두고 팔짱을 끼는 태도가 불만스러워 보였다. 등 뒤에서 침묵하는 린넬 부인의 난감함이 여기까지 전해졌다. 비나는 웃으며 그녀에게 눈짓으로 전했다.

'걱정 마세요. 교양으로는 배워야 하니, 수업은 계속해 주세요.'

갓 얻은 직장에서 잘리지 않아도 된다는 사실에 린넬 부인은 마음 깊이 안도했다.

어차피 대다수의 귀족이 예술을 배우는 것은 교양을 쌓기 위해서다. 그 귀족다운 이유로 베아트리체의 음악 수업도 지속되고 있다.

그림 수업도 마찬가지일 것이다.

언어나 수학, 역사 등등의 다른 수업을 하는 스승들은 황녀의 뛰어남을 입이 닳도록 칭찬하고 있으니 상관없다. 그들은 황족에 대한 입바른 평가를 제외하고 보아도, 베아트리체의 영민함에 진심으로 감탄하고 있었다.

'모든 게 완벽할 수는 없는 거지. 그래.'

비나는 자신의 독백에 스스로 고개를 끄덕였다. 그리고 상심한 딸의 머리를 쓰다듬어 주었다. 베아트리체는 직접 그린 종이에 남은 그림이라고 부르기 민망한 추상적인 흔적을 집요하게 노려보는 중이었다.

"걱정 말려무나, 리체."

"어마마마……."

베아트리체는 부모를 닮아 비상한 머리를 타고난 덕분에, 늘 모든 것을 어렵지 않게 배웠다. 황제와 황후 사이의 첫 적통 황족으로 태어나 모자람 없는 지원과 교육의 기회를 얻었으니 더욱 그러했다. 주변의 관심과 찬탄 역시 모자라지 않다. 그런 아이에게 이러한 좌절은 생경한 일이다. 얼마 전의 노래에 이어 그림까지 이렇게 되니 조금 실망한 것 같았다.

비나는 차라리 잘되었다 생각했다. 나중에 어찌 될지야 확실하지 않지만, 대륙 최초의 여제가 되든 최초의 여대공이 되든, 이 아이는 평생을 사람 위에서 살아가야 한다. 그렇다면 차라리 이러한 좌절은 미리 경험해 보는 것이 나을 수도 있다. 비나는 딸을 위로해 주었다. 밝은 목소리였다.

"네가 모든 걸 다 완벽하게 잘할 필요는 없지 않니. 너는 화가들

에게 초상화를 그리게 명하고, 음악가들에게 노래를 하고 연주를
하라 명하면 된단다."

그렇다. 이 아이는 그러할 만한 신분을 가지고 태어났다. 어머니
의 말에, 베아트리체는 환하게 웃었다.

"네, 어마마마!"

자신이 못하는 것이 있다는 것에 화가 났던 베아트리체는 어머니
의 말에 깊은 감명을 받은 것 같았다.

그림 수업이 끝나자 비나는 두 딸을 데리고 함께 루크레티우스에
게로 향했다. 한창 고생하는 중인 남편에게 사랑스러운 딸들의 얼
굴을 보여 주러 가는 것이다.

이제 가족 상봉이 끝나고 나면 베아트리체는 제 궁으로 돌려보
내고 리젤로테는 유모에게 맡긴 뒤, 비나 본인도 일을 해야 할 시
각이다. 그들은 제국에서 가장 바쁜 부부였다. 그런 중에도 비나도
루크레티우스도 딸들과 최대한 시간을 함께하려 노력했다.

비나의 품에 안긴 리젤로테가 손을 뻗으며 제법 큰 소리로 옹알
이했다.

"아우우—!"

비나는 아이를 제 언니 근처로 내려 주었다. 아이는 두 팔을 꽤
필사적으로 휘둘렀다.

"어언니—!"

어설픈 발음이 샌다. 아이의 작은 왼손이 언니의 검은 머리카락을 향했다. 베아트리체는 눈썹을 찡그리면서도 착하게 동생의 침 묻은 손을 피하지 않았다.

리젤로테의 왼손이 베아트리체의 검은 머리카락을 꼭 쥐었다. 리젤로테는 마음에 드는 것이 있으면 꼭 손에 쥐고 놓지 않는 습관이 있었다. 예쁜 꽃을 보면 꽃이 다 시들 때까지 손에 쥐고 놓지 않았다. 그래서 리젤로테의 시녀들은 종종 잠든 리젤로테의 왼손에서 시든 꽃줄기를 조심해서 빼내야 하곤 했다.

이번에 리젤로테의 마음을 사로잡은 것은, 언니의 머리카락인 모양이다. 리젤로테는 언니의 까만 머리카락을 꼭 쥐고서 만족스럽다는 듯이 웃었다.

"에헤헤……!"

"에휴……."

베아트리체의 입술에서 어쩔 수 없다는 듯한 한숨이 나왔다. 큰아이가 제 어머니에게 말했다.

"어마마마. 제가 안을게요."

"그럴래?"

조금 난처해하면서도, 비나는 작은 딸을 큰 딸에게 안겨 주었다. 아이가 아이를 안는 깃이니 긱정될 만하지만, 이미 베아트리체는 동생을 안는 것에 익숙했다. 언니의 품에 안긴 리젤로테는 기쁨의 환성을 질렀다.

"꺄하—!"

"조용히 하렴. 로티."

베아트리체는 점잖은 척 동생을 나무랐다. 그러면서도 작은 등을 토닥토닥해 주며 걸어갔다. 작은아이는 왼손에 언니의 머리카락을 꼭 쥐고 놓지 않았다.

떠들썩한 소리가 들린 것일까. 그들이 집무실에 도착하기도 전에, 익숙한 사람이 나타났다. 베아트리체와 리젤로테의 얼굴이 환해졌다.

"아바마마!"

"아브—!"

베아트리체는 동생을 안은 채로 빠른 걸음걸이로 아버지에게 다가 갔다. 루크레티우스는 세상을 다 가진 듯한 미소로 딸들을 맞았다.

"우리 공주님들!"

그리고 한 번에 두 아이를 번쩍 안아 올렸다.

"까하—!"

행복한 환성이 황궁 안 구석을 채웠다.

가장 먼저 그것을 눈치챈 것은 루크레티우스였다.

"로티, 왼손잡이인 것 같지?"

부모 앞에서 큰딸이 작은딸의 걸음마를 도와주던 참이었다. 그러고 보면 리젤로테가 제 언니의 옷이나 팔을 쥐는 것은 왼손으로가 먼저였다. 비나는 고개를 주억거렸다.

"……그런 것 같네."

눈치채고 보니 쥐는 힘도 왼쪽이 더 강했던 것 같다. 비나는 새삼 궁금증이 생겨서 물었다.

"그러고 보니까 여기서도 왼손잡이는 오른손 쓰도록 교정해?"

루크레티우스는 눈을 동그랗게 떴다.

"……아, 그러고 보니 당신 왼손잡이였지."

이번에는 비나의 눈이 커졌다.

"뭐? 그거 어떻게 알았어?"

비나는 왼손잡이였다. 그러나 한국에서는 왼손잡이를 오른손을 쓰도록 교정하는 경우가 많았다. 그러다 보니 후천적인 양손잡이가 되었던 것이다. 물론 무의식적인 상황에서는 왼손이 먼저 나간다. 그러나 일상생활에서는 거의 티가 나지 않았다. 실제로 비나를 몇 년이나 지근거리에서 모신 사만다나 아그네스도 비나가 양손잡이인 줄로만 알았다.

"다들 양손잡이로 알 텐데?"

루크레티우스는 아무렇지도 않다는 듯이 고개를 끄덕였다.

"나도 처음에는 그런 줄 알았지. 그런데 자세히 보다 보니까……, 미묘하게 차이가 있는 걸 알겠더라고."

"헤에……."

루크레티우스는 손을 뻗었다. 오른손이었다. 그러자 비나 역시 손을 뻗었다. 왼손이었다. 루크레티우스는 악수를 하듯 비나의 왼손을 잡고서 한번 흔들다가, 그리고 손가락을 벌려 비나의 손가락 틈 사이로 파고들었다. 두 손이 빈틈없이 깍지를 끼며 맞았다.

"두 손을 따로 잡아 보면 손아귀의 힘 차이가 나거든. 미미하지만 왼손이 조금 더 세. 그래서 알았지."

"신기하네."

루크레티우스는 뽐내듯이 말했다.

"나는 당신에 대한 건 뭐든 알아. 그리고 더 알고 싶어. 그게 아무리 사소한 거라고 해도 말이야."

비나는 부드럽게 웃었다. 다시 그의 품속으로 파고든다.

"진짜 당신은 내가 없을 때 어떻게 살았나 몰라."

"당신을 기다리면서 살았지."

그의 팔이 자연스럽게 그녀의 허리를 감아 끌어당겼다. 두 사람의 몸은 처음부터 하나였던 것처럼 밀착했다. 깊고 진한 키스가 당연한 듯이 이어졌다.

대낮에 주변에 시녀들과 아이들이 있었으나, 두 사람 모두 신경 쓰지 않았다. 몇 년 전의 비나가 보았다면 경악했을 것이나, 이미 이 정도 애정행각을 남들에게 보이는 데는 비나 역시도 너무 익숙해져 있었다.

베아트리체 역시 착 달라붙어 애정을 과시 중인 부모를 흘긋 보고는 동생과 놀아 주는 데에 열중했다. 태어난 뒤부터 늘 보아 온 광경이라 아무런 감흥이 없었다.

"……."

"……."

대화는 키스로 인해 잠시 끊어졌다. 정신없이 서로를 탐하던 두 사람은 한참 뒤에야 떨어졌다. 그때가 되어서야 대화는 다시 이어질 수 있었다.

"그래서, 여기서도 왼손잡이는 안 좋다고 교정하는 거야?"

그녀는 집요했다. 잠시 흩어졌던 대화 소재를 잊지 않고 다시 끌어왔다.

"응. 비슷해."

비나는 무언가 골똘히 고민하기 시작했다. 그 시선 끝에는 언니의 손을 잡고 아장아장 걷는 리젤로테가 있었다.

"로티도…… 그렇게 해야 할까?"

"당신의 생각은 어떤데?"

잠시 침묵하던 비나는 남편에게 시선을 돌렸다.

"난 그냥 자연스럽게 자라게 했으면 좋겠어."

"흠."

"내 고향에서도, 근래에 들어서는 왼손잡이를 굳이 교정하지 않는 경우가 많아지고 있기도 했고……."

"그리고?"

비나는 자신의 두 손을 내려 보았다.

"그냥…… 자연스럽게 태어난 그대로 자라게 두는 게 낫지 않을까 해서 말이야. 그런 생각이 들었어."

루크레티우스는 웃으며 고개를 끄덕였다.

"당신이 그렇다면 나도 찬성이야."

그림을 못 그리거나 노래를 못해도 사는 데는 지장이 없을 것이다. 왼손잡이든 오른손잡이든 그냥 태어난 그대로가 사랑스럽다. 저 아이들이 이 세계에서 살아가고 행복해지는 데에는, 그런 것들은 조금도 방해가 되지 않을 테니까. 비나는 확신하며 웃었다. 눈부신 햇살 속에서 두 아이의 오른손과 왼손이 서로 맞닿았다.

에필로그. 이 세계의 여행자

이 세계의 여행자

후대의 역사에 크렌시아 제국 황금기를 연 현제賢帝로 기록된 루크레티우스 1세의 치세는, 즉위 이후 있었던 폐태후 카틀레야의 난이 끝난 뒤로는 그야말로 태평성대를 구가했다.

그리고 이 태평성대를 베아트리체 1세와 그 후계들이 이어받아, 약 5대간의 제국 황금기를 이룩하게 되는 것이다. 물론 이는 아직은 먼 미래의 이야기였다.

시대는 평화로웠다. 그중에서도 가장 평온하고 한산한 곳을 꼽으라면 로네스 별궁이리라. 어떤 의미로는 당연했다. 우여곡절 끝에 새로이 등극한 23세의 젊은 여제 베아트리체 1세는 자신의 부모를 지극히 사랑했고, 그렇기에 은퇴한 지 겨우 1년 여에 불과한 부모를 위해 모든 정성을 기울였던 것이다.

얼마 전에는 오페레타를 사랑하는 어머니를 위해 로네스 별궁 안에 소극장을 하나 지으려는 시도까지 했었다. 단 두 명의 관객을 위한 극장이었다. 규모는 크지 않았으나, 그 자체만으로도 문제가 될 소지가 있다는 태후 사비나의 사양에 따라 그 의견은 각하되었다.

비나는 딸의 애정만 기껍게 받았다. 안 그래도 최초로 등극한 여제라는 것만으로도 딸이 겪는 고생이 얼마나 많은지 잘 알았던 것이다. 게다가 시기도 좋지 않았다. 얼마 전에 반역 혐의로 남편을 폐위하고 결혼을 무효화하는 큰 사건까지 있었으니까.

쫓겨난 코모두스의 무능과 문란함이 널리 알려져 있었기에, 베아트리체 본인에 대한 여론은 나쁘지 않았다. 그러나 앞으로 베아트리체가 걷는 모든 걸음은 대륙 역사상 처음으로 이루어지는 일이 된다. 100의 업적이 있어도, 1의 실정이 더욱 길게 기억될 가능성이 높다. 그러니 어머니된 비나의 입장에서는 딸에게 조금의 흠이라도 될 일을 만들고 싶지 않았다. 군이 베아트리체가 그런 무리를 하지 않더라도, 그녀는 지금 충분히 행복했다.

대륙은 태평했다. 두 아이는 무사히 성장하였고, 그 자리를 확실하게 찾았다. 모자람이 없다.

특히 장녀 베아트리체는 얼마 전에 제위를 위한 첫 굴곡을 슬기롭게 넘김으로써, 부모의 걱정이 필요 없음을 증명해 보이기까지 했다.

참으로 대견하기 짝이 없었다. 그리고, 덕분에 결심이 굳힐 수 있었다. 비나는 들뜬 목소리로 중얼거렸다.

"그래, 이제 충분해. 때가 되었어."

비나는 웃으며 밝은 햇살이 내리비치는 창밖을 보았다. 창 너머로 한창 딸이 고생 중일 본궁의 모습이 보였다. 아마도 딸이 있을 거라 예상되는 층을 향해, 비나는 소리 없이 사과의 말을 남겼다.

'미안, 리체. 로티.'

약간의 변명이 따라붙는다.

'그렇지만 20년 넘게 일했으니 이제 쉬어도 되잖니.'

사실 이미 딸들이 10대 중반을 넘어서면서 잊을 만하면 했던 말이기도 했다. 거의 세뇌하듯이, 언제 부모가 사라져도 그러려니 할 수 있도록. 착하고 똑 부러지는 아이들이니 이해도 해 줄 거고, 알아서 잘 하겠지.

비나는 다시 고개를 돌렸다. 그리고 테이블 위에 거의 완성된 편지를 마저 이어 쓰기 시작했다. 종이를 꼼꼼히 채우는 글씨는 크렌시아 제국어가 아니었다. 바로 한글이다.

편지가 딸들에게 전해지기 전에 누군가가 감히 뜯어 보는 불상사가 생겨도 내용을 알아보진 못하리라. 이 세계에서, 그녀의 고향 말과 글을 아는 것은 그녀의 남편과 자식들뿐이었으니까.

처음 가족에게 한국어를 가르칠 때는 그저 자신의 고향에 대해 가족들이 알고 그것을 물려받기를 바랐을 뿐이다. 그런데 생각과 달리 쓸모가 하나 더 있었다. 한글로 편지를 쓰거나 한국어로 대화를 하는 건, 그들 외에 누구도 못 알아듣는 암호나 마찬가지였던 것이다! 일석이조였다.

비나는 부드럽게 웃으며 한글로 된 편지의 마지막 문장을 작성했다. 그리고 그 아래에 짧은 서명을 남긴다.

……우리는 빌레네 공령에서 쉴 생각이란다. 그러니 너무 걱정하지 말고, 엄마아빠만 논다고 너무 원망하지도 말렴. 20년간 열심히 일했으니

충분하잖니.

-사랑하는 엄마가.

당장에라도 딸들이 편지를 뜯어 보고 어떤 표정을 지을지 눈앞에 그려지는 것 같았다. 그녀는 입에서 터지는 웃음소리를 참을 수가 없었다.

"우후후!"

그녀는 감격에 겨웠다. 오늘은 바로, 그들이 20년 가까이 벼르고 별러 온 목표를 실천하는 날이었으니까! 바로 오늘을 위해, 그들은 그토록 오래 야근과 추가 근무를 해 온 것이다.

비나는 들뜬 손길로 편지를 봉했다. 은가루가 든 촛농을 녹여, 늘 끼고 다니는 빌레네 공작의 인장 반지를 촛농에 찍어 편지를 봉했다.

-탁!

그리고 그 옆에 빌레네 공작의 인장 반지를 내려놓았다. 편지 내용에는 이 인장과 함께 공작 위를 둘째 딸 리젤로테에게 물려주겠다는 의사도 적혀 있었다. 작위는 물려줘서 일거리는 밀어 놓고, 어머니만 공령에서 놀고 있을 작정이냐고 작은 딸이 한숨을 쉬는 소리가 들리는 듯했다.

그녀가 편지를 완성한 직후, 때맞춰 문이 열렸다. 방에 들어선 것은 그녀가 기다리던 남자였다.

"루크!"

세월의 흐름도 빗겨나간 듯 여전히 빛나는 외모의 남자, 바로 그녀의 남편이다. 이제 상황으로 물러난 루크레티우스는 여전히 아내를 볼 때만은 그 차가운 녹색 눈동자가 부드럽게 녹아내리곤 했다. 비나와 루크레티우스가 지난 시간 동안 함께 쌓아 온 시간과 감정처럼.

그들이 함께해 온 시간의 무게가 쌓여, 도리어 감정의 깊이는 더욱 깊어지고 무게는 더 무거워졌다. 누구도 감히 흔들 수 없을 만큼, 단단하고 무거운 닻처럼.

루크레티우스는 들뜬 걸음걸이로 그녀에게 다가왔다.

"준비 다 끝났어, 비나."

비나는 고개를 끄덕이며 일어섰다.

"응. 나도야. 막 편지도 다 썼어."

루크레티우스는 그녀가 놓아둔 편지 봉투와 그 위에 놓인 인장 반지를 일별하고는 아내를 보고 웃었다.

그 인장 반지는 그가 비나에게 청혼하며 선물한 것이다. 반지와 빌레네라는 이름에, 그는 자신의 바람을 담았다.

그녀가, 비나라는 새가 자신에게로 돌아오기를. 자신이 그녀의 둥지이자 횃대가 될 수 있기를.

그의 바람은 이루어졌다. 그렇기에 이제 저 반지가 그녀의 손에서 빠져나와, 딸에게 주어져도 조금도 불안하지 않았다. 잠에서 깨어나며 옆자리의 그녀를 다급하게 찾는 버릇이 사라진 지도 이제 꽤 되었다.

비나는 인력에 이끌려 지상으로 내려앉는 별처럼 그를 향해 다가갔다. 두 사람의 손이 서로를 맞잡는다. 그들이 처음 만난 그날처럼. 한 사람은 따스하고 한 사람은 서늘한 그들의 체온이 서로 맞닿아 상대방을 물들인다. 가장 좋은, 그들에게 있어 완벽한 온도.

두 사람은 서로를 처음 만난 그날, 그 순간을 아직도 기억한다. 스테인드글라스의 잔인하고 화려한 빛 아래에서, 비나는 그의 손을 잡았다. 자신을 향해 내밀어진 그 손을. 완벽하지는 않았다. 상처도 많고, 서툴렀고, 또한 서늘한 손이었다. 그러나 그 손은 그녀를 이 세계로, 지금의 삶으로, 행복 속으로 끌어들이는 문이 되었다. 그녀는 그 문을 연 것이다. 선택한 것은 그녀였고, 그는 그 계기가 되어 주었다.

루크레티우스는 부드럽게 웃으며 물었다.

"이제 갈까?"

"응."

옷차림은 간소했다. 제국의 상황과 태후로는 보이지 않는 소박한 옷차림. 그들이 20년 넘게 염원해 온 길을 떠나기 위해 특별히 마련한 것이다. 망토와 후드를 깊게 눌러쓰면, 백성들 틈으로 자연스럽게 숨을 수 있다.

루크레티우스의 목소리는 마치 소년처럼 상기되어 있었다.

"빌레네에 들르기는 할 거지만, 그 뒤에 어디로 갈까?"

비나의 목소리 역시 더없이 들떠 오른다. 10대 소녀 같은 목소리였다.

"보고 싶은 곳이 너무 많아. 우선은……, 바다가 보고 싶어! 이 세계의 바다는 단 한 번도 본 적이 없어. 고향의 바다와 같은 모습일지 궁금해."

"그 다음은?"

"사막도. 사막은 고향에서도 본 적이 없거든. 직접 눈으로 다 담아 보고 싶어."

비나는 남편의 어깨에 기대어 그와 보폭을 맞추어 걸으며 물었다.

"당신이 보고 싶은 곳은 어디야?"

그는 작은 목소리로 그녀의 귓전에 속삭였다.

"당신이 처음으로 이 세계의 바다를 보는 장면을 보고 싶어. 당신이 이 세계의 사막을 보며 놀라는 얼굴을 보고 싶어."

"……."

비나의 눈가가 스르르 녹아내렸다. 그 이슬에 루크레티우스는 가볍게 키스를 하고, 자신들의 앞에 놓인 문을 열었다. 누가 앞서는 일도 뒤따르는 일도 없이, 두 사람은 오롯이 함께 문을 빠져나갔다.

그렇게 새로운 길을 향해 떠나는 부부의 뒤에는 그들이 남긴 것이 단단히 자리를 지켰다. 굳게 봉인된 편지 위로, 은색 반지가 부드럽게 빛을 뿌렸다.

영원히 이어질 축복의 빛을.

–이세계의 황비 외전 완결–

BLACK LABEL CLUB 019

이세계의 황비 외전

1판 1쇄 2016년 10월 19일
1판 3쇄 2018년 6월 8일

지은이 임서림
펴낸이 신현호
편집부장 예숙영
편집 김수민
편집디자인 한방울
영업·관리 김민원 이주형 조인희
물류 이순우 최준혁

펴낸곳 ㈜디앤씨미디어
출판등록 2002년 5월 1일 제117-90-51792호
주소 서울시 구로구 디지털로 26길 111 JnK디지털타워 503호
대표전화 (02)333-2513 팩스 (02)333-2514
전자우편 dncbooks@dncmedia.co.kr
디앤씨북스 블로그 http://blog.naver.com/dncbooks

ISBN 979-11-264-3902-7 (03810)